Ullstein

ZUM BUCH:

Die *Möwe Jonathan* machte Richard Bach Anfang der siebziger Jahre in Deutschland quasi über Nacht zum Kultautor. Und sein Buch begleitet auch heute noch alle, die sich nach Freiheit und Visionen sehnen. In seinem neuen Roman *Heimkehr* zieht der Erfolgsschriftsteller in einem inneren Zwiegespräch Zwischenbilanz.
Der Held trägt wieder den Kosenamen Dickie, ist neun Jahre alt und durchlebt all die Ängste der Kindheit. »Warum?« – auch Dickie besitzt das Zauberwort von Generationen wißbegieriger Kinder. »Du wirst sehen« – Richard antwortet mit der ruhigen Gelassenheit von 60 Jahren Lebenserfahrung.
Es sind Gedanken über Traurigkeit und Glück, über das Risiko der Freiheit und die Last der Anpassung, über unsere vergessene Kindheit und die Geheimisse des Erwachsenwerdens. Vor dem harmonischen Hintergrund seines Alltags trägt der Schriftsteller ein kunstvolles Mosaik aus Erinnerungen, philosophischen Fragen und psychologischen Deutungen zusammen.
Heimkehr ist ein ehrliches, ein phantasievolles Buch, das zur Indentifikation einlädt und zum Träumen verführt. Sehr persönlich antwortet Richard Bach dem Kind, das wir selbst einmal waren.

DER AUTOR:

Richard Bach, ein Urururenkel von Johann Sebastian Bach, wurde in Oak Park, Illinois, geboren. Mit 17, als er das Flugzeug eines Freundes putzte, entdeckte Bach seine Leidenschaft fürs Fliegen. Er war Jetpilot bei der Air Force, testete Handbücher für eine Fluggesellschaft und verdingte sich als Schauflieger. *Die Möwe Jonathan* machte den tollkühnen Doppeldekkerpiloten weltberühmt. Der individualistische Vogel nistet zu Hunderttausenden in deutschen Bücherschränken.

RICHARD BACH

Heimkehr

Ein Abenteuer des Geistes

Roman

Ullstein

Ullstein Buchverlage GmbH,
Berlin
Taschenbuchnummer: 24116
Titel der Originalausgabe:
Running from Safety
erschienen bei William Morrow and Company, Inc., New York
Aus dem Amerikanischen von Kurt Baudisch und Burkhard Busse (†)

Ungekürzte Ausgabe
Mai 1997

Umschlaggestaltung:
Tandem Design, Hamburg
Foto:
The Image Bank/John Stuart

Printed in Germany 1997
Druck und Verarbeitung:
Elsnerdruck
ISBN 3 548 24116 6

Gedruckt auf alterungsbeständigem Papier mit chlorfrei gebleichtem Zellstoff

Vom selben Autor
im Ullstein Taschenbuch:

Die Möwe Jonathan (20897)
Brücke über die Zeit (22278)
Glück des Fliegens (20711)
Illusionen – Die Abenteuer eines Messias wider Willen (22117)
Meine Welt ist der Himmel (23305)
Der unsichtbare Ring (23161)
Vagabunden der Lüfte (23363)

Die Deutsche Bibliothek – CIP-Einheitsaufnahme

Bach, Richard:
Heimkehr : ein Abenteuer des Geistes : Roman / Richard Bach.
[Aus dem Amerikan. Kurt Baudisch und Burkhard Busse]. –
Ungekürzte Ausg. – Berlin : Ullstein, 1997
(Ullstein-Buch ; Nr. 24116)
Einheitssacht.: Running from safety <dt.>
ISBN 3-548-24116-6
NE: GT

Einleitung

Meine Wahrheit hat sich seit langer Zeit verfeinert. Ihretwegen habe ich mit Hoffnung geforscht und mit Intuition nachgehakt, und ich habe sie, so gut es eben ging, mit eigenen Gedanken gefiltert und verdichtet. Und dann lief sie durch meine Motoren – zuerst ganz vorsichtig, um zu erkennen, was geschehen würde.

Es gab dabei Rückschläge, ein oder zwei Explosionen auf der Rennstrecke, bis ich merkte, wie dynamisch jede hausgemachte Philosophie sein kann. Rußverschmiert, aber sehr viel klüger, flackerte ich eine Weile, um dann zu begreifen, daß ich meinen Geist mit diesem speziellen Brennstoff fast mein ganzes Leben vorangetrieben hatte. Und sogar heute noch erhöhe ich, vorsichtig und tollkühn zugleich, ganz allmählich die Oktanzahl.

Ich wollte jedoch meine eigenen Fakten nicht aus Spaß an der Sache brauen oder weil ich vom Leben nicht genug ausgefüllt war. Ich war voller Leidenschaft, ich wollte wissen, warum es uns überhaupt gibt und nach welchen Maximen wir leben sollen. Deshalb durchstöberte ich in meiner Jugend die Weltreligionen; und als Pilot bei der Air Force besuchte ich Abendkurse über Aristoteles, Descartes und Kant.

Der letzte Kurs war beendet, meine Schritte hallten langsam und schwer auf dem Bürgersteig wider, ich war in einer seltsamen Depression gefangen. Aus dem Klassenzimmer hatte ich lediglich die Erkenntnis mitgenommen, daß diese Herren dort kaum wußten, wer wir sind und warum wir existieren. Sie wußten weniger darüber als ich – und ich hatte kaum einen Schimmer.

Sie waren kopflastige Intellektuelle, ließen sich irgendwo da oben in der Atmosphäre treiben, am Himmelsgewölbe, das doch eigentlich den Kampfflugzeugen meiner Regierung vorbehalten war. Ich war bereit, von ihren Einsichten schamlos zu lernen, meiner eigenen Erkenntnis zuliebe – das war im Augenblick alles, was ich tun konnte, anstatt in die Klasse zu schreien: *»Wen interessiert das eigentlich?«*

Den praktischen Sokrates bewunderte ich, weil er es vorgezogen hatte, für seine Grundsätze zu sterben, obwohl eine Flucht leicht möglich gewesen wäre. Andere Menschen waren nicht so standhaft. All diese vollgestopften Buchseiten, all die vielen Buchstaben, und schließlich ihr kluges Ergebnis: Du bist auf dich allein gestellt, Richard. Woher sollen wir wissen, was dir nützt?

Die Studien waren beendet, ich wanderte ziellos durch die Nacht, meine Schritte hallten auf dem leeren Universitätsgelände wider, wo sollte ich bloß hingehen?

Mit diesem Kurs hatte ich mich orientieren wollen, ich brauchte einen Kompaß, der mich durch den Dschungel führte. Organisierte Religionen waren für mich schwankende Brücken, leicht befestigte Zweige, die beim ersten Druck brachen – die Frage eines Kindes lüftete eher das Geheimnis der Mysterien. Warum klammern sich die Religionen an unlösbare Fragen? Wissen sie denn nicht, daß die Aussage *Darauf gibt es keine Antwort* keine vernünftige Antwort ist?

Immer wieder wurde ich mit einer neuen Theologie konfrontiert, und jedesmal erfolgte der Test: Kann ich diesen Glauben in mein Leben integrieren?

Jedesmal, wenn ich mir diese Frage stellte und die Sache genauer prüfte, erzitterte das ganze Gespinst der Mikadostäbe, fiel vor meinen Augen in sich zusammen; Stufen brachen ab, stürzten ein, waren nicht mehr zu sehen.

Ich wollte die Welt packen und vom Abgrund zurückkriechen, heilfroh darüber, daß ich nicht abgestürzt war und den Tod gefunden hatte. Wie würde man sich wohl fühlen, wenn man sein Herz an eine Religion hinge, die einem den Flammentod unseres Planeten am 31. Dezember versprach, und wenn man dann am Neujahrsmorgen erwachen und das Lied der Schneeammer hören würde? Verschaukelt würde man sich fühlen.

Wie ich so durch die Nacht ging, hörte ich hinter mir auf dem Bürgersteig plötzlich die Schritte einer Frau. Ich ging nach rechts, um sie vorbeizulassen.

Jetzt habe ich zwanzig Philosophen studiert. Ich nehme an, sie waren die strahlendsten Geister der Geschichte – und jeder von ihnen ist gescheitert. Sie sollten mir doch nur einen Weg zur Erkenntnis des Universums aufzeigen, um mich im täglichen Leben anzuleiten – eigentlich nicht zuviel verlangt, sollte man glauben, von Denkern wie Thomas von Aquin oder Georg Wilhelm Friedrich Hegel. Ihre Antworten sprachen für sie, aber ihr Alltag hatte sich auf einem anderen Stern abgespielt.

»War Ihr Studium umsonst?« fragte mich die Frau. »Man hat Sie doch einfach das gelehrt, was Sie gehofft hatten, in all den Jahren zu finden. Und Sie wissen es immer noch nicht?«

Ärger stieg in mir hoch. Die Frau war nicht an mir vorbeigegangen, sondern sie las einfach meine Gedanken.

»Entschuldigung?« Ich sagte es so frostig wie möglich.

Sie hatte dunkles Haar mit einem kühnen Streifen von Blond, war ungefähr zwanzig Jahre älter als ich, einfach und nicht besonders gut gekleidet, und sie wußte nicht, was ich mit Menschen zu tun pflege, die meine Muße stören.

»Sie haben Ihnen das gegeben, was Sie lernen wollten«,

sagte sie dann zu mir. »Ihr Leben ändert sich in dieser Nacht. Können Sie das nicht spüren?«

Sprach sie mit mir? Ich blickte mich um, sah zurück, aber ich konnte niemand sonst entdecken. Sie hatte die falsche Person erwischt, das erkannte ich jetzt. Sie stammte nicht aus dem Philosophie-Kurs, sie war ein Mensch, den ich noch nie in meinem Leben gesehen hatte.

»Ich glaube, wir sind uns noch nicht begegnet«, sagte ich ruhig zu ihr.

Sie wurde nicht unfreundlich, sie lachte nur. »Wir sind uns noch nicht begegnet.« Sie bewegte ihre Hand vor meinen Augen hin und her. »Sie haben Ihnen gesagt, daß sie die Antworten auch nicht kennen. Verstehen Sie das nicht? Niemand weiß die Antworten, außer einem!«

Du lieber Himmel, dachte ich, jetzt erzählt sie mir gleich, daß Jesus Christus mein Erlöser sei und daß sie mich im Blut des Lamm Gottes reinwaschen werde. Muß ich ihr ein paar Bibelzitate an den Kopf schleudern, um sie wegzuscheuchen?

Ich seufzte auf. »Als Jesus sagte, ›Niemand kommt zum Vater, denn durch mich‹, meinte er mit ›mich‹ nicht den ehemaligen Zimmermannsgesellen, sondern ›mich‹ – der auf der Suche ist nach dem Geist in ...«

»Richard«, sagte sie ruhig. »Bitte nicht!«

Ich hielt inne und blickte sie an. Ihr Lächeln war ungeschmälert, ihr Augen funkelten wie Sterne: Sie war viel hübscher, als ich gedacht hatte. Warum war mir das nicht gleich aufgefallen? Hatte meine Verärgerung sie vielleicht vorhin farblos gemacht? Während ich sie aufmerksam betrachtete, mußte sich die Straßenbeleuchtung geändert haben: Sie war nicht nur hübsch, sie war einfach schön.

Sie wartete geduldig, bis ihr meine volle Aufmerksamkeit gewiß war. Hatte sie sich vielleicht selbst geändert, überlegte ich mir, und war es gar nicht das Straßenlicht? Was ging hier eigentlich vor?

»Jesus hat nicht die Wahrheit, nach der du strebst«, sagte sie dann. Während ich überlegte, ob ich sie auch duzen sollte, sprach sie weiter. »Der Philosoph Laotse hat sie nicht und auch nicht der Schriftsteller Henry James. Was du heute nacht entdecken könntest, wenn du deine Augen wirklich öffnetest, um in mehr als nur in ein hübsches Gesicht zu blicken, ist ... Was denn wohl?«

Sie sah mich an und wartete geduldig.

»Ich kenne dich, nicht wahr?« fragte ich sie dann.

Zum ersten Mal an diesem Abend runzelte sie unwillig die Stirn. »Du hast wirklich recht«, erwiderte sie. »Du kennst mich tatsächlich.«

*

Solange ich mich erinnern kann, ist es so gewesen. Jemand folgt mir, stößt mit mir zusammen, wenn ich um die Ecke biege, oder erscheint in der U-Bahn oder im Cockpit des Flugzeugs, um mich in irgendeiner Weise über irgendwelche fremden Dinge zu belehren.

Zuallererst habe ich geglaubt, diese Menschen wären irgendwelche Phantome, Gebilde meiner eigenen Phantasie –, und anfangs waren sie das auch. Doch bald mußte ich zu meiner Überraschung erleben, daß diese belehrenden Seelen sich plötzlich in dreidimensionale Sterbliche verwandelten, so wie ich einer war. Und sie waren genauso erschrocken, mich in ihren Abenteuern vorzufinden, wie ich darüber erschrocken war, sie unerwartet in meinem Leben auftauchen zu sehen.

Nach einer Weile konnte ich allerdings nicht mehr sagen, ob die Person, die über mich und meine Lektionen wachte, sterblich war oder nicht. Heute vermute ich einfach, daß es wirkliche Menschen sind – bis sie dann mitten im Satz verschwinden oder mich in andere Welten hinwegheben, um mir eine subtile Frage der Metaphysik zu veranschaulichen.

Letzten Endes ist es natürlich völlig egal, wer oder was sie sind. Manche Menschen sind einfach Engel, ohne die Höflichkeit zu haben, sich als solche vorzustellen. Andere habe ich jahrelang gekannt, bevor ich ihre weichen Federn bemerkte. Und wiederum andere, von denen ich geglaubt hatte, sie wären lebende Evangelien, haben sich als schlechte Propheten erwiesen.

Dieses Buch beschreibt die Geschichte einer dieser zahlreichen Begegnungen in den Raffinerien meiner Gedankenwelt. Und es erzählt, was ich daraus gelernt habe und wie dieses Wissen mein Leben verändert hat.

Stimmen meine Lehren mit Ihren Erfahrungen überein? Bin ich ein feuerversengter Kumpel von der Rennbahn, auf der auch Sie fahren? Oder bin ich ein sonderbarer Fremder, der einsam murmelnd durch die Straßen irrt? Manche der Antworten werde ich niemals finden.

Jetzt müssen wir uns aber beeilen, sonst kommen wir zu spät zum ersten Kapitel.

1

Ich stand auf dem Gipfel des Berges und beobachtete den Wind. Er streifte fern am Horizont sanft den See und wehte milde in meine Richtung. Zweitausend Fuß unter mir kippte er ein paar Rauchsäulen um, die aus den Kaminen aufstiegen, und er bewegte die smaragdgrünen Blätter an den Bäumen des Vorgebirges. Zierliche Windfahnen am Rande der Felswand flatterten im Rhythmus der vorbeistreichenden Aufwinde – zwei Minuten lang etwas träge, eine halbe Minute lang etwas lebhafter.

Es ist besser, wenn ich beim Absprung von der Felskante etwas Wind bekomme, entschied ich. Lieber noch eine Zeitlang auf einen Windstoß warten.

»Testest du heute oder ich?«

Ich drehte mich um und lächelte Ceejay Sturtevant an. Sie war zierlich, ging mir nur bis zu den Schultern. Ceejay hatte die Gurte ihres Paragleiters bereits am Körper festgezurrt, die Stiefel zugeschnürt und den Helm aufgeschnallt. Ein kleiner ramponierter Teddybär blickte als Maskottchen aus einer Tasche ihres Flugoveralls. Der Schirm, der geordnet neben ihr auf dem Boden lag, war ein Meer von Nylonfarben.

»Ich warte auf etwas mehr Wind«, sagte ich zu ihr. »Du kannst zuerst fliegen, wenn du möchtest.«

»Vielen Dank, Richard«, sagte sie mit einem Lächeln. »Ist sonst alles klar?«

Ich ging ein wenig beiseite. »Alles klar.« Sie wartete einen Moment und blickte prüfend zum Horizont. Dann rannte sie auf den steilen Abhang zu, und für einen Sekundenbruchteil schien es reiner Selbstmord zu sein, weil ihr Körper auf die Felswand zuraste. Und nur einen Augenaufschlag später entfaltete sich der Gleitschirm von einem toten Gewebe zu einem Wirbelwind aus grellem Gelb und neonfarbenem Pink. Eine gewebte Wolke schwebte über ihrem Kopf wie ein gewaltiger chinesischer Drache, der plötzlich aufgetaucht war, um sie vor dem tödlichen Fall zu retten.

Schon hatten ihre Füße den Abgrund erreicht, und sie rannte nicht mehr, sondern flog in der Luft und pendelte sich aus wie eine Katze im freien Fall – aber Ceejay hatte ihre Gurte, die sie an dem riesigen Flügel festhielten.

Ihr Mann beobachtete sie, als er sich in die Gurte seines Paragleiters hineinschnallte, und er rief begeistert: »Pack es an, Ceejay! Such uns den Aufwind!«

Der erste Flieger, der vom Berg weggleitet, erprobt die Windverhältnisse, die anderen beobachten seinen Flug, beten um aufsteigende Luftströmungen dicht bei den Hängen und einen Tag mit langen, erhebenden Flügen. Verfehlen die Gebete ihre Wirkung und bleibt die Luft ruhig, gleitet man langsam ins Tal und wandert wieder zum Gipfel empor. Oder man findet einen gutmütigen Autofahrer, der die Bergstraße nach oben chauffiert.

Der helle Schirm drehte sich und begann sich im Aufwind zu erheben. Der Jubel von uns sechs, die Ceejay beobachteten und ebenso fliegen wollten, brandete auf. Dann sank sie wieder Richtung Tal und glitt langsam davon. Ein Stöhnen und Aufatmen der Zuschauer. Vom Wetter her waren die Möglichkeiten vorhanden, auch wenn nur die geschicktesten unter uns es schaffen würden, noch eine halbe Stunde nach dem Start in der Luft zu verweilen.

Ich beobachtete Ceejay eine Zeitlang beim Fliegen. Dann erkannte ich eine Thermik, die sich auf den Berg zu bewegte: Die Blätter schaukelten ein wenig, und danach kamen die Zweige in Bewegung, die Windwipfel wurden immer munterer im Aufwind. Es war Zeit zu fliegen.

Ich drehte meinen Rücken in den Wind, zog hart an den Gurten der Aufhängung, und dann schwang sich mein Gleitsegel vom Grab der Erde hinweg in ein luftiges Rauschen und prasselndes Flattern wie der Spinnaker eines Segelbootes, der sich in das Blau des Himmels hinein aufbläht.

Es war, als ob ich meine eigene Schäfchenwolke nach oben gezogen hätte, einen seidenweichen Regenbogen von Schirmende zu Schirmende, an denen zitronengelbe Wimpel flatterten, und die Luft pulsierte um mich herum, als ich durch die Brise glitt: keine Federn und kein Wachs – diese Flügel hätten Ikarus vor dem Fall bewahrt. Dreitausend Jahre zu spät für ihn, ging es mir durch den Kopf, aber rechtzeitig für mich.

Ich blickte hinein in meinen Regenbogen, kontrollierte die Leinen der Aufhängung und drehte dann mein Gesicht in den Wind.

Herrliches Leben. Ich schmiegte mich in die Gurte hinein, steuerte schräg zum Wind an den Rand des Abhangs, langsam, wie ein Taucher im Meer sich gegen das Wasser lehnt, das ihn trägt. Und dann schwang ich mich in die Luftströmung weiter weg vom Hang, und mein Regenbogen hob mich – wir glitten langsam über den Wipfeln der Bäume dahin.

»Mach weiter so, Richard!« rief plötzlich eine Stimme.

Ich zog sachte an der Bremsleine, kurvte ein wenig und grinste ihnen dann zu. Fünf Gleitschirmflieger in Seide und Spinngewebe kreisten dicht nebeneinander über dem Abgrund, und keiner von ihnen wagte es, sich in den Windsog gleiten zu lassen, der sie in den Himmel hochheben konnte. Ich mußte ihnen Mut machen. »Jede Menge Aufwind!« rief ich zurück.

Dann packte mich eine leichte Böe und trug mich von der schlanken Luftsäule weg. Der Aufwind ließ nach.

Von meiner Augenhöhe aus gesehen schwebten die Flieger vom Berggipfel jetzt über mir, und ich sank langsam abwärts und versuchte, erneut in den Aufwind zu gleiten. Nördlich von mir flog Ceejay in engen Spiralen und verlor ebenso an Höhe. Seitlich von mir tauchte der Berghang weg, und es blieb nur noch der Schlund unter mir – kein Aufwind mehr, der mich trug.

Vor zwei Jahren hätte ich gedacht, daß eine solche Situation meinen Adrenalinspiegel hochjagen würde – allein, eine halbe Meile über der Erde, vor dem Absturz nur bewahrt durch unzählige schmale Schnüre, die an einem Stückchen Stoff befestigt waren. Jetzt war es ein sanfter, träger Traum vom Fliegen: kein dröhnender Motor, kein Glas-und-Stahl-Kokon um mich herum, nur das leise Seufzen des bunten Gleitschirms, der über mir durch die Luft schwebte.

Ein Rabe erschien dicht neben mir, er hielt einen Sicherheitsabstand, der zwischen Furcht und Interesse lag. Die schwarzen Augen blickten neugierig, der Kopf war leicht gebogen, ein Maisfresser, vom Regenbogen fasziniert.

Ich lehnte mich in die Gurte zurück wie ein Kind in einer hochschwingenden Schaukel und beobachtete den Berghang über mir. Die Suche nach dem Aufwind war beendet. Davon hatte ich schon als Kind auf der Wiese mit meinem Papierdrachen geträumt: Schneller zu sein als der Adler war ein Teil des Traumes, aber so gleichmäßig wie die Schmetterlinge – eine weiche, liebliche Freundschaft mit dem blauen Himmel.

Unter uns drehte sich das Heufeld, das wir als Landezone benutzten, und daneben standen Menschen am Straßenrand, die angehalten hatten, um die Gleitschirme zu beobachten. Als ich mich in einer Höhe von hundert

Fuß der Grasfläche näherte, zählte ich fünf Autos, und ein sechster Wagen hielt gerade an. Es kam mir fremdartig vor, daß Menschen mich beobachteten, während ich zu meinem eigenen Vergnügen die Lüfte unsicher machte. Sieht man von den Luftfahrtshows ab, habe ich mich immer unsichtbar gefühlt, wenn ich flog.

Zehn Minuten, nachdem ich in den Himmel geglitten war, verließ ich ihn wieder, indem ich die Geschwindigkeit auf Höhe der Grasmarkierung drosselte, und dann berührte erst mein rechter Fuß den Boden, danach der linke. Der Schirm blieb noch einen Moment über meinem Kopf und beschützte mich, bis ich sicher auf der Erde stand. Dann zog ich an den hinteren Leinen, und der Drache verwandelte sich wieder in lockere Seide, die in einer riesigen Wolke aus Farbe um mich herum schwebte und dann langsam in sich zusammenbrach.

Über mir waren Ceejay und die anderen nur noch kleine Punkte, die sich am Himmel festhielten, mit viel Mühe die warmen Luftströmungen suchten und sich von Aufwind zu Aufwind hangelten. Es waren zähere Flieger als ich, und ihr Lohn war, daß sie noch in den Lüften schwebten, während ich schon wieder fest auf der Erde stand.

Ich glättete den Schirm, faltete ihn dann sorgfältig vom Ende zur Mitte hin zusammen, bis das Ganze ein kleines viereckiges Bündel im Heu war. Dann drückte ich noch die Luft heraus und packte alles in meinen Rucksack.

»Soll ich Sie zum Gipfel mitnehmen?«

Eine Stimme ertönte vom Himmel der Paragleiter mit dem schönen Versprechen, um einen beschwerlichen Fußmarsch von weit über einer Stunde herumzukommen.

»Vielen Dank.« Ich drehte mich um und sah einen kleinen, grauhaarigen Mann mit den freundlichen Augen eines College-Lehrers, der mit überkreuzten Armen an seinem Auto lehnte und mich aufmerksam betrachtete.

»Es macht bestimmt Spaß«, sagte er zu mir. »Es sieht von hier unten aus wie ein buntes Feuerwerk.«

»Ein herrliches Vergnügen«, bestätigte ich, packte meine Sachen auf den Rücken und ging zu seinem Wagen. »Sie ahnen gar nicht, wie sehr ich diese Fahrt mit dem Auto zu würdigen weiß.«

»Ich kann es mir vorstellen«, erwiderte er lächelnd. »Und ich bin froh, wenn ich Ihnen einen Gefallen tun kann.« Er reichte mir seine Hand. »Mein Name ist Shepherd.«

»Richard«, sagte ich und drückte seine Hand.

Ich hievte den verpackten Gleitschirm auf den Rücksitz und ließ mich auf den Beifahrersitz seines alten, verrosteten Ford, Baujahr 1955, nieder. Ein Buch lag mit dem Rücken nach oben neben mir auf den zerschlissenen Sitzpolstern.

»Fahren Sie links auf den Highway«, sagte ich zu Shepherd. »Dann ist es nur eine Meile bis zur nächsten Ausfahrt.«

Er startete den Motor, fuhr dann gemächlich auf den Highway und nahm die von mir beschriebene Ausfahrt.

»Ein herrlicher Tag, nicht wahr?« bemerkte ich nach einer Weile. Wenn mich schon jemand bis zum Gipfel fuhr, wollte ich ihn nicht die ganze Fahrt über anschweigen.

Er konnte mir nicht antworten, weil er sich auf den Verkehr und die Straße konzentrieren mußte.

Und dann fragte er völlig unvermittelt: »Haben Sie schon einmal jemanden getroffen, der einer Person in einem Ihrer Bücher ähnelt?«

Mein Herz rutschte tiefer. Es ist bestimmt nicht das Ende der Welt, wenn ein Fremder meinen Namen kennt. Wenn man schon eine bekannte Persönlichkeit ist, kann man nie sicher sein, daß der Gegenüber, mit dem man es gerade zu tun hat, noch nie von einem gehört hat. Was würde als nächstes geschehen? Wenn er ein Holzkopf war, würde ich mir wie ein prächtiger Idiot vorkommen, seinem Geschwätz völlig ausgeliefert.

Für den Bruchteil einer Sekunde dachte ich, daß Shepherd vielleicht ein Bekloppter war und ich am besten daran täte, die Beifahrertür zu öffnen und auf die Straße zu springen. Einen Sekundenbruchteil später beschloß ich, ihm eine Chance zu geben, denn aus dem Wagen springen konnte ich immer noch, wenn es notwendig sein sollte. Außerdem wäre das nicht unbedingt eine Antwort auf seine Frage gewesen.

»Alle Personen in meinen Büchern sind echt«, beantwortete ich seine Frage. »Obwohl ich einige von ihnen noch nicht in der Realität getroffen habe.«

»Existiert Leslie wirklich?«

»Eine häufig gestellte Frage.« Worauf wollte er eigentlich hinaus? Die Unterhaltung hatte ihre anfängliche Naivität verloren. »Sie können hier einbiegen», sagte ich zu ihm. »Das ist schon die Bergstraße. Sie ist dreckig und stellenweise sehr steil, aber trotzdem sehr leicht zu fahren. Allerdings müssen Sie auf dem Gipfel sehr vorsichtig sein, denn Gleitschirmfliegen macht soviel Spaß, daß Sie leicht von dieser Freude angesteckt werden können, wenn Sie nicht sehr aufpassen und schnell umkehren. Sie werden dann nicht mehr der gleiche Mensch sein wie zuvor.«

Shepherd ignorierte mein Ablenkungsmanöver. »Der Grund, warum ich Sie gefragt habe, ist einfach der, daß ich eine der Personen bin, über die Sie schreiben. Ich war bei Ihnen, als Sie noch ein Junge waren. Ich bin ein lehrender Engel.«

Ich war zutiefst alarmiert. »Genug der Umschreibungen«, sagte ich brüsk. »Jetzt sagen Sie mir, was Sie wollen.«

»Wir sprechen nicht darüber, was ich will, Richard, sondern darüber, was du willst.«

Der Wagen fuhr jetzt so langsam, daß ich hätte hinausspringen können, ohne gleich tot zu sein. Noch hatte er mich keinen gottlosen Antichristen genannt, und er war sicherlich unbewaffnet, deshalb blieb mein erster Eindruck von seiner Liebenswürdigkeit bestehen. Er redete wie ein Verrückter, aber ich mochte den Mann.

»Wenn du ein lehrender Engel bist«, sagte ich zu ihm, »dann weißt du bestimmt auch die richtigen Antworten.«

Er wandte sich mir direkt zu und lächelte. Er schien überrascht zu sein. »Den Nagel auf den Kopf getroffen. Natürlich weiß ich die Antworten. Deshalb bin ich ja hier. Woher weißt du das?«

»Ich habe ein paar Fragen«, antwortete ich. »Ich werde fragen, und du wirst mir antworten. Okay?« Wenn Shepherd wirklich ein Wesen aus einem meiner Bücher war, würde ich das jetzt herausfinden.

»Nur zu«, sagte er.

Ich wandte mich ihm direkt zu. »Als Kind hatte ich zwei Stofftiere. Wie hießen sie?«

»Das Kamel hieß Cammie«, sagte er lächelnd. »Und das Zebra hast du Zeebie genannt.«

»Wie war der erste Motor beschaffen, den ich gebaut habe?« Jetzt wurde es schon schwieriger für ihn.

Er antwortete ohne zu zögern. »Es war ein Achtzehn-Zoll-Strahltriebwerk. Vier Zoll im Durchmesser mit verlöteten Nähten und am Ende mit einem fünf Fuß großen Gegengewicht montiert. Dir war klar, daß die Hitze das Lötmittel wegschmelzen und der Motor in ein oder zwei Minuten auseinanderfliegen würde. Deshalb hattest du eine Idee: Alkohol statt Benzin. Aber es flog auseinander, und das Feuer breitete sich auf dem Hinterhof aus ...«

Er sprach die ganze Zeit, während er fuhr. Er beschrieb meine Raketen, mein Haus, meine Freunde, meine Familie und den Hund: Einzelheiten aus meinem Leben, an die ich mich kaum noch erinnern konnte, als er sie erwähnte.

Die Charaktere in meinen Büchern sind ganz bestimmt echt. Aber einige von ihnen sind wie Elementarteilchen: Es gibt eine Dimension, in der sie existieren, jedes von ihnen lebendig in seiner eigenen Welt, so wie wir auch in unserer Welt leben. In Büchern dringen sie in meine Atmosphäre ein und verändern sie.

Shepherd war entweder einer von diesen Charakteren, oder er war der größte Irre auf dieser Welt.

»... der Oleanderstrauch steht an der Ecke der Mauer. Vom Kamin hängt ein Mobile herunter, das du aus Blattkupfer und verschweißten Stangen gebaut hast. Es sind gekrümmte Ellipsen, du nennst es ›Radar‹. In der Garage befinden sich Packen mit Holzkohle und Gemälde, die deine Mutter im Kunstunterricht angefertigt hat. Der Holzverschlag, den du als geheimen Eingang zu eurem Haus benutzt ...«

Ich unterbrach ihn. »Eine Frage, bitte.«

Er hörte sofort mit seinem Bericht auf, und wir fuhren schweigend weiter. Riesige Bäume spendeten in der Mittagssonne wohltuend ihren Schatten über dem Wagen, der sich im ersten Gang die steilen Kurven der Straße hinaufquälte.

»Du erzählst von meiner Kindheit, als ob es die Gegenwart und nicht die Vergangenheit sei«, sagte ich verwundert. »Für dich scheint diese Zeit immer noch zu existieren. Das Ich, von dem du sprichst, das das Mobile gebaut hat, heißt aber Dickie. Das war ich, in meiner Vergangenheit.«

Er nickte mir zu. »Selbstverständlich. Diese Zeit liegt jetzt hinter dir.«

»Noch eine andere Frage«, sagte ich zu ihm.

Er antwortete sofort, ohne einen Moment zu zögern. »Du kannst fragen, was du möchtest.«

»Was ist die dritte Potenz von hunderteinunddreißig?«

Er lachte. »Ich bin ein Engel und kein Computer.«

»Ich habe nichts anderes behauptet. Dann schätze.«

Er blickte mich einen Moment nachdenklich an. »Fünfhundertsiebenundzwanzig?«

Völlig daneben, das hätte ein Schulkind besser gewußt. Der Typ ist nicht allwissend, das hätte ich mir doch denken können. Vielleicht ist Mathematik auch nicht seine Stärke. Mal sehen, was er sonst noch alles nicht weiß.

»Gibt es im Himmelreich eine Schwerkraft?« fragte ich naiv.

Er blickte mich überrascht an. »Seit wann denkst du über dieses Problem nach?«

»Seit ungefähr einem Jahr.« Ich zeigte auf die Straße. »Paß auf den großen Felsen dort auf.«

Die Warnung kam zu spät. Er hatte den Felsblock nicht gesehen und ihn mit dem Wagen gestreift. Das lenkte seine Aufmerksamkeit wieder auf die Straße. Der Kratzer im Blech schien ihn nicht zu berühren, er fuhr einfach weiter. »Hast du noch weitere Fragen?« wollte er von mir wissen.

Ich ließ das Thema mit der Schwerkraft sausen. Mehr als der Himmel interessierte mich im Moment, wer die fremde Person neben mir war.

»Warum bist du ... warum bist du so, wie du bist?« fragte ich ein wenig verunsichert.

»Es gibt einen schönen Spruch: *›Eine Ausschweifung des Herzens ist ein Mangel an Geist.‹*« Die Art und Weise, wie er dieses Sprichwort zitierte, machte es zu einer traurigen Wahrheit.

Mir war klar, daß er mich nicht kränken wollte. Und ich wußte genausogut wie er, daß er mich nicht gesucht und gefunden hatte, um mit mir eine Fahrt zum Gipfel des Berges zu unternehmen. Jetzt wußte ich auch noch, daß er kein Meister in Mathematik war. Aber das interessierte mich jetzt nicht so sehr. Alle möglichen Fragen schwirrten mir durch den Kopf.

»Und du hast mir das alles erzählt, weil es damit zu tun hat, weshalb du hier bist«, sagte ich zu ihm.

Er nickte mir kurz zu und lächelte. »So ist es.«

Habe ich ihn von Anfang an gemocht, weil mir sein Lächeln bekannt vorgekommen ist?

2

Lehrende Engel sind nicht unbedingt Experten im Autofahren. Eine scharfe Kurve auf der Bergstraße und dann die Kante eines Felsens – Shepherds Kratzer sind dort noch heute zu erkennen.

Als ob er meine Gedanken erraten hätte, sagte er: »Es ist schon eine Weile her, seit ich zum letzten Mal hinterm Steuer saß.«

Während das Auto die Steigung erklomm, verkrampfte ich meine Beine und klammerte mich mit den Händen an der zerlumpten Armlehne fest. »Es wird gleich weniger steil.«

Steil oder nicht steil, das kümmerte meinen netten Fahrer im Moment wenig. »Erinnerst du dich noch an deine Kindheit?« fragte er.

»Als du mir vorhin davon erzählt hast, fiel mir einiges wieder ein. Ansonsten weiß ich wirklich nicht viel aus dieser Zeit«, sagte ich.

»Du warst immer ein emsiger Junge. Wenn du etwas lernen wolltest, warst du ganz ernsthaft bei der Sache. Kannst du dich noch daran erinnern, wie du schreiben gelernt hast?«

Ich dachte an meinen kreativen Schreibkurs an der High-School, den John Gartner gehalten hatte. Lernt man wirklich von anderen Menschen das Schreiben, oder aktivieren sie in uns nur die Kraft des Wortes, die zwischendurch gelöscht worden war?

Wieder schien er meine Gedanken erraten zu haben.

»Ich meine das Schreiben mit der Hand: deine Mutter am Küchentisch, wie sie Briefe schreibt. Du selbst an ihrer Seite mit Papier und Bleistift, und du malst die As, die Es und Os mit Rundungen, Schleifen und Kurven, Zeile um Zeile und Seite um Seite.«

Ich wußte jetzt, was er meinte, und erinnerte mich: Ich besaß einen roten Bleistift. Und viele Rs und viele S. Man war schon groß, wenn man sie ordentlich von links nach rechts auf das Papier brachte. Mutter lobte mich, sprach von einer schönen Arbeit, und ich hatte den Wunsch, das Ganze nochmal zu zeichnen. Heute habe ich die schlechteste Handschrift der Welt.

»Du kennst Dickie ziemlich gut, nicht wahr?« fragte ich meinen Fahrer, der Richtung Gipfel steuerte.

Er nickte mir zu. »Viel besser, als ich dich kenne.«

»Weil er Hilfe braucht und ich nicht?«

Er schüttelte den Kopf. »Weil er Hilfe wünscht und annimmt. Das tust du nicht.«

Der alte Ford bog um die letzte Kurve, wir hatten den Gipfel des Berges erreicht, und vor uns weitete sich der Horizont nach Norden und Westen. Er fuhr den Wagen dicht an die Stelle, von der aus die Paragleiter immer starten, und ich suchte nach dem Türgriff.

»Ich bin froh, daß du für ihn hier bist«, sagte ich zu Shepherd. »Grüß ihn bitte von mir.«

Er erwiderte nichts. Ich nahm mein Gepäck vom Rücksitz, stieg aus dem Wagen und wuchtete es auf meine Schultern. Der Wind war sanft wie zuvor. Wenn ich dieses Mal nicht aufsteigen kann, werde ich meine Sachen zusammenpacken und nach Hause gehen.

Ich beugte mich herunter und winkte ihm durchs Autofenster zu. »Es war mir ein Vergnügen, Mister Shepherd. Und vielen Dank fürs Mitnehmen.«

Er nickte mir zu, und ich wollte mich entfernen, als ich seine Stimme hörte. »Nur noch eine Sache, bitte ...«

Überrascht drehte ich mich um und sah ihn fragend an.

Er lächelte mir zu. »Würde es dir etwas ausmachen, ein Buch für Dickie zu signieren?«

»Überhaupt nicht.« Ich kam gar nicht auf die Idee, daß sein Anliegen irrational war. Hoffnung und Intuition überwinden die Grenzen der Zeit, nicht Papierstapel und Druckerschwärze.

Ich stellte meinen Rucksack mit der Ausrüstung auf die Erde, öffnete erneut die Beifahrertür und ließ mich auf den Sitz neben ihn fallen.

Shepherd berührte das Buch, das zwischen uns lag. »Du hast ein Versprechen gegeben«, sagte er, aber es klang nicht vorwurfsvoll. »Erinnerst du dich noch?«

»Bestimmt hast du recht«, erwiderte ich. »Aber ich kann mich nicht mehr daran erinnern.« Als Kind war ich voller Phantasien: Wünsche und Träume gestalteten die Wirklichkeit, wie sie einmal sein sollte. Es hätte mich nicht überrascht, wenn manche meiner Visionen, an die ich mich so lebhaft erinnern kann, zur Realität geworden wäre und manche Tatsache hingegen sich nun als Blendwerk herausstellen würde.

Ich versuchte, ihm auszuweichen. »Es ist schon so lange her, Mister Shepherd. Dickie ist in weiter Ferne, er ist eine fremde Person. Ich habe vergessen, wer er war.«

»Aber du bist für ihn keine fremde Person. Er geht davon aus, daß du ihn nicht vergißt und daß du alles tust, um ihm beizubringen, wie man das Leben bewältigt. Er will unbedingt das herausfinden,was du schon weißt.«

»Es wird ihm ganz bestimmt gelingen«, erwiderte ich.

Wieder lächelte mich Shepherd an. »Aber dann wird er so alt sein wie du jetzt. Du hast einst einem Versuch zugestimmt. Du wolltest herausfinden, was passieren würde, wenn er nicht erst wie du fünfzig Jahre lang herumprobieren müßte.«

»Ich habe selbst zugestimmt?« fragte ich ungläubig, weil ich mich nicht daran erinnern konnte.

Shepherd nickte. »Es war im Jahr 1944, als ich dir sagte, daß die Zeit für mich keine so stabile Mauer bildet wie für dich. Du hast versprochen, daß du fünfzig Jahre später ein Buch für den Jungen schreiben würdest, der du einst gewesen, um alles, was du weißt, in dein Bewußtsein zurückzuholen: worauf man sich freut, wie man glücklich ist, wie man sein Leben retten kann – Wissen, das du gerne gehabt hättest, als du so alt warst wie er.«

»Glaubst du das wirklich?« Ich blickte nach draußen, die Fahnen flatterten im auffrischenden Wind. »Welch eine schöne Idee.«

Shepherd räusperte sich kurz. »Es sind fünfzig Jahre vergangen, Richard.« Er rutschte unbehaglich auf seinem Sitz hin und her. »Der Junge, der du einst gewesen, wartet immer noch auf dich. Du hast es ihm versprochen.«

»Ich kann mich immer noch an kein Versprechen erinnern«, gab ich unwillig zurück.

Der Engel blickte mich an, als ob ich meine Seele verkauft hätte. Meine Worte klangen wahrscheinlich ziemlich hart, aber niemand kann wirklich ermessen, wie schwer es ist, ein Buch zu schreiben. »Erzähl ihm, daß ich das Versprechen vergessen habe, aber daß ansonsten alles in Ordnung sei. Er braucht sich also keine Sorgen zu machen.«

Shepherd seufzte. »Bedeuten dir Versprechen gegenüber Kindern eigentlich überhaupt nichts?«

Ich schüttelte heftig den Kopf. »Nicht, wenn das eingehaltene Versprechen ihnen das Herz brechen würde. Er braucht nicht zu wissen, wie viele Schwierigkeiten ihn noch erwarten: daß er der einzige aus seiner Familie sein wird, der am Leben bleibt, er muß nichts von Scheidung, Betrug oder Verbrechen wissen und daß er vorerst nicht die Frau seiner Träume heiraten kann. Shepherd, ein Jahr ist für einen Neunjährigen eine Ewigkeit. Du hast recht: Dieses Versprechen bedeutet also gar nichts.«

Betrübt verzog er das Gesicht. »Ich habe mir gedacht, daß du die Angelegenheit auf diese Weise abhandeln würdest. Ich weiß genau, wie schwierig es ist, ein Buch zu schreiben. Und ich habe gewußt, daß du es nicht schreiben würdest, deshalb habe ich es für dich geschrieben.«

3

Du mußt lediglich dieses Buch hier signieren«, sagte der Engel zu mir und lächelte erneut. »Es wird auch unser kleines Geheimnis bleiben, daß du nicht die Zeit gehabt hast, es selbst zu schreiben. Dickie darf nichts davon erfahren. Er hält dich für den lieben Gott, egal was du tust.«

»Es wird keine Lügen gegenüber dem kleinen Jungen geben«, erwiderte ich. »Sag es ihm ganz ehrlich. Er kann sich nicht vorstellen, was er da von mir verlangt. Sag ihm, daß er erst in meinem Alter erfahren wird, daß Bücher nicht aus einer Laune heraus oder, um alte Versprechen einzulösen, geschrieben werden. Bücher schreibt man über viele Jahre hinweg, indem man mit Hilfe von Ideen, die man vorher nicht gehabt hat, sein Innerstes nach außen kehrt. Und sogar dann ist das Schreiben eine letzte Zuflucht, ein verzweifeltes Lösegeld, das du dafür bezahlst, daß du dein Leben wiederbekommst. Es ist phantastisch, wenn es vorbei ist, und alles, was ich je sagen wollte, ist niedergeschrieben. Auf diese Weise habe ich mir einen Nachmittag auf dem Berggipfel mit meinem Gleitschirm redlich verdient.«

»Ich werde ihm sagen, was zu sagen ist«, erwiderte er ungerührt. »Und selbstverständlich weiß ich, was du schreiben würdest. Und jetzt signiere bitte das Buch: Du hast es zwar nicht geschrieben, aber du kannst bestätigen, daß es wahr ist. Dann werde ich gehen.« Er zog einen Füllfederhalter aus der Tasche.

»Und noch ein Wort zur Ermunterung: Hab Vertrauen.« Er reichte mir das Buch, und ich sah es mir genauer an.

Ein grüner Umschlag. Der Titel in weißen Buchstaben: *ANTWORTEN – Anweisungen zum Handeln und Denken. So kommt man zu einem erfüllten Leben. Mit Erfolgsgarantie. Von Richard Bach.*

Mir wurde mulmig zumute. Dann sagte ich mir, daß eine Menge guter Bücher dämliche Titel haben.

Zögernd öffnete ich das Buch und überflog das Inhaltsverzeichnis:

Familie
Schule
Studium
Arbeitsplatz
Geld
Verantwortung
Verpflichtungen
Hilfsbereitschaft
Sorge für andere

In diesem Tenor ging es weiter. Zwei Seiten in kleiner Schrift, nur für die Kapitel. Wenn Dickie irgendwelche Probleme beim Einschlafen hatte – hier war die Lösung.

Ich klappte das Buch an irgendeiner Stelle auf und las: *Ein wichtiger Teil des Arbeitsumfeldes besteht in der Vorsorge für Begünstigungen bei der Erwerbstätigkeit. Ein guter Plan für die Altersvorsorge ist soviel wert wie ein höheres Gehalt, und eine automatische Anpassung an die Lebenshaltungskosten ist so wertvoll wie Ersparnisse auf der Bank.*

Igitt, dachte ich. Warum findet nicht jeder selbst heraus, was ihm Spaß macht und wie er sich selbst verwirklichen kann?

Ich machte einen neuen Versuch.

Alles was du tust, spiegelt sich in der Familie wider.

Bevor du etwas tust, was sie in Verlegenheit bringen könnte, überleg dir folgendes: Wird meine Familie glücklich sein, wenn ich es tue?

Ach, du liebe Zeit. Der dritte Versuch wird vielleicht ein Treffer.

Gott beobachtet dich. Der Zeitpunkt wird kommen, und Er wird dich fragen: Bist du ein guter Bürger gewesen? Sag ihm, daß du es wenigstens versucht hast.

Ich schluckte betreten, wurde immer nervöser und überflog die Seiten. Das Kind will wissen, was ich in den letzten fünfzig Jahren gelernt habe, und dann bekommt es so etwas vorgesetzt? Wie kann ein Engel solch höllische Gedanken aufschreiben?

Du schaffst dir deine eigene Realität, um sicherzugehen, daß du eine glückliche Wirklichkeit gestaltest. Bring deinen Mitmenschen gegenüber Opfer, und sie werden nett zu dir sein.

Ich war überrascht, wie schwer es war, ein Buch in zwei Teile zu zerreißen. Als ich es geschafft hatte, hielt ich eine der zerstörten Hälften Shepherd vors Gesicht. »*Du schaffst dir deine eigene Realität? Und sie werden nett zu dir sein?* Ich kann mir nicht vorstellen, daß du so verrückt bist, das zu glauben, oder so verrückt, daß du meinst, ich glaube so einen Quatsch. Auf jeden Fall bist du so vermessen, solche Plattheiten in ein Buch für ein unschuldiges Kind zu packen – für Dickie. Und der soll das auch noch lesen. Wirklichkeit ist das, was er mit seinen Augen sieht? Für welchen diabolischen Geist arbeitest du?«

Ich brach ab, weil ich nicht mehr lauter werden konnte, und ich spürte, wie meine Hand zitterte, mit der ich die Seiten des Buches vor seine Nase hielt.

»Man darf es nicht so wörtlich nehmen«, erwiderte er nervös. »Ich kann den Inhalt noch ändern, wenn du möchtest ...«

»Shepherd, der kleine Junge hat einen *Traum*. Er hat

eine große Idee, um das Leben zu finden, das er leben möchte, damit er nicht die Hälfte eines Jahrhunderts damit verbringt, Dichtung und Wahrheit auseinanderzuhalten. Du nimmst ihm einfach seinen Traum weg und lenkst seine Gedanken auf die *Nützlichkeit der Erwerbstätigkeit*? Und dann behauptest du auch noch, dieser Quatsch sei von *mir*?«

»Du hast es *versprochen*«, beharrte er störrisch, und seine Stimme triefte vor Rechtschaffenheit. »Aber du hast dich nicht genügend darum gekümmert, dieses Buch zu schreiben. Ich wollte dir die Sache nur erleichtern.«

Ich wurde von einer Zorneswelle hinweggespült und erkannte die Zeichen am Ufer: ›*Vorsicht, Stromschnellen!*‹ Welche Stromschnellen? Hätte ich noch wütender werden können, als ich es in dieser Minute schon war? Sollte ich diese Kreatur nicht sofort mit bloßen Händen erwürgen?

Ich beruhigte mich wieder ein wenig, und meine Stimme wurde sehr leise: »Shepherd, du bist mündig genug, um das zu tun, was immer du tun möchtest. Aber wenn du einem unschuldigen Kind einen solch faden Brei vorsetzt, als das geistige Werk eines halben Jahrhunderts ausgibst und obendrein noch meinen Namen auf diesen Unsinn schreibst ...« An dieser Stelle haben meine Augäpfel bestimmt geglüht wie feurige Kohlen. »... dann werde ich dich in die Hölle schicken und dich Seite um Seite mit diesem Buch ausstopfen.«

Meine Drohung hat er bestimmt nicht wörtlich genommen, aber von meiner Wut schien er beeindruckt zu sein.

»Ich habe verstanden«, sagte er nur. »Und ich bin froh, daß du dir deswegen Sorgen machst.«

Das ist das Schöne an Engeln – sie sehen immer nur die freundlichen Seiten des Daseins.

4

Ich nahm mein Gepäck und stapfte kopfschüttelnd von dem Wagen weg. Wieder eine Lektion gelernt, dachte ich. Bloß, weil irgend jemand aus einer anderen Dimension in dein Leben tappt, Richard, brauchst du nicht anzunehmen, daß er deswegen in jeder Hinsicht der Klügere ist oder alles besser machen kann. Sterblich oder unsterblich – das Wesen einer Person macht aus, *was sie gelernt hat*.

Ich entfaltete den Flügel meines Drachens auf dem Berggipfel für den Start und schimpfte über hirnlose Engel, die sich in meine Vergangenheit einmischten. Als ich wieder hochblickte, waren der alte Ford und sein seltsamer Fahrer verschwunden.

Ich betete darum, daß Shepherd sich einem Engel gemäß zurückgezogen und nicht versucht hatte, den steilen und kurvenreichen Weg hinunterzufahren. Wenn er wirklich die Straße genommen hatte, würde ich ihn bei der nächsten Fahrt bestimmt abseits des Weges in irgendwelchen Baumwipfeln wiederfinden.

Die Gurte waren fest, Handschuhe hatte ich an, Schnallen und Helm waren überprüft und gesichert. Die anderen waren schon längst in den Lüften auf und davon und drei von ihnen in der Zwischenzeit schon wieder gelandet. Drei Flieger schwebten noch hoch oben, Schmetterlinge über dem Grün, die dem Aufwind nachjagten.

Die Brise fehlte, um das Gleitsegel vor dem Start in den Wind zu stellen. Ich rannte auf den Abgrund zu, blickte prüfend zu dem großen Regenbogen über meinem Kopf hin, und dann lief ich weiter in die blaue Luft hinein.

Dickie würde bestimmt liebend gern mit mir fliegen, dann könnte er begreifen, was wirklich wichtig im Leben war. Man strebt nach einer Leidenschaft, die einen ausfüllt. Ich lasse mein Bedürfnis nach Sicherheit links liegen, verliere die Erdenschwere und werfe mich der Luft in die Arme. Man vertraut ganz der Aerodynamik, den Aufwinden, die dem menschlichen Auge verborgen bleiben.

In diesem Moment eine Denkpause – den Schirm hatte ein Luftstrom erfaßt, und ich zog den rechten Griff herunter und drehte ein wenig, um in diesem Lüftchen zu verweilen. Der Regenbogen und ich hoben uns weich dem Himmel entgegen.

Über die Hügel im Westen erhob sich die ferne Skyline von Seattle, ein leuchtender Smaragd im Sonnenlicht, und darüber die olympischen Berge unter Hüten von Schnee. Es hätte in diesem Moment für Dickie eine Menge zu sehen gegeben.

Ein Falter tauchte rechts neben mir auf, schlug heftig mit den Flügeln und flog genauso schnell wie ich. Ich drehte mich zu ihm hin, und er flatterte weg, kehrte nach einem Moment wieder zurück, umschwirrte kurz meinen Helm und verschwand dann in südlicher Richtung.

Waren es diese Dinge, die Dickie hätte wissen sollen? Er, der Schmetterlinge und Falter liebte und alles, was so in der Luft herumschwirrte? Wäre es wirklich interessant für ihn gewesen, daß der Falter in einer Höhe von zweitausend Fuß nach Süden geflogen war?

Schließlich, so dachte ich, lebte das Kind, das ich einst gewesen, nicht in Shepherds Gedankenwelt, sondern in meiner eigenen. So wenig ich mich an meine Kindheit erinnerte, Dickie wußte alles. Wenn ich einen Weg fände, um ihn zu erreichen, würde ich viel von ihm lernen, und ich könnte ihn lehren, Irrtümer zu vermeiden.

Der Aufwind erstarb, in wenigen Minuten würde Seattle wieder einmal hinter den Hügeln untertauchen. Der erste der Flieger, der vorhin gelandet war, stand schon wieder am Startplatz und beobachtete mich tief unter ihm, wie ich immer weiter nach unten glitt.

Wenn ich hier, ganz entspannt in den Lüften, die Tür zwischen mir und dem Kind, das ich einst gewesen, öffnete – was würde dann geschehen? Es ist schon so lange her, daß ich mir Gedanken um diesen Burschen gemacht habe. Waren es Shepherd und sein Lügenbuch, die mich jetzt ins Grübeln brachten?

Ich stellte mir in meiner Phantasie eine gutgesicherte Falltür zwischen mir und den Tiefen meiner Vergangenheit vor. Ich hob den schweren Holzverschlag und wuchtete ihn beiseite. Da unten herrschte tiefe Dunkelheit, und es war kalt, was mich überraschte. Vielleicht schlief er?

»Dickie!« rief ich in mein Unterbewußtsein hinein. »Ich bin es, Richard. Es ist fast fünfzig Jahre her, seit wir uns gesehen haben, und ich wollte dir nur mal Guten Tag sagen.«

Er lauerte im Halbdunkel, einen Flammenwerfer auf mich gerichtet. Sekunden später hatte sich der Ort in ein Flammenmeer verwandelt. »Hau ab!« schrie er, rasend vor Wut. »*Hau ab, du jämmerlicher und egoistischer Erwachsener, ich will mit dir nichts zu tun haben! Ich will nicht so werden wie du! Hau ab, und komm nie mehr zurück! Laß mich gefälligst allein!*«

Ich schnappte nach Luft, zuckte zurück und warf schnell die Tür zu Dickie wieder zu. Ich legte mich in die Gurte und schwang mich weiter in die Lüfte, tief unter mir die Bäume auf dem Tiger Mountain.

Schöne Bescherung, dachte ich, in meinem Gemüt lauern geladene Raketen auf mich. Eigentlich hatte ich erwartet, daß der kleine Junge mit offenen Armen auf mich zulaufen würde. Aus der Dunkelheit hinein ins helle

Licht, voll mit Fragen und offen für alle Weisheit, die ich angehäuft hatte. Ich schließe die Tür zu einer wunderbaren neuen Freundschaft auf, und ohne Vorwarnung hätte er mich beinahe bei lebendigem Leib geröstet.

Soviel also zum Thema ›Das Kind in uns lieben‹. Zum Glück hat diese Tür ein großes und festes Schloß. Ich werde mich niemals mehr in die Nähe dieses Ortes begeben, geschweige denn die Zeit-Bombe berühren.

Als ich wieder landete, machten sich die anderen Flieger gerade daran, noch einmal zu starten. Wind hin, Wind her, sie wollten fliegen. Sollen sie, dachte ich, und packte meine Ausrüstung in meinen Wagen, startete den Motor und fuhr nach Hause. Während der Fahrt dachte ich über diesen Tag und die ihm innewohnenden Begegnungen nach.

Leslie saß in unserem Pflaumenbaum und winkte mir, als ich ankam. Die Gartenschere hielt sie in der Hand, abgeschnittene Zweige bedeckten den Boden.

»Hallo, Liebling!« rief sie mir zu. »Bist du schön geflogen? Hast du viel Spaß gehabt?«

Meine Frau ist eine liebenswerte und schöne Frau, eine Seelenfreundin, die ich gefunden habe, nachdem ich die Suche eigentlich schon aufgegeben hatte. Abgesehen davon ist sie manchmal aber auch sehr tiefsinnig und geheimnisvoll und herausfordernd. *Hast du viel Spaß gehabt?* Wie sollte ich diese Frage beantworten?

5

Ein Flammenwerfer?« Jede vernünftige Frau würde lachen, wenn der Ehemann nach Hause kommen und eine solche Geschichte erzählen würde. Sie rollte sich auf der Couch neben mir zusammen, legte eine Decke über ihre Füße und hielt eine Tasse Tee zwischen den Händen, um sich zu wärmen. Wenn jemand schnell kalte Hände bekommt, so glaubt sie, ist das beste Mittel dagegen, im Frühjahr die Bäume im Garten zu beschneiden.

»Wofür steht der Flammenwerfer?«

»Dafür, daß ich verwirrt bin«, erwiderte ich. »Man möchte jemanden auslöschen. Nicht direkt töten, aber zum größten Teil in Asche versinken lassen.«

»Wenn das passiert, wenn du aufgeregt bist«, fragte sie weiter, »was geschieht dann erst, wenn du völlig den Kopf verlierst?«

»Das kann ich dir sagen, Leslie. Nicht ich, sondern er war nicht nur durcheinander, sondern völlig durchgedreht.«

Und dann erzählte ich ihr nach und nach die ganze Geschichte. Ich habe versucht, die Sache zu bagatellisieren, um Leslie nicht zu erschrecken. Shepherd wurde zum verschrobenen Fanatiker, der irgend etwas in einem Buch gelesen hat, was er jetzt auf mich projizierte. Er hat dann diese Geschichte erfunden, daraus ein grauenvolles Buch gemacht und gehofft, daß ich es für ihn veröffentlichen würde.

War er wirklich ein lehrender Engel? Wir alle sind

lehrende Engel, wir alle haben etwas gelernt, an das irgend jemand sich irgendwo erinnert. Ich hätte ihm gleich sagen sollen, daß ich heute nicht meine Schulmütze auf dem Kopf hatte und eigentlich nur auf den Berggipfel gelangen wollte, und das wäre es dann auch gewesen, und vielen Dank für die Fahrt und guten Tag.

Meine Frau konnte die Begegnung mit dem Kind, das ich einmal gewesen, nicht belächeln. Sie hatte seit langem geahnt, daß dieser Junge ein verdrängter Teil meines Ichs war, der gefunden und geliebt werden wollte. In Shepherd hatte sie einen Verbündeten gefunden.

Sie sah mich mit ernstem Gesicht an. »Kannst du dir irgendeinen Grund vorstellen, warum Dickie so extrem reagiert hat?«

»Es war dunkel und kalt da unten, es war eine Zelle, ein Verlies. Vielleicht glaubte er, daß ich ihn dort eingeschlossen hätte und dann weggegangen wäre und ihn allein zurückgelassen hätte ...« Ich überlegte einen Moment lang, wie dieses Gefühl wohl sein mußte. »Ich kann mir vorstellen, daß er darüber ein bißchen verärgert war.«

»Verärgert?« Sie runzelte die Stirn.

»Mehr noch. Ich kann mir vorstellen, daß er so wütend war, daß er mich in Stücke schneiden und den Ratten vorwerfen wollte.«

»Hat er nicht recht?« fragte sie nach. »Warst nicht du derjenige, der die Tür zugeschlagen hat?«

Mit einem Seufzer lehnte ich meinen Kopf an ihre Schulter. »Erwartet man von mir vielleicht, daß ich ihn erziehe? Jede Woche sammeln sich mehr Menschen in mir an, die ich einmal gewesen bin, und gesellen sich zu denen, die schon da sind. Morgen werde ich einer von ihnen sein, nämlich ich. Warum soll ich diese Menschenmenge mit mir herumschleppen? Was es da alles zu beachten gibt: ›Vorsicht, wir müssen auf die Gefühle der anderen Rücksicht nehmen! Leute, einigt euch, was wir als nächstes tun.‹« Sogar in meinen Ohren klang das wie eine Verteidigungsrede.

»Es geht nicht um diese Menschenmenge«, erwiderte sie und schüttelte den Kopf. »Aber wenn du alles wegschiebst, selbst die Erinnerung an die Kindheit, hast du denn dann noch eine Vergangenheit?«

»Ich habe Erinnerungen«, sagte ich hastig und wußte, daß sie den ungesagten Rest hören konnte: Nur wenige Male habe ich mich an seltene grüne Oasen in der Wüste meiner Kindheit erinnert. Sie sollten ein Wunderland sein, aber sie sind leer, wenn ich zurückblicke – als ob ich hineingefallen wäre, ein Besucher aus der Gegenwart mit einem gefälschten Ausweis.

Leslies Vergangenheit hat ihre eigenen schwarzen Löcher: Pflegeheime hinterließen leere Stellen in ihrem Kopf, die inneren Verletzungen des kleinen Mädchens, die auf Röntgenbildern nicht sichtbar würden, hat sie verdrängt. Dennoch ist ihr tägliches Leben voller Erinnerungen an das Kind, das sie einst gewesen, alte Erfahrung hilft ihr, heute zu entscheiden und morgen zu wählen.

»Einigen wir uns auf zwei Erinnerungen?«

»Einverstanden«, erwiderte sie lächelnd.

»Ich weiß keine mehr.«

Damit wollte sie sich nicht zufrieden geben. »Denk ein wenig nach. Du kannst dich schon erinnern, wenn du nur willst.«

»Ich habe Wolken beobachtet. Ich lag auf dem Rücken, versteckt in einer stillen Ecke hinter dem Haus, wilder Weizen um mich herum. In den Himmel zu blicken war das gleiche wie in einen unendlich tiefen See zu schauen, die Wolken waren schwimmende Inseln.«

»Du hast Wolken beobachtet«, sagte sie zu mir. »Und was hast du danach getan?«

Aber das ist wichtig, dachte ich. Verscheuch nicht die Wolken, der Himmel war mein Fluchtpunkt, er war meine

Liebe, er war und blieb meine Zukunft. Sag nicht ›danach‹, der Himmel bedeutet mir alles.

»Der Wasserturm«, sagte ich nach einer Pause.

»Was ist mit dem Wasserturm?« wollte sie wissen.

»Wir lebten in Arizona, als ich klein war. Auf einer Ranch, die einen Wasserturm hatte.«

»Was hat es mit dem Wasserturm auf sich? Warum erinnerst du dich ausgerechnet an ihn?«

»Ich weiß es nicht«, gab ich zurück und kramte in meinen Erinnerungen. »Ich nehme an, weil er das größte Bauwerk in der ganzen Umgebung war.«

»Einverstanden. Und deine nächste Erinnerung.«

Ich schüttelte den Kopf. »Das waren schon zwei.«

Sie wartete noch ein bißchen, als ob sie wenigstens drei Erinnerungen von mir hören wollte, nachdem sie vorher hundert verlangt und nur zwei bekommen hatte.

Mir fiel noch etwas ein. »Ich habe einmal einen ganzen Nachmittag auf einem Baum verbracht, bis es schließlich dunkel wurde.« Das reicht, dachte ich mir, ich habe ihr jetzt mehr erzählt, als ich vorhin versprochen habe.

«Warum warst du auf dem Baum?« fragte sie.

»Ich weiß es nicht mehr. Du wolltest von mir Erinnerungen hören und keine Begründungen.«

Wieder schwiegen wir. Ein paar Erinnerungen holperten über eine ruckelnde und wackelnde Spule auf dem altersschwachen Projektor in meinem Inneren. Bilder meiner Kindheit? Neben dem Baum und dem Wasserturm sah ich weitere Meilensteine ohne Gewicht: eine Radtour mit einem Freund aus Kindertagen, die winzige Skulptur eines lachenden Buddhas. Wenn ich ihr das jetzt erzählen und sie mich fragen würde, was es bedeutete, könnte ich es ihr bestimmt nicht erklären.

»Meine Großeltern sind gestorben, bevor ich geboren wurde beziehungsweise als ich noch ganz klein war. Damals ist auch mein Bruder gestorben. Aber das weißt du alles schon.« Statistik, dachte ich, keine wirkliche Erinnerung.

Leslie war nach dem Tod ihres Bruders völlig verzweifelt gewesen, und sie hatte sich immer geweigert zu glauben, daß der Tod meines Bruders mich nicht bedrückt hatte. Aber die Wahrheit ist, daß ich seinem Tod kaum Beachtung geschenkt habe. Es war einfach vorbei. Ich hatte erwartet, daß sie die Sache wieder hervorkramen würde: Wie kannst du nur vom Tod *deines Bruders* so reden, als ob er ein Fall für die Statistik sei und keine Erinnerung?

Aber sie sprach von etwas anderem. »Erinnerst du dich daran, daß du Dickie versprochen hast, ein Buch für ihn zu schreiben?«

Ihre Stimme klang so ruhig, daß ich sofort vermutete, sie würde gerade über einem neuen Thema brüten. Nichts, was heute passiert war, so dachte ich, sollte einen in Weltuntergangsstimmung versetzen. Der erschreckendste Teil – das Kind mit dem Flammenwerfer – hatte sich lediglich in meinem Bewußtsein abgespielt.

»Sei nicht albern«, sagte ich zu ihr. »Wie sollte ich mich an solche Dinge erinnern?«

»Tu es doch einfach, Richie. Stell dir vor, du bist wieder neun Jahre alt. Großmutter und Großvater Shaw sind bereits tot, Großmutter und Großvater Bach ebenso, und dein Bruder Bobby ist vor kurzem gestorben. Wer ist der nächste? Bist du dir sicher, daß es nicht dich trifft? Machst du dir keine Sorgen um die Zukunft? Was *fühlst* du?«

Was wollte sie mir damit sagen? Sie weiß, daß ich mir keine Sorgen mache. Einer Bedrohung werde ich ausweichen, wenn ich kann. Ich packe die Dinge immer direkt an. Man kann entweder planen, was noch kommen soll, oder sich damit auseinandersetzen, was bereits eingetreten ist. Sich zu sorgen ist Zeitverschwendung.

Aber um ihr einen Gefallen zu tun, schloß ich die Augen und drehte die Zeit zurück: Ich beobachtete den Neunjährigen und wußte, was er dachte.

Ich fand ihn plötzlich frierend im Bett, die Augen fest geschlossen, die Fäuste geballt und ganz allein. Er war nicht beunruhigt, er hatte schreckliche Angst.

»Wenn der blitzgescheite Bobby nicht älter als elf Jahre werden kann, dann habe ich auch keine Chance«, sagte ich dann zu Leslie. »Es macht zwar keinen Sinn, aber ich weiß, daß ich mit zehn Jahren sterben werde.«

Was für ein seltsames Gefühl, wieder im Kinderzimmer zu sein. Das Doppelstockbett am Fenster, die obere Koje war nach Bobbys Tod geblieben, der weiße Schreibtisch aus Pinienholz, seine Oberfläche von Klebstoff und Kratzern ruiniert, Kometen aus Balsaholz und Papier hängen an Bindfäden von der Decke, bemalte Flugzeugmodelle aus solidem Holz stehen im Regal zwischen den Büchern, jedes hat stundenlange Arbeit verschlungen, und ich erkannte sie alle wieder: eine JU-88 Stuka in Braun, eine Piper in Gelb, eine Lockheed P-38, deren Heck bei einem unserer Starts abgebrochen war ... ich hatte vergessen, daß es so viele kleine Flugzeuge in meiner Kindheit gab ... dazu noch eine P-40 und eine FW-190 aus Metall, beide eher grob gearbeitet, sie standen auf dem Schreibtisch neben der mattschimmernden Lampe.

»Schau in diesen Raum«, sagte ich zu Leslie. »Wieso kann ich mich so deutlich daran erinnern? Die ganzen Jahre hat er sich für mich in einem dichten Nebel befunden.«

Oben am Schrank waren zwei Türen, und dahinter befanden sich, das wußte ich, bauschige Winter-Bettdecken, Cammie und Zeebie, das Monopoly-Spiel und das Ouija-Brett. Auf dem alten Flickenteppich mußte man sich sehr sachte bewegen, sonst rutschte man weg wie auf Eis.

»Willst du mit ihm reden?« fragte Leslie.

Fast unmerklich schüttelte ich den Kopf. »Ich will nur betrachten.« Was sollte mich eigentlich erschrecken, wenn ich mit ihm sprach?

Er trug Jeans und ein langärmliges Flanellhemd, schwarze Vierecke auf rotem Grund, durchflochten mit gelben Streifen.

Wie jung sein Gesicht war. Eine Reihe Sommersprossen zog sich von den Backenknochen quer über die Nase. Sein Haar war heller als meines, die Haut dunkler vom vielen Faulenzen in der Sonne. Das Gesicht breiter und runder, Tränen flossen aus den fest geschlossenen Augen. Ein hübsches Kind, zu Tode erschrocken.

Mach weiter, Dickie, dachte ich, es wird schon alles gut werden.

Plötzlich riß er die Augen auf und merkte, daß ich ihn beobachtete; und er öffnete den Mund, um zu schreien.

Unwillkürlich floh ich in die Gegenwart zurück, und der Junge verschwand für mich zur gleichen Zeit, wie ich für ihn verschwunden sein mußte.

»Hallo!« rief ich ihm noch zu. Aber es war zu spät.

6

Wieso hallo?« fragte Leslie überrascht.

Ich konzentrierte mich auf die Gegenwart. »Er hat mich gesehen.«

»Und was hat er gesagt?«

»Nichts. Wir waren beide ziemlich erschrocken.« Ich dachte einen Moment nach. »Eine seltsame Sache.«

»Und was wird jetzt aus ihm werden?«

»Er wird sich bald wieder beruhigen. Er weiß nur nicht, was als nächstes kommt, und ist deshalb durcheinander.« Ich lächelte sie einen Moment lang aufmunternd an. »Es wird alles gutgehen. Er wird gut in der Schule sein, und er wird viele Dinge lernen: alles über Flugzeuge, Astronomie, Segeln, Tauchen ...«

Sie berührte meine Hand und blickte mich nachdenklich an. »Und wie denkst du jetzt über ihn?«

»Es hat mir fast das Herz gebrochen. Ich wünschte, ich könnte ihn umarmen, ihm sagen, daß er nicht zu weinen braucht, weil er jetzt sicher ist und nicht sterben wird.«

Leslie, meine Liebe, mein bester Freund. Sie sagte kein Wort. Sie ließ mich meinen Worten und Gedanken lauschen. Es herrschte Stille. Lange Zeit.

Ich suchte mein Gleichgewicht. Ich war nach außen nie allzu gefühlsbetont, weil Gefühle eine persönliche Angelegenheit sind. Ich habe sie häufig unterdrückt. Ein starkes Stück, sie einfach zu unterdrücken, aber es funktioniert. Die ganze Angelegenheit existiert schießlich nur in meinem Kopf.

»Du hältst seine Zukunft in deinen Händen«, sagte sie in die Stille hinein.

»Seine höchstwahrscheinliche Zukunft«, erwiderte ich. »Er hat noch andere Möglichkeiten.«

Leslie schüttelte den Kopf. »Du bist der einzige, der beurteilen kann, was er wissen muß. Wenn er in seinem Leben mehr erreichen will als du, bist du der einzige, der ihm das klarmachen kann.«

In diesem Moment liebte ich den kleinen Kerl. Und wenn ich bei ihm war, lichtete sich der Nebel über meiner Kindheit, alles glänzte kristallklar, und nichts war verloren.

»Ich wache über seine Zukunft«, sagte ich mit Bestimmtheit, »und er wacht über meine Vergangenheit.«

Plötzlich hatte ich das seltsame Gefühl, daß sie einander sehr brauchten, Dickie und Richard, zusammen wurden sie erst zu einer Einheit. Mußte ich wirklich so weit gehen – ich, der sich immer zurückzieht? Mußte ich auf ein Kind treffen, das mich in Asche verwandeln wollte, und ihm ganz persönlich zeigen, daß ich es liebte, egal, was geschah? Lieber würde ich von hier bis nach Oregon durch zerbrochenes Glas kriechen.

Gab es einen anderen Weg? Meine verborgenen Gehirnwindungen zeigten die monochromen Abläufe der Zeit, aus der ich gekommen war: verblaßte Fragezeichen. Dickie schritt an Mauern aus farbigem Sonnenlicht entlang, hinterließ eingravierte Details, und er vergaß nichts.

Jetzt fürchtete er sich vor der aufkommenden Dunkelheit, dabei war das doch gar keine Dunkelheit, sondern die bevorstehenden Abenteuer warfen ihre Schatten voraus. Das wußte ich genau. Die Entdeckungen würden ihn mitreißen, und er würde all das lernen, was er sich jetzt so sehnlichst zu wissen wünschte.

Stell dich deinen Ängsten, wollte ich ihm sagen. Trau ihnen das Schlimmste zu und zerstör sie im Zweifelsfall sofort. Sonst werden sie sich vermehren, Dickie, sie werden wuchern, bis sie dich dicht umschließen und die Straße des Lebens, die du einschlagen möchtest, versperren. Du fürchtest dich vor Hirngespinsten, die sich als Höllenqualen tarnen.

Ich habe gut reden, ich habe das schon hinter mir. Er hat alles noch vor sich.

Wenn ich heute verängstigt wäre, dachte ich dann, was würde ich von dem, der es schon hinter sich hat, am dringlichsten wissen wollen?

Wenn die Zeit zu kämpfen kommt, Richard, werde ich bei dir sein, und die Waffe, die du brauchst, ist dann in deiner Hand.

Konnte ich ihm das jetzt sagen, mit der vagen Hoffnung, daß er es verstehen würde?

Eigentlich nicht, dachte ich dann, vielleicht bin ich derjenige, gegen den er kämpfen will.

7

Leslie, warum kann ich die ganze Sache nicht einfach vergessen? Ich habe eine Menge wichtigerer Dinge in meinem Leben zu tun, als mit meiner eigenen Phantasie herumzuspielen.«

»Wie recht du hast«, erwiderte sie und räkelte sich auf dem Sofa. »Möchtest du Reis zum Essen?«

»Nein, es ist mir wirklich ernst. Was erreiche ich denn damit, wenn ich die Augen schließe und vorgebe, mit einer kleinen Person befreundet zu sein, die meine Kindheit besitzt? Warum kümmere ich mich um alte Geschichten?«

»Es handelt sich nicht um irgendeine alte Geschichte«, entgegnete Leslie. «Es ist deine Gegenwart. Du weißt, wer du bist, und er weiß warum. Wenn ihr Freunde seid, könnt ihr euch aufeinander einlassen. Aber niemand kann dir vorschreiben, was du zu tun hast. Ich liebe dich so, wie du nun einmal bist.«

Ich umarmte sie. «Danke, Liebling.«

«Schon gut«, sagte sie lächelnd. »Es ist mir egal, ob du ein hoffnungsloser Feigling bist, der nie zugeben würde, daß er nur einen Hauch von Gefühl in sich hat, der abstreitet, daß er für einen anderen Menschen etwas empfindet oder daß er überhaupt so etwas wie Emotionen besitzt. Es ist mir egal, ob du deine Kindheit verdrängst und so tust, als wärst du eben von einem anderen Stern gefallen. Du bist ein prima Koch, und *das* zeichnet den guten Ehemann aus.«

Lieber Himmel, dachte ich, sie findet also, daß es *gut*

für mich wäre, dahinten in der Vergangenheit die Büchse der Pandora zu öffnen, um zu Dickie zu gelangen. Eine andere Ehefrau würde diesen Ehemann hinauswerfen, der endlos in seinem Bewußtsein herumlungert und sich unbedingt mit einem inexistenten Kind anfreunden will.

Kinder denken sich Erwachsene als Spielgefährten aus, überlegte ich. Dann können doch auch Kinder die Phantasie von Erwachsenen beleben. In meinen Büchern ist die Möwe Jonathan ein Produkt meiner Phantasie, ebenso Donald Shimoda und Pye ... drei meiner vier besten Freunde und wichtigsten Lehrer haben keinen physischen Körper. Vielleicht würde Dickie mein Leben genauso verändern?

Ich verliere jetzt langsam die Kontrolle, dachte ich, dank Shepherd und seiner verrückten Phantasien. Wenn ich diesen alten Ford noch einmal sehe, werde ich mir als erstes das Nummernschild notieren, um herauszufinden, welche Vorstrafen der Bursche schon hat. Wieso kann so ein Verrückter eigentlich mein wohlgeordnetes Leben dermaßen durcheinanderbringen?

»Reis ist gut«, sagte ich und erhob mich.

Ich ließ Leslie mit ihrer Teetasse auf der Couch zurück, stellte die chinesiche Pfanne auf den Herd, entzündete die Flamme, träufelte ein wenig Olivenöl hinein, nahm Sellerie, Zwiebeln, Pfeffer und Ingwer aus dem Kühlschrank und hackte und mahlte alles klein.

Wovor ängstigte ich mich eigentlich? Wer bestimmt letzten Endes mein Denken? Ich will mir diesen kleinen Kerl jetzt mal ein wenig netter vorstellen ... er kann mit einer Entschuldigung zu mir kommen wegen der Sache mit dem Flammenwerfer, er soll die Lücken in der Erinnerung an meine Kindheit schließen, und dann kann er seiner eigenen imaginären Wege gehen und sich einbilden, er sei nun klüger. Schaden kann ihm das jedenfalls nicht.

Das gewürfelte Gemüse in die Pfanne, dazu den Reis

von gestern, etwas Soja, daß es zischte, und dann noch Bohnensprossen. Fertig ist das Menü für zwei Personen.

Wenn es mir soviel Spaß macht, neue physische Rekorde aufzustellen – eine Meile in nur zehn Minuten anstatt in zehn Minuten und fünfunddreißig Sekunden zu laufen, hoch in den Lüften mit dem Gleitschirm zwei und eine halbe anstatt zwei und eine viertel Stunde zu fliegen – wenn ich selbst also meine körperliche Leistungsfähigkeit steigere, warum sollte ich dann nicht meine Emotionalität zulassen und weiterentwickeln?

Ich stellte das Geschirr auf den Tisch, blau und weiß, mit gemalten Blumen, passend zu denen, die Leslie frisch gepflückt hatte.

Eigentlich brauchte ich das nicht zu tun, dachte ich, niemand zwingt mich dazu. Aber wenn ich gerne erfahren möchte, was ich in meiner Kindheit zurückgelassen habe und wie die wiedergefundene Erinnerung meine Gegenwart ändern könnte, ist das dann verwerflich? Wird die Macho-Polizei dann meine Tür aufbrechen und mich verhaften, wegen Verdachts auf mangelnde Coolheit? Wer will mir denn verbieten, ganz unverbindlich durch meine eigene Vergangenheit zu wandeln?

«Zeit für das Abendessen, Wookie«, rief ich laut.

Beim Essen sprachen wir ausgerechnet über Kinder. Ich erzählte ihr, wie stolz ich auf meine war, weil sich jedes von ihnen für seinen individuellen Weg entschieden hatte. Ich verlieh meiner Erleichterung Ausdruck, daß ich selbst kein Kind mehr war. Wie beruhigend, nicht noch einmal diese Phase vor sich zu haben. Für die meisten Menschen sind es doch die rauhesten, grausamsten, schwächsten und verlorensten Jahre ihres Lebens.

»Du hast recht«, bemerkte Leslie, als ich uns zum Nachtisch Erdbeeren hinstellte. »Und es ist eine Schande, daß jedes Kind da allein durch muß.«

8

Schlafen konnte ich immer gut. Ein Gute-Nacht-Kuß für meine Frau, eine Vertiefung in mein Kopfkissen, hineinfallen, und kurz darauf schlafe ich tief.

An diesem Abend nicht. Zwei Stunden, nachdem Leslie in ihre Träume versunken war, starrte ich immer noch an die Holzdecke und durchlebte den Tag zum dreizehnten Mal.

Als ich zum letzten Mal auf die Uhr schaute, war es kurz nach Mitternacht, noch sechs Stunden bis Sonnenaufgang. Am Mittag wollte ich an Daisy, unserer Cessna Skymaster, herumbasteln.

Hoffentlich regnet es morgen, dachte ich in der Dunkelheit. Ich mußte einige Vorkehrungen treffen, damit sich der Rost nicht auf den Fluginstrumenten festsetzte. Zuerst nach Bayview, um dort das ungerichtete Funkfeuer anzupeilen, dann nach Port Angeles wegen des Instrumentenlandesystems ...

An Schlaf war nicht zu denken.

Habe ich Angst, daß Dickie mit seinem Flammenwerfer durch die Tür stürmt und mich in meinem Bett einäschert?

Völlig albern. Aber wovor fürchte ich mich denn? Laufe ich denn auch weg, wenn Leslie wütend auf mich ist? Selbstverständlich. Früher allerdings häufiger. Warum scheue ich mich, Dickies Holzverschlag zu betreten? *Ich* habe ihn dort eingesperrt. Das war natürlich nicht richtig, und es tut mir leid. Ich war mir über die Konsequenzen nicht im klaren. Es war keine Absicht, und nun ist es ja wohl das wenigste, die Tür zu öffnen und ihn herauszulassen, den kleinen imaginären Schelm.

Eine halbe Stunde später, am Rande des Einschlafens, sah ich wieder die Tür, kalt und dunkel wie immer.

Stell dich deinen Ängsten, dachte ich, laß sie herankommen und schlag sie dann nieder, wenn sie dich pakken. Ich fürchte mich vor Hirngespinsten, die sich als Höllenqualen tarnen.

Ich hob den Bolzen an, hielt aber die Tür geschlossen.

»Dickie!« rief ich in die Dunkelheit. »Ich bin's, Richard. Ich wußte nicht, was ich tat, und ich war im Unrecht. Es tut mir schrecklich leid.«

Ich hörte, wie er sich drinnen bewegte. »Okay«, sagte er. »Jetzt setzt du dich hier rein, und ich schließe die Tür ab. Und in fünfzig Jahren komme ich dann wieder und erzähle dir, wie leid es mir tut. Mal sehen, wie du dich dann fühlst. Ist doch fair, oder nicht?«

Ich öffnete die Tür. »Fair gegen fair«, sagte ich beschwichtigend. »Es tut mir leid. Es war dumm von mir, dich auszusperren. Mein Leben ist ärmer durch das, was ich getan habe. Jetzt bist du an der Reihe. Schließ mich hier ein.«

Das bläuliche Zündfeuer an der Mündung seines Flammenwerfers flackerte. Er visierte mein Gesicht an, als ich die Tür öffnete. Ich durfte jetzt auf keinen Fall fliehen. Es stand ihm zu, mich zu töten, wenn er wollte.

Er blieb unbeweglich auf der Bank sitzen, die auf der anderen Seite der Tür stand.

»Du hast mich hier eingeschlossen und ALLEINGELASSEN. Es war dir egal, ob ich schreie oder weine, du hast dich taub gestellt, und es war dir egal«, sagte er zu mir. RICHARD, ICH HÄTTE DIR HELFEN KÖNNEN, aber du wolltest mich nicht, du liebtest mich nicht, es war dir SCHEISSEGAL!«

Ich versuchte, ihn zu beruhigen. »Ich bin zurückgekommen, um dir zu sagen, daß es mir leid tut. Ich bin der größte und dämlichste Idiot auf der ganzen Welt.«

»Du denkst vielleicht, weil ich nur in deiner Phantasie existiere, bin ich nicht wichtig und nicht verletzlich. Aber ich brauche dich, ich möchte von dir lernen und von dir beschützt und geliebt werden, ICH BRAUCHE DIES ALLES. Du denkst, ich sei nicht real und nicht lebendig und unberührt von dem, was du mir antun könntest – DAS STIMMT GANZ UND GAR NICHT!

»Ich habe wenig Ahnung von Zuwendung, Dickie«, sagte ich zu ihm. »Als ich dich hier eingesperrt habe, habe ich auch eine Menge Gefühle eingesperrt. Ich selbst bin da draußen immer nur meinem Intellekt gefolgt. Bis zum gestrigen Tag habe ich noch nicht einmal gewußt, daß du hier bist, und ich bin dann auch gleich zu dir gekommen.« Ich öffnete die Augen in der Dunkelheit. »Du hast mich vorhin sehr erschreckt, so wie ich dich erschreckt habe. Und du hast das Recht, mich zu verbrennen. Aber bevor du das tust, möchte ich noch sagen, daß ich dich im Bett habe liegen sehen, kurz nachdem Bobby gestorben ist. Ich wollte dir so gerne sagen, daß alles gut wird. Ich wollte dir sagen, daß ich dich liebe.«

Seine Augen loderten durch die dunkle Nacht der Zelle. »So drückst du deine Liebe aus? Indem du mich einfach wegschließt? Indem du mich davon abhältst, ein Teil deines Lebens zu sein? Ich habe die schlechten Zeiten für dich durchgemacht, und jetzt habe ich EIN RECHT DARAUF, dein Wissen zu teilen, aber DU HAST ES MIR VORENTHALTEN! DU HAST MICH EINGESPERRT! DU HAST MICH IN EINE FENSTERLOSE ZELLE EINGESPERRT! WEISST DU ÜBERHAUPT, WAS DAS FÜR EIN SCHRECKLICHES GEFÜHL IST?

»Ich weiß es nicht.«

»Man fühlt sich wie ein Diamant in einem Safe. Wie ein Schmetterling in Ketten. Man fühlt sich *leb-los*, ohne Leben, verstehst du? Weißt du, was Kälte ist? Kennst du wirkliche Dunkelheit? Kennst du irgend jemanden auf der Welt, der dich lieben, lieben, lieben sollte und dem es egal ist, ob du lebst oder bereits tot bist?«

»Ich kenne das Gefühl der Verlassenheit«, wandte ich ein.

»Verlassenheit«, erwiderte er verächtlich. »Stell dir doch mal vor, du hast jemanden lieb. Und dann stell dir vor, derjenige packt dich gegen deinen Willen, sperrt dich in einen Holzkäfig ohne Fenster und hängt ein dickes Schloß an die Tür. Und dann sitzt du fünfzig Jahre lang fest: ohne Wasser, ohne Brot, ohne einen menschlichen Laut zu hören. Und dann kommt derjenige zurück und entschuldigt sich ein bißchen. Ich hasse dich! Stell dir einen Rollentausch zwischen uns vor: Alles, was du von mir haben könntest, alles, was du brauchst, alles woran du wirklich hängst – ich geb's dir einfach nicht. Irgendwann gibst du dann auf, und ich werde sagen: Oh, entschuldige bitte! DU BIST GANZ SCHÖN ERBÄRMLICH!«

Die einzige Waffe, die ich noch hatte, war die Vernunft. »Diese Minute, Dickie, ist die erste von einer Million Minuten, die wir zusammen verbringen können, wenn du möchtest. Ich weiß nicht, wie viele Minuten wir beide zusammen haben. Du kannst mich verbrennen, du kannst mich hier einsperren und selbst den Rest unseres Lebens draußen verbringen, und wenn das meine Grausamkeit dir gegenüber ausgleicht, dann machen wir das auch. Aber ich könnte dir auch erzählen, wie meiner Meinung nach die Welt funktioniert. Du willst jetzt alles auf einmal wissen, was man normalerweise in fünfzig Jahren lernt? Wie wär's denn mit mir als Lehrer: Ein halbes Jahrhundert voller Versuche, die meisten davon Irrtümer, aber manchmal bin ich auch über die Wahrheit gestolpert. Sperr mich ein, wenn du willst, oder verwirkliche mit meiner Hilfe deine alten Träume. Du hast die Wahl.«

»Ich hasse dich«, sagte er nur.

»Du hast jedes Recht, mich zu hassen«, erwiderte ich ruhig. »Kann ich dich aber irgendwie besänftigen? Hast du mal von irgend etwas geträumt, was ich dir zeigen kann? Wenn ich es selber je getan habe, wenn ich es ausgelebt habe, wenn ich es weiß, dann gehört es auch dir.«

Er starrte mich im Halbdämmer eine Weile an, dann schob er seinen Flammenwerfer beiseite, und seine dunklen Augen füllten sich mit Tränen.

»Richard«, sagte er dann zu mir. »Wie ist das zum Beispiel mit dem Fliegen?«

9

Leslie hörte sich die Geschichte an, bis der Morgen dämmerte. Und als ich damit zu Ende war, saß sie aufrecht im Bett und blickte gedankenverloren durch die Fenster auf ihren Blumengarten.

»Du hast eine Menge hinter dir gelassen, Richard«, sagte sie nach einer Weile. »Blickst du nicht manchmal zurück?«

»Das tun doch die wenigsten von uns. Die Kindheit ist ein Schatz, den man nicht sorgfältig genug aufbewahrt. Man versucht eben, sie so gut wie möglich zu überstehen und soviel wie möglich dabei zu lernen. Man zieht die Schultern hoch und hält den Atem an, und dann rollt man vorsichtig den steilen Hügel der Abhängigkeit hinunter, bis man richtig Tempo hat und die Hebel versteht und zum eigenen Leben startet.«

»Du warst neun Jahre alt, als dein Bruder starb?« fragte Leslie mich nach einer Weile.

»Ungefähr.« Ich dachte einen Moment nach. »Aber was hat das damit zu tun?«

»Dickie ist neun Jahre alt.«

Ich nickte ihr wortlos zu.

Sie blickte mich nachdenklich an und sagte dann: »Es war eine schwere Zeit für dich, nicht wahr?«

»Es ging so. Bobbys Tod hat mich nicht wirklich berührt. Ist das nicht seltsam? Ich müßte wirklich lügen, wenn ich sagte, daß sein Tod mich tief getroffen hätte. Es war einfach nicht so, Wookie. Er wurde ins Krankenhaus gebracht und starb, und wir sind danach wieder unserem Alltag nachgegangen. Niemand hat geweint, das habe ich mitbekommen. Es gab keinen Grund zu weinen, weil niemand ihm helfen konnte.«

Sie sah mich nachdenklich an. »Die meisten Menschen wären deshalb aber sehr verzweifelt gewesen.«

»Warum bloß? Grämen wir uns vielleicht, wenn ein Mensch unser Blickfeld verläßt? Er lebt dann genauso weiter wie wir. Nur weil wir ihn nicht mehr sehen, wird von uns erwartet, daß wir traurig sind? Das macht nicht viel Sinn. Wenn wir unsterblich wären ...«

Sie unterbrach meinen Gedankengang. »Hast du denn mit neun Jahren geglaubt, du wärst unsterblich? Dachtest du allen Ernstes, Bobby wäre nur mal kurz aus deinem Blickfeld verschwunden, als er starb?«

»Ich kann mich nicht mehr erinnern. Aber es ist eine gute Idee. Ich wäre nicht überrascht, wenn es wirklich so gewesen wäre.«

Sie lächelte ein wenig. »Ich schon. Ich nehme an, du hattest eine Menge von diesen Ideen, nachdem dein Bruder ins Krankenhaus verschwand und nicht mehr zurückkehrte.«

»Kann sein. Meine Notizen von damals sind verschwunden.«

Sie starrte mich mit großen Augen an. »Du hast dir *Notizen* gemacht, als dein Bruder starb?«

»Nur ein Scherz«, erwiderte ich und lachte. »Ich habe nichts aufgeschrieben. Sein Tod ist so weit weg. Ist er wirklich gestorben?«

Sie blickte mich sehr ernst an. »Dickie erinnert sich noch daran, da bin ich sicher.«

»Ich bin mir nicht sicher, ob ich davon etwas wissen will. Ich versuche, meinen Frieden mit ihm zu schließen und mich dann Neuem zuzuwenden.«

»Und Dickie schließt du wieder ein?«

Ich legte mich ins Bett zurück, starrte lange Zeit auf die Maserung in der Holzdecke über mir, blickte auf die Verästelungen, die an manchen Stellen wie Spinnen aussahen. Nein, ich schließe niemanden ein.

»Leslie, was meinte er damit: *Ich hätte dir helfen können?*«

Sie dachte einen Moment nach. »Wenn du dich aufmachst, um zu fliegen, und nehmen wir mal an, es ist ein schöner Tag und du willst wirklich fliegen, nur so aus Spaß: Gehst du dann zum Flughafen und kaufst dir ein gewöhnliches Flugticket als Passagier in der hintersten Reihe des größten und schwersten stählernen Flugmonsters, das du finden kannst?«

Wohin um alles in der Welt wollte sie meine Gedanken lenken? »Natürlich nicht. Ich nehme meinen Gleitschirm und erstürme den Gipfel, oder ich rolle Daisy aus dem Hangar, und dann suche ich mir die schönste Stelle im Himmel aus und schwinge mich in die Lüfte, bis meine Seele in den Sonnenstrahlen zerschmilzt. Warum möchtest du das denn unbedingt wissen?«

Sie sah mich nachdenklich an. »Kannst du dich daran erinnern, wie du deine Probleme angegangen bist, als du noch nicht vor ihnen fliehen konntest?«

»Gibt es einen anderen Weg?« fragte ich zurück. »Das Triebwerk einschalten, Gashebel nach vorne, die Augen fest schließen und dann einfach weg.«

Sie schüttelte den Kopf. »Glaubst du nicht, daß Dickie mit *ich hätte dir helfen können* meinte, du solltest einen Weg finden, damit ihr beide Freunde werdet und daß du dann die Augen öffnen kannst?«

10

Als ich in Daisys Cockpit Platz nahm, war Dickie in meinen Gedanken bei mir, und ich hatte das Gefühl, wieder selbst ein Kind zu sein. Doch der Junge, der ich einmal gewesen, schien mir nicht mehr der Freund zu sein, den ich plötzlich wiedergewonnen hatte, sondern er wirkte nun eher wie ein gerade aus einer Falle befreiter wilder Waschbär. Als Dickie aber zum ersten Mal mit meinen Augen das Flugzeug erblickte, sah ich es mit seinen Augen, und ich hörte seine Stimme.

»Wow! Schau dir diese Zifferblätter und Knöpfe an! Was ist das da?«

Ich zeigte auf die Instrumententafel. »Der Höhenmesser«, erwiderte ich. »Siehst du das kleine Flugzeug dort? Das sind wir, und dieser künstliche Horizont ersetzt uns den natürlichen Horizont, damit wir wissen, wo wir uns befinden, wenn wir durch Wolken fliegen ...«

»Und was ist das?«

»Das sind die Hebel für die Luftschraubenverstellung, einer für jedes Triebwerk. Beim Start schieben wir sie nach vorn, und wenn wir mit Reisegeschwindigkeit fliegen ...«

Seine Neugierde war anscheinend kaum zu befriedigen: »Was ist *das* denn?«

»Dieses Gerät zeigt uns an, wo an stürmischen Tagen Blitze aufleuchten. Dadurch wissen wir, welche Gebiete wir meiden müssen.«

»Bitte laß mich ans Steuer.« Er zeigte auf die vielen

Hebel. »Können wir einen davon mal rauf- oder runterdrücken?«

Unwillkürlich mußte ich lächeln. Ich drückte einen Hebel herunter und dachte daran, wie mich als Kind Schalter an technischen Geräten fasziniert haben. Wenn man sie bewegte, konnte man etwas bewirken. Und freute sich.

»Und was bedeuten die Knöpfe?«

»Hier ist der Knopf für das Mikrophon. Da ist der Schalter für die Trimmung. Hier ist der Schalter für die Luftbremsen, und da wird der Autopilot abgeschaltet, dies hier ist die Flugwegkontrolle.«

Jetzt hatte er offenbar genug von der Theorie. »Wirf die Motoren an!« sagte er nur.

Ich stellte die Kraftstoffzufuhr auf maximalen Durchfluß.

Nach einer Weile die Zündung. »Darf ich das machen?«

Wie fühlte sich das Kind in mir, das zum ersten Mal im Pilotensitz eines wirklichen Flugzeugs saß und *bereits wußte, wie man die Triebwerke anläßt?* Phantastisch!

Batterie-Hauptschalter an, Boost-Pumpe für das vordere Triebwerk an.

»VORDERE LUFTSCHRAUBE FREI!« rief ich. Kraftstoffpumpe an und ... Heiliger Bimbam, hörst du, wie der Motor anspringt?

Es war, als ob Feuerwerkskörper dumpf knallend explodierten, dann dröhnte das Triebwerk los.

Ich hatte vergessen, wie ein Flugzeug vibriert und tanzt, sobald das Triebwerk läuft. Es ist, als ob die Maschine nicht glauben könnte, daß sie wieder zum Leben erwacht ist und aufsteigen wird.

»HINTERE LUFTSCHRAUBE FREI!« Kraftstoffpumpe an!

Der Donner der Triebwerke wurde noch stärker. Dickie zeigte auf jedes Instrument, auf dem sich ein Zeiger bewegte, und ich beantwortete jede seiner stummen Fragen.

»Fahrtenmesser! Öldruck! Treibstoffdurchfluß! Abgastemperatur!«

Wie viele Jahre war ich mittlerweile geflogen, ohne wie er darüber begeistert zu sein, in diesem Cockpit zu sitzen? Früher hatte ich eine große, ruhige Freude empfunden. wie sehr war ich doch inzwischen erwachsen geworden!

»Tower kommen!« rief ich und drückte auf den Knopf des Bordempfängers, um die Startinformationen vom Flughafen einzuholen.

»... Wind one seven zero degrees at one five knots«, sagte die Stimme im Kopfhörer. »Lande- und Startbahn one six right. Bestätigen Sie den Empfang der Information, Kilo ...«

Ich schaltete das Mikrophon ein, und Dickie geriet außer sich vor Begeisterung. Er hatte Verbindung mit dem *Tower*! »Hi, Tower, hier ist die Skymaster One Four Four Alpha aus den westlichen Hangars mit Kilo ...« Dickie sprach in meinem Innern genauso wie ein richtiger Pilot, und er war außer sich vor Freude.

»Klasse!« sagte er, als wir in die Startposition rollten. Zum ersten Mal wurde er gewahr, daß er nicht mehr so klein wie vorher war. Mit dem Fuß konnte er den Gashebel erreichen, und er war wie ein richtiger Pilot in der Lage, über die Instrumententafel hinweg auf die Startbahn zu blicken.

Die Flugvorbereitungen waren beendet. Er gab zum ersten Mal in seinem Leben Vollgas. Gewitterstürme wurden zu Tornados: Daisy preschte vorwärts – sie wollte sich in die Luft erheben. Wir wurden in die Sitze gepreßt und dann hinein in die blaue Luft. Ich wußte kaum noch, wie sehr ein Flugzeug schwingt und schaukelt, wenn es den Boden verläßt.

Aus den weißen Strichen in der Mitte der Startbahn wurde ein siebzig Meilen schneller Blitz, der nur noch verschwommen unter uns zu sehen war.

»Hoch! Hoch! Noch höher!«

Dickie zog die Steuersäule leicht zu sich heran, das Flugzeug hob seine Nase, und wir stiegen wie eine Rakete mit weißgelbem Schweif in dem Himmel.

»Fahrwerk einfahren! Landeklappen rein!« schrie er. »Flieg, Daisy flieg!«

Am Variometer las ich ganz nüchtern eine Steiggeschwindigkeit von 1600 Fuß pro Minute. Ihm dagegen kam es so vor, als ob irgendwer schwere Ketten durchgehauen hätte, die Erde verschwand unter uns, und wir befanden uns im leeren Raum. Endlich waren wir frei!

Bald lag der Flughafen hinter uns, wir verließen den Flugsicherungsbereich. Dickie flog eine Kurve und hielt auf eine aus einer großen Kumuluswolke bestehende Insel zu, die in der Nähe des Gebirges dahinschwebte. Fliegen war besser als zu träumen, besser als im Gras zu liegen und anzunehmen, man reiste mit dieser Wolke.

Unterdessen stießen wir auf die Kumuluswolke. Wir flogen mit mehr als 350 Stundenkilometern in die dichte schneeweiße Masse hinein.

»Wow! Wow! Wow!«

Es war ein unruhiger Ritt durch die Wolke. Aber bei unserer Geschwindigkeit dauerte es nicht lange, bis wir auf der anderen Seite wie ein weißer Feuerball wieder hervorgeschossen kamen; wir zogen Nebelspiralen an den Enden der Tragflächen hinter uns her.

»Heiliger BIMBAM!«

Wir drehten eine Schleife, stiegen bis über die Spitze des schneeweißen Turmes in die Höhe, gingen in Schräglage, um auf den brodelnden Gipfel hinunterzuschauen, den niemand auf der Welt vorher gesehen hatte oder jemals sehen würde, und flogen danach am steilen Abhang vorbei. Wir waren ungewöhnliche Skiläufer, die in 7000 Fuß Höhe dahinschwebten und dann am äußersten Rand jäh in die Tiefe sausten.

»Los, Daisy!«

Unglaublich, dachte ich. Er ist ein kleines Kind!

»Über das Gebirge!« befahl er. »Dorthin, wo noch kein Mensch hochgeklettert ist.«

Ich achtete auf unsere Sicherheit, indem wir in Reichweite eines Notlandeplatzes blieben, für den Fall, daß beide Triebwerke aussetzten. Im Augenwinkel überwachte ich Tankuhr, Öldruck und Triebwerktemperatur.

Er spähte durch die Windschutzscheibe und ließ Daisy fliegen.

Unter uns hoben sich oberhalb der Baumgrenze kobaltblaue Gebirgsseen von den hohen Schneefeldern ab. Nicht eine einzige Straße, nicht ein einziger Wanderweg, nicht ein einziger Baum waren zu sehen. Nur scharfkantige Berggipfel aus Granit, riesige steinerne Platten und Mulden, die vor Schneeflocken überquollen, und kleine himmelblaue Flüsse, die wild ins Leere stürzten.

»Ein Bär! Richard, schau nur, schau! Ein Bär!«

Ich wußte, daß Bären so weit oben in den Bergen normalerweise nichts zu suchen hatten. Aber das ist die Denkweise der Erwachsenen, die alles der Vernunft unterordnen und die Grizzlys da unten einfach ignorieren.

Der Bär stand auf den Hinterbeinen, vermutlich sog er schnüffelnd die Luft ein, als wir auf ihn zuwirbelten.

»Dickie, du hast vollkommen recht! Ein Bär!«

»Er winkt!«

Dickie wippte mit den Tragflächen, um den Gruß zu erwidern, und im nächsten Augenblick rasten wir über den Gebirgskamm hinweg. Wir tauchten in ein Tal ein, ich und das Kind, das ich einmal gewesen und das zum ersten Mal in seinem Leben wirklich und wahrhaftig flog.

Eine Stunde später landeten wir und rollten zurück zum Hangar. Dickie löste sich von mir, und ich sah ihn wieder in seinem Körper. Er konnte es kaum erwarten, aus dem Cockpit zu klettern und Daisy von außen zu betrachten. Er öffnete die Einstiegluke, sprang hinab und strich mit den Händen über das Flugzeug, als ob es nicht genügen würde, es aus kurzer Entfernung in Augenschein zu nehmen.

Ich stieg hinab und beobachtete ihn einen Moment lang. »Was siehst du da?«

»Dieses Metall«, sagte er, »dieses bemalte Metall hier ist *in einer Wolke* gewesen! *Über dem höchsten Berg!* Fühl doch mal selbst!«

Es war, als ob noch immer ein Zauber an Daisys Haut haftete, und Dickie wollte, daß nicht ein Hauch davon verlorenging. Auch ich spürte diese Magie.

»Vielen Dank, Daisy«, sagte ich nach gutem altem Brauch.

Dickie rannte um das Flugzeug herum, umarmte den Propeller des vorderen Triebwerkes und küßte dessen glänzende Haube. »Ich danke dir, Daisy, für einen wunderbaren, schönen, glücklichen, großartigen, schönen, wunderbaren, wunderbaren, wunderbaren Flug. Du bist ein schönes, großes, elegantes, schnelles, wunderbares Flugzeug, ich liebe dich!«

Was machte es da schon, daß Daisys glänzender Lack mit Fingerabdrücken und Kußflecken verunziert war. Nun wußte ich wieder, was es bedeutete, zu fliegen.

11

Als ich nach Hause kam, saß Leslie am Computer und arbeitete. Sie hatte sich im Haus ein Zimmer als Büro eingerichtet, und als ich eintrat, blickte sie auf und lächelte. »Hallo, Liebling. Wie war der Flug mit Dickie heute?«

»Sehr schön«, erwiderte ich. »Und sehr interessant.« Ich stellte meinen Flugsack neben die Tür, drapierte meine Jacke auf einem Stuhl und sah in Ruhe die Post durch. Warum fiel es mir so schwer, ihr von diesem aufregenden Flug zu erzählen?

«Jeder Flug ist interessant«, bemerkte sie nach einer Weile. «Stimmt was nicht?«

Ich schüttelte den Kopf. «Gar nichts. Es ist einfach so ... kindisch. Ich fühle mich wie ein Dummkopf, wenn ich darüber sprechen soll.«

»Richard, es muß auch auf kindlicher Ebene sein«, sagte sie mit Bestimmtheit. »Du hast schließlich auch ein Kind in dein Bewußtsein aufgenommen.«

»Und du wirst nicht glauben, ich sei verrückt, wenn ich dir davon erzähle?«

Sie lächelte. »Ich habe schon immer angenommen, daß du verrückt bist. Also enttäusch mich nicht.«

Ich lachte erleichtert und erzählte ihr, was geschehen war. Wie wunderbar es sich anfühlte, wenn man sich wieder auf seine Kindheit einließ, wenn man so tat, als ob man noch nie geflogen wäre und alles wie zum ersten Mal erlebte.

»Wunderbar, Liebling«, sagte sie zu mir. »Wie viele Menschen trauen sich das zu, was du heute getan hast? Ich bin stolz auf dich.«

»Aber es wird nicht endlos so weitergehen können. Was geschieht, wenn ich ihm vom Erwachsenendasein erzähle? Werden diese Dinge ihn bewegen? Themen wie Frauen, Ehe, Lebensunterhalt, Suche nach Werten – es gibt nichts Interessanteres, aber ich fürchte, er wird bei diesen Stichworten gähnen und nach einer Eisdiele rufen. Ich habe sonst keinen Kontakt zu Kindern und habe ihnen wohl erst etwas zu sagen, wenn sie erwachsen sind.«

Sie runzelte einen Moment lang nachdenklich die Stirn. »Hat er vielleicht die Eigenschaften, die du dir selbst immer zuschreibst? Unwissend in den meisten Dingen, aber sehr intelligent? Wenn er möchte, daß du in einem Buch für ihn all die Sachen schreibst, die du in fünfzig Jahren gelernt hast, dann hat er wahrscheinlich größere Ambitionen als die Eisdiele um die Ecke.«

Ich nickte wortlos und erinnerte mich daran, wie es war, als ich er gewesen bin ... Ich wollte über alles genau Bescheid wissen – ausgenommen Geschäftsleben, Politik und Medizin – Dinge, mit denen ich mich jetzt wohl oder übel auseinandersetzen mußte.

Ich grübelte einen Moment lang – warum wollte ich gerade diese Themen ausklammern? Heute öden sie mich an, weil sie sich um gesellschaftliche Verpflichtungen drehen, und es gibt nichts Langweiligeres, als mit Leuten, die das eigentlich nicht wollen, einen Konsens finden zu müssen. Er fühlte wahrscheinlich das gleiche. Vielleicht hatten wir mehr Gemeinsamkeiten als unsere Vergangenheit und lagen unsere Wertmaßstäbe näher beieinander, als wir wußten? Wie hatte er zu der Person beigetragen, die ich heute war? Welche Werte hielt er hoch? Ich starrte auf den Teppich. Ein Neunjähriger mit Werten? Laß dich nicht von deinen Gedanken wegreißen, Richard!

Leslie bemerkte, wie ich mehr und mehr in Gedanken versank, und wandte sich wieder ihrem Computer und ihrer Arbeit zu.

Er möchte gern wissen, was ich weiß. Wissen zu erklären ist leicht, aber hinter den Einzelheiten stecken keine Gefühle, es gibt einfach nicht genug zu fühlen. Ich bezweifle, daß er das ändern kann, aber was soll falsch daran sein, wenn ich Wissen vermittle und er lernt? Nichts spricht dafür, daß es auch umgekehrt funktioniert.

Leslie ließ ihre Blicke starr auf dem Monitor verweilen. »Und wo ist er jetzt?«

»Mal sehen.« Ich schloß meine Augen. Nichts. Keine Bilder, kein Kind, das ich einst gewesen. Nichtssagende, leere Dunkelheit.

»Liebling, klingt das jetzt sehr verrückt?« fragte ich Leslie nach einer Weile. »Er ist weg.«

12

Als ich mich in dieser Nacht aufs Bett warf und die Augen schloß, war der erste Ort, den ich erblickte, die Zelle in dem dunklen Verließ.

»Dickie!« rief ich in die Stille. »Es tut mir leid. Ich habe dich vergessen.«

Die schwere Tür war offen. »Hallo, Dickie!«

In der Zelle waren nur die Sitzbank, das Klappbett, der kalte Flammenwerfer. Jahrzehnte hatte er hier verbracht, weil ich nie meine Gefühle zugelassen habe, sondern sie immer hin- und herschob, während ihre Auslöser verblichen. Warum habe ich meine rationale Seite so stark betont? Warum mußte ich immer gleich so maßlos übertreiben? War ich mir meiner so unsicher?

Heute war ich meiner sicher, dachte ich, und mußte die Ratio nicht mehr so überbetonen. Aber ich bin ein wenig spät dran, wenn ich jetzt erst meine menschliche Seite entdecke. Aber lieber ein wenig spät auftauen, als ewig ein gefühlskalter Eisklotz bleiben.

»DICKIE!«

Nur das Echo kam zurück.

Er muß irgendwo in meinem Gemüt stecken, dachte ich. Dort gab es viele dunkle Plätze, wo er sich verstecken konnte.

Warum wollte er nicht mit mir zusammensein? Weil er auch all die Jahre allein überlebt hat? Und weil er genau weiß, daß man sich besser nicht seinem Gefängniswärter anvertraut?

Auf dem Weg vom Flughafen nach Hause war er weggeschlüpft, nachdem ich aufgehört hatte, mit ihm zu reden. Als ich ihn nicht mehr wie ein menschliches Wesen behandelte, sondern wie eine Gemütsverwirrung, ist er verschwunden, und ich habe es noch nicht einmal bemerkt.

Worauf habe ich mich da eingelassen, fragte ich mich. Muß ich denn alle paar Atemzüge mit diesem Kind sprechen, damit es nicht gleich wegrennt?

Vielleicht sollte ich erst wieder mit ihm reden, wenn der schmale Weg zwischen uns von Dornen und Spinnweben befreit war. Vielleicht reichte es ja schon aus, daß er mir nun etwas bedeutete.

»DICKIE!«

Immer noch keine Antwort.

In meinem Traum schwebte ich wie ein Hubschrauber dicht über dem Boden und suchte nach einem Muster der Verständigung. Ich sah schroffe Berghänge, die Felsen von Arizona in der Ferne, die in der Mittagssonne glänzten.

Am Rande eines großen, ausgetrockneten Sees bekam ich wieder Boden unter die Füße, die Erde um mich herum war ausgetrocknet wie verwitterte Dachziegel, so weit das Auge blicken konnte.

Weit entfernt von mir stand in dieser Mittagsglut eine schmächtige Gestalt.

Die Entfernung war größer, als es zuerst den Anschein hatte, und während ich zu ihm hinüberlief, wurde die Landschaft immer häßlicher. Hatte er sie ausgesucht, oder war ich es gewesen?

»DICKIE!«

Er wandte sich mir zu, beobachtete mich, wie ich näherkam, aber er bewegte sich nicht und sprach kein Wort.

»Dickie«, keuchte ich. »Was machst du hier?«

Er war mißtrauisch. »Bist du hergekommen, um mich wieder in die Zelle zu sperren?«

»Nein, niemals! Wie kannst du das nur glauben, nachdem wir beide zusammen geflogen sind? Es war der schönste Flug, den ich in meinem ganzen Leben gemacht habe. Und das durch dich – weil du mit mir geflogen bist.«

»Du hast dich aber von mir getrennt. Gleich, als wir wieder nach Hause geflogen sind, hast du aufgehört, an mich zu denken, das ist mir klargeworden. Und glaub ja nicht, daß ich dich nicht auch verlassen kann. Ich kann abhauen und niemals wiederkommen. Was machst du dann?«

Er sagte das so, als ob er sofort eine Antwort von mir erwartete, als ob es eine Katastrophe wäre, wenn er mich verließe. Als ob ich nicht schon fast mein ganzes Leben recht gut ohne ihn gelebt hätte.

»Es tut mir leid«, sagte ich zu ihm. »Lauf jetzt bitte nicht weg.«

»Mich kann man ja leicht vergessen«, erwiderte er.

»Darf ich nicht wissen, wer du bist? Können wir nicht Freunde sein«, fragte ich. Ich könnte auch ohne ihn weiterleben, dachte ich. Aber es wäre einfach gemein, wenn er jetzt wieder in die Tiefen meines Unterbewußtseins verschwinden würde, wo es doch noch soviel in meinem Innern zu entdecken galt.

Er antwortete nicht. Er wird eine schwierige Beute werden, dachte ich, aber es ist gar nicht so dumm von ihm, mir wegzulaufen. Warum sollte er einem Typen trauen, der ihn in ein Verlies steckt und einfach weggeht? Wenn jemand ein Dummkopf ist, dann nicht der Kleine.

Ich saß auf den getrockneten Lehmplatten des ehemaligen Sees und blickte zu den weit entfernten Hügeln.

»Wo sind wir?« fragte ich.

Traurig erwiderte er: »Dies ist mein Land.«

»Dein Land?« fragte ich zurück. »Warum ausgerechnet ein solch unwirtlicher Ort, Dickie? Du hättest dir jeden anderen Ort in meinem Bewußtsein aussuchen können, irgendeinen, jedenfalls den besten. Du hättest freie Wahl gehabt.«

»Dieses hier ist der beste Ort«, antwortete er, ohne zu zögern. »Sieh dich nur um.«

»Er ist tot. Du hast dir den größten trockenen See in der südlichen Wüste ausgesucht. Und so etwas nennst du dein Land, den besten Ort?«

»Es ist kein trockener See.«

»So weit das Auge reicht, ist er völlig flach, überall ausgetrockneter Schlamm, Meile um Meile. Das ist Death Valley, oder was sonst?«

Er sah von mir weg in weite Ferne. »Es ist nicht meilenweit nur trockener Schlamm, er ist in sich sehr unterschiedlich. Dieser trockene Schlamm existiert so in deiner Erinnerung. Das ist deine Kindheit.«

13

Jedes seiner Worte klang in mir nach, und ich war nicht fähig zu antworten. Er hat recht, dachte ich schließlich, das ist tatsächlich sein Land. Ein paar Mal hatte ich darin eine alte Erinnerung gesucht, und immer hatte es so ausgesehen: trocken, tot, verlassen – alles war zu Staub zerfallen und vertrocknet. Nach einer Weile zuckte ich mit den Schultern: Nein, die Kindheit war glücklich, aber die Erinnerung miserabel, und ich hatte gelernt, ohne sie zu leben, fast gar nicht mehr daran zu denken. Jetzt stand ich unvermittelt im verdorrten Land meiner Kindheit.

Er sah mich noch immer an: mich, den Mann, der er geworden, nach all den Jahren, sein eigenes Ich.

Irgendwann fand ich meine Worte wieder: »Sind die Erinnerungen für dich auch tot?«

»Selbstverständlich nicht, Richard.«

»Aber warum sehen sie so aus?« fragte ich verwirrt.

»Sie sind vergraben«, erwiderte er mit ruhiger Stimme. »Jede einzelne von ihnen. Ich kann sie wieder hervorholen, wenn ich das möchte.« Er grinste mich an, als ob er mir soeben den ersten von tausend Eimern Wasser über den Kopf gegossen hätte.

»Meine ganze Kindheit?« wollte ich wissen.

»Klar. Du hast mich verlassen, also verlasse ich dich auch.«

Ich berührte die harte Erde unter mir und klopfte auf die Kruste eines gebrannten Vielecks. Der Ton hätte gut zu einer Stahlplatte gepaßt.

Ich blickte mich um. »Ist der Wasserturm hier? Warum erinnere ich mich an den Wasserturm? Was bedeutet das?«

Er lachte und imitierte meine Stimme, so gut er konnte. »Er ist die größte Erhebung hier, nehme ich an.«

»Dickie, bitte, ich muß das jetzt wissen. Ich tausche mit dir den Wasserturm gegen einen Flug zum Wasserturm. Was hältst du davon?

»Den Flug hatte ich bereits«, erwiderte er mit einem gewissen Triumph in der Stimme. »Den hast du mir geschuldet. Und du schuldest mir mindestens noch *eine Million* weitere.«

Niemand verlangte, daß wir uns lieben mußten, dachte ich, aber ich hatte nicht gewußt, daß es zu solch knochenharten Verhandlungen zwischen uns kommen würde. Das würde so auf keinen Fall funktionieren.

Besser, ich gab nach. »Dickie, du hast recht, und es tut mir leid. Ich schulde dir *eine Million* weitere Flüge, und ich schulde dir noch viel mehr. Ich schulde dir alles, was ich gelernt habe, seitdem wir uns getrennt haben, und ich will dir das alles erstatten. Das verspreche ich dir. Du sollst deine Erinnerungen behalten, denn du schuldest mir nichts. Aber ich stehe in deiner Schuld.«

Sein Mund stand vor Verwunderung offen. »Meinst du wirklich, was du sagst?«

Ich nickte ihm zu. »Du kannst jetzt weglaufen, wenn du willst. Aber ich werde zurückkommen und versuchen, alles wieder gutzumachen, solange ich lebe.«

Dann tat er etwas Seltsames. Er ging ein paar Schritte weiter, näherte sich einer Ansammlung von getrocknetem Lehm und berührte ein viereckiges Mosaik, das auf den ersten Blick von den anderen nicht zu unterscheiden war. Als er es anfaßte, wuchs das Stück plötzlich in die Höhe, eine bernsteinfarbene Honigwabe inmitten einer trockenen Wüste.

»Hier ist dein Wasserturm«, sagte er und warf das zerbrechliche Stück direkt vor meine Füße, wo es auf dem Boden in tausend Stücke zersprang.

14

Kaum war diese materialisierte Erinnerung zerstoben – die Einzelteile waren mir nur so um die Ohren geflogen –, da wurde ich heftigst in die Vergangenheit zurückgeschleudert. Vor dem Haus gab es damals Klapperschlangen, fiel mir wieder ein, drinnen lauerten Skorpione, und Tausendfüßler krochen in der Dusche herum. Aber auf einer Farm in Arizona bot man als Junge solchen Gefahren mutig die Stirn.

Schlüpf niemals in deine Stiefel, ohne sie vorher kräftig über dem Boden auszuschütteln, damit unerwünschte Besucher herausfallen. Kriech niemals unter Felsen oder Holzhaufen, ohne erst einmal nachzusehen, wer dich als Eindringling empfinden und dir einen bösen Denkzettel verpassen könnte.

Die Wüste war ein Meer aus Steinen, Sträuchern und Felsen. Die Berge waren Inseln am Rande des Horizonts. Alles andere war plattgedrückt, die Zeit in Sandstein eingemeißelt.

Der Wasserturm ähnelte eher einer Windmühle, weil über dem Rand des Wassertanks ein großes Windrad befestigt war. Imposant und bedrohlich richtete sich diese einzige Vertikale meines Lebens vor mir auf. Jeden Tag mußte einer von uns die hölzerne Leiter hochsteigen und den Wasserstand des offenen Tanks, der hoch über dem Haus thronte, zu uns herunterschreien. Für meine Brüder war es eine lästige Pflicht. Für mich war die Leiter des Turms die Henkersleiter zum Schafott. Es war nicht so sehr die Höhe, die mich erschreckte, es war die Angst, in die Tiefe zu fallen. Genau erklären konnte ich das aber nicht.

Bobby wollte mich zum Aufstieg bewegen. »Du bist dran, Dickie. Lies den Wasserstand ab!«

»Ich bin noch gar nicht dran.«

Er ließ den Einwand nicht gelten. »Du scheinst niemals dran zu sein. Roy klettert hoch, ich gehe nach oben, jetzt mußt du mal Farbe bekennen.«

»Ich bin dafür noch zu klein, Bobby«, wandte ich zaghaft ein. »Laß mich aus dem Spiel.«

»Du hast Angst davor«, stichelte er. »Fürchtet sich das kleine Baby, den Turm hochzuklettern?«

Ich habe ein halbes Jahrhundert lang verdrängt, wie sehr ich meinen Bruder liebte, aber in solchen Momenten hatte ich ihn in die Hölle gewünscht. »Er ist einfach zu hoch für mich.«

»Das Baby hat immer noch Angst, hinaufzuklettern.« Er drehte sich um, turnte behende die Leiter hoch, ohne sich weiter um mich zu kümmern, beugte sich über den Rand des Tanks, brüllte den Wasserstand zu uns herunter, kletterte wieder herunter und ging dann ins Haus, um in seinem Buch weiterzulesen.

Wie leicht wäre es für mich gewesen, ihm zuzustimmen: Ja, Bobby, ich bin noch zu klein, und ich habe Angst, den Wasserturm hochzuklettern, weil ich irgendwo auf der Leiter ausrutschen und dann in diese unendliche Tiefe herabstürzen und auf einen Felsen am Boden aufschlagen könnte. Diese Angst hatte ich auch später noch, und ich habe mich vor solchen Klettereien immer gedrückt.

Heutzutage kann ich mich frei darüber äußern, und ich glaube, mein Bruder würde meine Einstellung dazu auch ohne weiteres akzeptieren. Damals jedoch quälte mich der Spott des Älteren, und der Wasserturm stand wie ein riesiges Ausrufezeichen hinter dem Wort *Feigling*.

Ich haßte diesen hochgelegenen Punkt, wie ein Eisen den Magneten haßt. Der massige hohe Wasserturm war der Maßstab aller Männlichkeit. Mit ihm sanktionierte man Weichlinge, die nur Angst kannten, und Jungs, die schon versagten, bevor sie erwachsen wurden.

Wir lebten nur ein Jahr auf der Ranch, und manchmal ging ich allein zum Wasserturm. Dann stellte ich mich auf die erste Sprosse der Leiter, zwölf Zoll über dem Boden. Die zweite Stufe war ein bißchen schmaler, vierundzwanzig Zoll vom Boden entfernt, nun stand ich schon frei in der Luft. Bei der dritten Sprosse fing meine Beklommenheit an, auf der hielt ich es nur einen Moment lang aus, und meistens machte ich mich dann gleich wieder an den Abstieg.

Wenn man sich allerdings bis auf die vierte Sprosse wagte und dort auch wirklich ausharrte und nach oben blickte, wurde die Leiter zu einer hölzernen Eisenbahnspur, die direkt bis in den Himmel hineinführte. Ihre Gleise wurden immer schmaler, je höher man blickte. Ein Geländer gab es nicht, und je mehr Stufen man erklomm, desto schlaffer wurden die von Angst wie gelähmten Hände.

Bei der fünften Stufe gerann mir immer das Blut in den Adern, es war noch nicht sehr hoch, denn bis zum Gipfel mußten noch weitere zwanzig Sprossen bewältigt werden. Wenn mich niemand beobachtete, könnte ich mich aus dieser Höhe fallen lassen und wäre auf der Stelle tot. Aber wenn doch jemand zusah und erkannte, daß ich schon fast tot vor Angst war, und das auf der fünften Stufe? Darf man sich selber töten, Dickie? Jeder gehört sich selber, das ist klar. Aber erst mal runter von dieser höllischen fünften Stufe und auf den festen Boden gesetzt. Das hat einen großen Vorteil: Man ist sich sicher, daß man nicht von der Leiter fällt.

Erst mal runterkommen, wenn man es wirklich bis zur fünften Sprosse geschafft hat. Vorsichtig, ganz vorsichtig.

Zuerst einen Fuß nach unten. Luft holen, dann den zweiten. Wieder sehr vorsichtig. Stufe für Stufe, irgendwann wird schon die Erde wieder da sein. Endlich auf dem Boden. Ein Zittern der Erleichterung und auch ein bißchen Stolz.

Ich *hasse* es, ein Feigling zu sein. Ich fürchte mich vor dem Sterben. Warum soll ich eigentlich mein Leben riskieren für einen Wasserturm, der einfach in der Landschaft herumsteht und sich einen Dreck darum kümmert, wie es mir dabei geht? Vielleicht verlangt auch niemand mehr von mir, daß ich da oben hinaufsteige. Ich weiß es nicht.

Ich lehnte mich gegen das Holz der Leiter. Noch ein Versuch. Hinauf auf die dritte Sprosse. Jetzt ist es schon Gewohnheit. Wenn ich will, kann ich weiter nach oben steigen, oder ich klettere wieder hinunter, so wie ich will. Wenn ich bis zur dritten Stufe steigen kann und bin dort guter Dinge, dann ist das prima. Wenn ich mich mies dabei fühle, warte ich einfach solange, bis es mir gut geht. Oder ich klettere doch lieber wieder runter auf den Boden. Gesehen hat es ja niemand.

Einen Turm zu verfluchen ist schwer, wenn man keine richtigen Flüche kennt, außer ›verdammt‹, und mit diesem Fluch ›verdammt‹ war bei mir für viele Jahre schon die Grenze des Schimpfens erreicht. Dieses Wort verwandelt aber leider die Furcht nicht in Zorn, wie es viele moderne Flüche tun. Es war eben noch ein weiter Weg bis zur fünften Stufe.

Irgendwie funktionierte die Idee. Schaff dir Freunde mit jeder neuen Stufe, die du erklommen hast. Schritt für Schritt. Wenn ich lange genug mit jeder Stufe sprechen kann, kann ich auch weiterklettern.

Nachdem ich über die fünfte Stufe triumphiert hatte, war ich auf die sechste gestiegen. Lange Zeit habe ich es da ausgehalten, der Atem ging mir schwer, ein freudiger

Pfiff war da kaum drin. Wieso kam es mir eigentlich so hoch vor, ich war doch nur sechs Fuß über dem Boden?

So ganz stimmte das nicht: *Meine Füße* waren sechs Fuß über dem Boden, aber *mein Kopf*, das Zentrum von Bewußtsein, Leben und Sein, befand sich fast zehn Fuß über dem Boden. Da oben ist die Luft zu dünn zum fröhlichen Pfeifen.

Moment mal: Wenn dem so ist, brauche ich keine weiteren neunzehn Stufen mehr zu klettern, weil ich nur so hoch steigen muß, bis ich über den Rand des Tanks blicken kann – meine Füße müssen schließlich nicht in den Tank hineinsehen, sondern nur meine Augen – das sind also drei und eine halbe Stufe, die ich mir sparen kann.

Ich kletterte bis zur sechsten Sprosse und machte mich dann an die siebente.

Nicht nach unten sehen, hatten mir meine Brüder gesagt.

Ein schwacher Pfiff nur. Ich fühlte mich so wohl wie beim Anblick eines Skorpions, der im Bett auf einen zukriecht. Aber besser hier auf der Leiter stehen, als einen Skorpion im Bett zu haben, der mit erhobenem Stachel und offenen Scheren auf einen zukrabbelt. Kleiner Pfiff. Dann noch eine weitere Sprosse.

Meine Hände verloren langsam den Halt, ich schlang meinen rechten Arm um eine Sprosse und krallte die rechte Hand in mein Hemd. Bevor ich fallen konnte, mußte sich erst der Arm von mir ablösen.

Oder die Sprosse müßte nachgeben, und dann würde ich rückwärts von der Leiter stürzen. Was tue ich hier eigentlich? Ich bin drauf und dran, zu sterben, und zwar ohne vernünftigen Grund. *Warum tue ich das?*

Ich war auf Stufe siebzehn angekommen und klammerte mich mit beiden Armen an Sprossen und Leiter fest. Die Stufen waren nun nicht mal mehr zwei Fuß breit. Oberhalb meiner Schulter befand sich der dunkle, breite

Rand des Wassertanks, eine stabile Masse Metall, aber woran sollte ich mich festhalten, wenn die Leiter unter mir zusammenbrach? Kein Pfiff der Freude, keine Erleichterung, es geschafft zu haben. Ich konnte nur das Holz umarmen und versuchen, nicht vor Angst zu schreien. Drei Stufen hatte ich noch vor mir.

Zwei Stufen, sagte ich zu mir. Nur zwei kleine Schritte. Es interessiert mich nicht, daß es in Wirklichkeit drei sind, du hast nur noch zwei vor dir. Auf keinen Fall nach unten sehen. Nach unten ... unten ... unten. Ich werde nach oben blicken. Jawohl. *Und ich werde meine Blicke über die Hügel erheben* ... Vater spricht diese Worte als Tischgebet. Aber dabei kann niemand sich zu Tode stürzen. Mein *Gott*, ist das hoch. Zwei Stufen noch.

Zwei Stufen höher. Mir wurde schlecht, als ich den Rand vom Wasserturm sah. Nicht direkt bei seinem Anblick, aber bei dem Gedanken, daß der Rand jetzt schon mit beiden Händen zu greifen war, und wenn ich das täte, würde ich vom Rand des Turmes herunterhängen, und es gäbe keinen Weg mehr zurück zur Leiter, und ich würde im Weltraum hängen, bis meine Kräfte nachließen und meine Finger nicht mehr ...

Warum mache ich mir solche dummen Gedanken? Was tut sich da in meinem Gehirn? Halt ... halt ... halt. Denk lieber an eine weitere Sprosse.

Der gesamte Rand des Tanks war mit Teer eingeschmiert. Irgend jemand mußte mal hier hochgeklettert sein, nicht nur, um einfach hier hochzuklettern, sondern er ist hochgeklettert mit einem Eimer Teer in der einen und einem Pinsel in der anderen Hand, und dann hat er den ganzen Rand mit Teer beschmiert, damit er nicht verrottet. Ob er dabei Angst gehabt hat? Er war schon vor mir hier gewesen, und er hat bestimmt keine Angst gehabt, weil er ja nur an das Teeren dachte ... Bestimmt hat er sich noch auf den Rand des Tanks gesetzt und von dort aus gestrichen, und dort ist er dann so lange geblieben, bis sein Eimer voll Teer alle war, und dann ist er wieder heruntergestiegen, hat einen neuen Eimer geholt und ist wieder hochgestiegen und hat dann seine Arbeit beendet.

Wovor habe ich also Angst? Ich muß hier nichts anstreichen, ich muß hier überhaupt nichts tun, ich muß lediglich noch eine Sprosse höhersteigen, und dann muß ich über den Rand von diesem Tank ... diesem Tank ... diesem Tank blicken.

Die letzte Stufe, nach der ich griff, war ungefähr einen Fuß breit, ich zog mich hinauf, blickte über den Rand des Wassertanks zum Windrad hin, das jetzt auf Augenhöhe war.

Ich sah die Bolzen und Nieten, die vielen rötlichen Stellen mit Rost. Eine sanfte Brise kam auf und drehte das Rad ein wenig. Dann stoppte es und drehte sich langsam wieder zurück. Der Anblick des sich für kurze Zeit drehenden Rades machte alles nur noch schlimmer. Vielleicht sah jetzt jemand, wie das Rad sich drehte? Das Windrad war meilenweit zu erkennen, und wenn ich jetzt zögerlich auf der Leiter stand, war ich derjenige, den man auch meilenweit erkennen konnte.

Wenn mich irgend jemand jetzt in dieser krummen Haltung sehen konnte? Bitte nicht. Oder jemand würde jetzt meinen Namen rufen, und ich wäre überhaupt nicht in der Lage, ihm zu antworten. Oder wenn ich doch antwortete, wäre ich dermaßen abgelenkt, daß ich die Leiter hinunterfiele. Bitte, Bobby, bitte Roy, kommt nicht hierher und seht mich in meinem Elend.

Ich starrte auf den Rand des Tankes, dann schob ich meinen Kopf einen Zoll und einen weiteren qualvollen Zoll hinauf, noch ein bißchen höher, und dann blickte ich endlich über den Rand. Auf der Innenseite des Tankes standen weiße Ziffern geschrieben, die niedrigen Zahlen waren unten, die hohen weiter oben angezeichnet. Der halbe Tank war voll Wasser, es schimmerte grünlich wie ein Weiher und blau von der Luft und vom Himmel und ruhte an der Ziffer 400.

Roy hatte schon hier gestanden und die Zahl gesehen, Bobby hatte an der gleichen Stelle verweilt, an der ich jetzt in dieser Sekunde stand. Ich weiß genau, daß ich in wenigen Augenblicken sterben werde, weil gleich ein Erdbeben losbricht und mich herunterschüttelt oder ein Orkan mich von der Leiter fegt, aber dann bin ich *so tapfer gewesen* wie Roy und Bobby.

Alles, was ich jetzt tun muß, ist, die Leiter wieder hinunterzusteigen. Aber schon jetzt steht fest, daß ich GESIEGT habe: Ich habe GESIEGT!

Ich zwang mich zu einem todesverachtenden Grinsen und klebte gleichzeitig in der luftigen Höhe wie ein verhungerter Blutegel. Sie können NIE wieder von mir sagen, daß ich feige bin.

Immer schön langsam, ich drehte meinen Kopf weg vom Wasserturm, weg vom Windrad.

Während ich auf der Leiter herumgeklettert war, hatte jemand die Welt verändert. Alles war auf einmal viel kleiner geworden, unser Haus schien nicht größer als eine Puppenstube, die Kakteen waren keine stachligen Monster mehr, sondern kleine harmlose Nadelkissen, die Esel im Korral sanft wie liebliche Eichhörnchen. Die Schnellstraße befand sich in der Nähe unseres Hauses, auf der einen Seite ging es nach Bisbee, auf der anderen Seite lag Phoenix, noch hundert Meilen entfernt. *Wenn ich doch fliegen könnte.*

Da waren die Berge, und obwohl ich so hoch geklettert war, lagen sie noch viel höher. Warte ab, eines Tages, Dickie, flüsterten sie mir zu. Wenn du auf uns heruntersiehst, wirst du dann auch denken, daß die Welt ein Spielzeug ist? Und wie willst du dann damit spielen, wenn sie es wirklich ist?

Ich schlotterte am ganzen Körper, eisiger Schrecken bei jeder kleinsten Bewegung und jeder einzelnen Sprosse, unkontrolliertes Zittern durch Mark und Bein. Ich werde fallen und sterben, bevor ich sicher am Boden angekommen bin, und dann habe ich die Berge nicht von oben gesehen und war noch nie …

Die Erde hatte mich wieder, und alles sah ganz anders aus. *Es war herrlich!* Wie kann das Leben wunderbar sein, wenn man solchen Ruhm in der Luft erworben und wieder festen Boden unter den Füßen hat!

15

Dickie sah auf mich herab, wie ich auf dem Boden des ausgetrockneten Sees hockte. Eine gewisse Erleichterung war in seinem Gesicht zu erkennen. Eine Erinnerung war gelüftet, Tausende lagen noch versteckt.

»Wann war das?« fragte ich verwirrt, noch ganz benommen von dem, was er mir gezeigt hatte.

»Wir waren sieben Jahre alt. Du hast dich in einen Erwachsenen verwandelt und bist abgehauen, als ich neun war und Bobby starb. Als das geschah, interessierte dich nur noch die Zukunft, du wolltest schnell groß werden und weggehen.« Er sagte es nicht anklagend, er erinnerte mich nur an das, was ich ohnehin noch wußte.

»Du hast alle Erinnerungen, die du nicht wolltest, hier zurückgelassen. Hier sind sie, jede einzeln für sich, aber sie haben für mich keinen Sinn mehr. Ich kann sie ohne dich nicht mehr verstehen.« Seine Stimme erstickte und wurde so schwach, daß ich sie in der Stille der Wüste kaum verstehen konnte. »Du mußt mir erklären, was sie zu bedeuten haben.«

Schweigend sah er mich an, noch von den Geheimnissen beunruhigt, die mich unbarmherzig durch meine Kindheit gejagt hatten. Bin ich der einzige, der zwischen ihm und diesem Zeitsprung zu vermitteln fähig ist, überlegte ich mir, der einzige, der ihn von seiner Pein erlösen kann? Der einzige Erretter, den er kennt?

»Erzähl es mir!« sagte er hastig zu mir. »Ich muß es wissen. Ich kann mich an alles erinnern, und jede Kleinigkeit bedeutet etwas Wichtiges. Aber ich kann sie nicht entziffern.«

Anstatt auf seinen Schmerz einzugehen, runzelte ich die Stirn. »Selbstverständlich, Dickie. Aber nicht immer bedeutet irgend etwas sehr viel.«

»Aber es sind für dich keine leeren Erinnerungen!« Er versuchte verzweifelt, an einer Glaswand hochzuklettern, die mit dem Öl von ungeklärten Fragen eingeschmiert war. »Der Wasserturm, Richard. Du weißt, was er bedeutet.«

Ich erhob mich vom Boden und legte meine Hand auf seine Schulter. »Ich weiß, was er für mich bedeutet, Dickie. Aber der Wasserturm hat auch eine Million anderer Bedeutungen, die ich gar nicht interpretieren kann und die für mich nicht wirklich bedeutsam sind. Im Leben ist eine Sache nur dann von Belang, wenn sie unser Dasein oder uns selbst ein wenig verändert.«

»Du sprichst wie ein Erwachsener«, bemerkte er bitter. »Also hat nichts eine Bedeutung?«

»Doch, wenn es dich dadurch in deinem Bewußtsein weiterbringt. Den Wasserturm zu besteigen bedeutet eigentlich nichts. Es wird erst wichtig, wenn du dem Vorgang eine Bedeutung beimißt. Nimmst du es als Lehre, in dieser Höhe festzukleben und Angst zu haben, dann ändert sich etwas in deinem Leben. ›Eine Zukunft in den Lüften? Alles, nur das nicht, jedenfalls nicht für mich. Niemals wieder hoch hinaus. Danke vielmals.‹«

»Diese Entscheidung«, fuhr ich dann fort, »und damit diese Lektion macht zehntausend Entscheidungen in der Zukunft wahrscheinlicher für dich, und das wiederum eröffnet zehntausend weitere Möglichkeiten, einschließlich des Weges, den ich konkret gegangen bin. Keine Höhe hätte bedeutet keine Flugzeuge, das hätte bedeutet keine Flüge, das hätte bedeutet kein Gleitschirmsegeln, das wiederum keinen Shepherd und das wieder keine

Erinnerung an Dickie und das kein Öffnen der Zelle, und das wiederum hieße, daß wir beide nicht hier in der Mitte des Sees unserer Erinnerungen säßen.«

Er lächelte ein wenig. »Du hast dich offensichtlich dagegen entschieden, daß Höhe immer mit Schrecken gleichzusetzen ist?«

»Sehr schön, Dickie. Hoch oben auf der Leiter war die Angst nicht so groß wie das ERSTAUNEN, daß ich es geschafft hatte. Was ich für mein Leben dabei gelernt habe, heißt ganz einfach: *Überwinde die Angst, bewahre das Staunen*. Das ist meine Wahrheit.«

Ich beobachtete seine Augen. »Du bist der einzige Mensch, der entscheiden kann, ob meine Wahrheit auch für dich wahr ist, oder ob sie Unsinn darstellt. Die Grundsätze, die mir wichtig sind, die höchsten Werte, die ich kenne, sind für dich nur Vorschläge, sie sind nur Möglichkeiten. Du kannst wählen, denn du mußt mit den Konsequenzen leben. Jedes Ja oder auch Nein gehört zu der Schule des Lebens, die später deine persönlichen Erfahrungen ausmacht.«

Ich hatte angenommen, daß ihn meine inhaltsschweren Gedanken und Worte zu längerem Nachdenken zwingen würden, aber sofort beugte er sich nach vorn wie ein Läufer im Startloch. »In den fünfzig Jahren hast du also herausgefunden – für dich allein selbstverständlich –, was das alles bedeutet und *was der Sinn des Lebens ist*?«

»Größtenteils ja«, antwortete ich bescheiden.

16

Seit dieser verrückte Shepherd mir von diesem Buch für den Jungen, der ich einmal gewesen, erzählt hatte, war ich latent immer mit dieser Idee beschäftigt, zögerte aber die Arbeit damit hinaus.

»Sag es ohne Umschweife!« forderte Dickie mich auf. Schwang da Furcht in seiner Stimme mit? Vielleicht würde sein sehnlichster Wunsch in Erfüllung gehen – er würde alles erfahren, aber es wäre so kompliziert, daß er es nicht begreifen könnte.

Ich hatte schon oft versucht, mein Weltbild zu erläutern, aber leider ohne großen Erfolg. Zuerst mußte man doch ein bißchen theoretisch ausholen, um zu erklären, wie alles anfing. Aber jedes Mal, wenn ich meine geistigen Grundlagen vor ihnen ausbreitete, blickten meine Zuhörer nach zwei bis drei Stunden unweigerlich wie versteinerte Statuen, den leeren Blick in die Ferne geheftet. Und wenn ich dann zum interessanteren Teil meines Vortrages kam, hatten sie sich schon alle lautlos davongeschlichen.

Bei Dickie allerdings würde es anders sein. Was mich persönlich faszinierte, habe ich noch in jedem Lebensalter verstanden.

»Um deinen Lebensweg auf dieser Erde zu finden«, begann ich meine Ausführungen und setzte mich dazu auf den Wüstenboden, »mußt du zweierlei Dinge beherrschen: Die Kraft der Zustimmung und das Streben nach Glück. Aber bevor du diese Dinge begreifst, ist es für dich zuerst notwendig, die Prinzipien des Universums an sich zu begreifen und zu verstehen. Es ist ganz einfach: Drei Worte: *Das Leben existiert.* Alles andere ergibt sich dann daraus: Ich nenne es einen logischen Wasserfall. Auf diesem Weg ...«

Er kniete auf der Erde, seine Augen waren fast in Blickhöhe mit meinen. »Wie ist das, wenn man alt ist?«

»Wie bitte?« fragte ich irritiert. Hatte dieses schlaue Kind meinen Ausführungen nicht folgen können?

»Ich will ja nur wissen, wie das ist.« Er blieb bei seinem Thema. »Ich meine, wenn man alt ist.«

Ich schluckte kurz. »Wollten wir uns nicht darüber unterhalten, warum das Universum existiert?«

»Das war dein Thema«, erwiderte er ungerührt. »Ich wollte eigentlich wissen, was du wirklich weißt.«

»*Mein Thema?* Es ist mein Leben, worüber wir sprechen, und ich meine, es ist verdammt wichtig, über die Prinzipien des Universums Bescheid zu wissen. Als ich in deinem Alter war, hätte ich sonst etwas darum gegeben, wenn ich darüber mehr gewußt hätte. Wie dem auch sei: Das einzige, worüber ich dir nichts sagen kann, ist das Alter. Ich glaube einfach nicht an das Alter.«

Er blieb hartnäckig. »Das glaube ich dir nicht. Sag mir jetzt, wie alt du bist!«

»Ich habe mit dem Zählen schon seit langer Zeit aufgehört. Es war mir zu gefährlich.«

»Gefährlich?« Er schien sich nicht besonders viel aus meiner selbstgestrickten Philosophie über das Universum zu machen, aber bei dem Thema ›Alter‹ zeigte er Interesse. Könnte ich bloß das Thema wechseln!

»Zählen ist gefährlich«, erklärte ich ihm ganz ernsthaft. »Als Kind macht das Älterwerden Spaß. Das Leben besteht dann aus Partys und Geschenken und Geburtstagen und Schokoladenkuchen. Aber sei wachsam, Dickie: Jedes Jahr in dem Kuchen hat einen Haken, und wenn du genügend Haken geschluckt hast, hängst du plötzlich an einer Idee, und von dieser Idee kommst du dann dein Leben lang nicht mehr los.«

»Wirklich?« fragte er, und ich spürte, daß er meine Worte für einen Witz hielt.

»Wie kommen Kinder zu Tode?« fragte ich ihn.

»Sie stürzen von Bäumen«, erwiderte er. »Sie werden von Autos überfahren, in Höhlen verschüttet ...«

»Sehr richtig«, hakte ich ein und sah ihn durchdringend an. »Wie lautet dein Nachname?«

Er legte die Stirn in Falten, als ob er die Frage nicht verstanden hätte: »Bach.«

»Falsch«, sagte ich sofort. »Das ist dein zweiter Nachname. Dein wirklicher Nachname in dieser Kultur ist eine Nummer, eine bloße Zahl, und diese Zahl ist dein Alter. Du bist Dickie Bach, und du bist ...«

»... Dickie Bach, neun.«

»Sehr richtig«, sagte ich zu ihm. »Und Menschen mit kleinen Zahlen, also niedrigen Nachnamen-Nummern, werden fast immer von unglücklichen Konstellationen dahingerafft – sie sind zur falschen Zeit am falschen Ort. Jimmy Merkle zum Beispiel, sechs Jahre alt, hielt sich an einem ganzen Arm voll gasgefüllter Luftballons fest, der Wind erfaßte ihn und wehte ihn über das Meer, und man hat von ihm nie wieder etwas gesehen. Annie Fisher, vierzehn, wurde plötzlich von einem versunkenen Schaufelradbagger, der das Meer hatte tiefer graben wollen, in die Tiefe gezogen. Dickie Bach, zwölf Jahre alt, sprengte sich selbst in die Luft, als er eines Tages mit einer selbstgebastelten Rakete zum Mond fliegen wollte.«

Er nickte mir zu. Er wußte wohl nicht genau, worauf ich hinauswollte. Aber er blieb neugierig.

Ich fuhr mit meinem Bericht fort: »Aber Menschen mit hohen Nachnamen-Nummern sterben an unvermeidlichen Konstellationen, und es gibt kein Entkommen.

Mr. James Merkle, vierundachtzig Jahre alt, hat seinen Kampf gegen die Kreislaufschwäche letzte Woche verloren. Mrs. Anne Fisher-Stovall, siebenundneunzig, hatte ein zu labiles Herz für ihr Alter. Und Mr. Richard Bach, einhundertundfünfundvierzig Jahre alt, starb eines Tages unerwartet an hoffnungsloser Überalterung.«

Bei meinem letzten Beispiel lachte er laut auf. 145 Jahre alt? Das war unmöglich. »Und weiter?« fragte er. »Was ist nicht in Ordnung mit Geburtstagen?«

»Ganz einfach«, antwortete ich ihm. »Wenn die Zahl klein ist, weißt du genau, daß du noch nicht sterben mußt. Aber wenn die Zahl groß ist ...«

»... dann mußt du sterben.«

»*Hohe Nachnamen-Nummern bedeuten baldigen Tod*«, sagte ich zu ihm und grinste. Aber dann wurde ich wieder ernst. »Man nennt es ›gutgläubig‹, wenn du einer Sache zustimmst, bevor du richtig darüber nachgedacht hast. Wenn du einer Sache hinterherläufst, nur weil man es von dir erwartet. Das passiert dir tausendfach, wenn du nicht aufpaßt.«

»Und gutgläubig zu sein ist schlecht?« fragte er und sah mich nachdenklich an.

»Nicht in jedem Fall. Vielleicht ist nur der Weg schlecht, der zu ihm führt, aber der Glaube ist richtig. Wir müssen irgendeine Form von allgemeinen Werten akzeptieren, wenn wir in einem Gemeinwesen leben wollen, sonst schweben wir im luftleeren Raum. Und irgendwann müssen wir anfangen, etwas zu glauben, sonst werden wir immer älter und können nicht sterben.«

Das Thema ›Sterben‹ mochte er ganz offensichtlich nicht. »Ich mag gern Geburtstagskuchen«, sagte er schnell.

»Eine Kerze für jedes Jahr. Ißt du die ausgepusteten Kerzen mit?«

Er verzog das Gesicht. »Nein.«

»Kuchen schmeckt auch ohne Kerzen viel besser. Iß den Kuchen und laß die Kerzen leuchten.«

Er nickte. »Ich mag Geschenke.«

»Vergiß die Geburtstage. Du kannst jeden Tag Geschenke haben, und zwar das ganze Jahr über.«

Einen Moment lang sagte er nichts und dachte über meine Worte nach. Wieso sollte man Geburtstage vergessen? Jeder, den er kannte, hatte einmal im Jahr Geburtstag. »Bist du doof?« fragte er dann.

Ich warf meinen Kopf in den Nacken und lachte. Erinnerungen stiegen in mir hoch. Früher bei uns zu Hause hatten wir nur geistige Werte hochgehalten. Das erste Wort, das ich als Heranwachsender lernte, hieß ›Wortschatz‹. Mutter lehrte mich in meinen ersten Schuljahren, zu Hause viel zu lesen, und ich fühlte mich dann ach-so-schlau, weil meine Eltern den Intellekt viel höher werteten als Gefühle. Emotionen mußten wir unterdrücken, der Verstand durfte ausufern.

Das Wort ›doof‹ durfte ich überhaupt nicht gebrauchen, das weiß ich noch genau. Ich kannte die Worte *unlogisch, haarsträubend, nicht-verständlich,* aber *doof* sagte man bei uns zu Hause nicht, das war unter Niveau, auch wenn es sehr treffend war. *Nicht-verständliche-haarsträubende Unlogik,* das durfte ich sagen, aber *doof* nicht. Irgendwie habe ich mich dann auch an diese Wortzusammenballungen gewöhnt; ich fand sie herrlich, meine Familie nicht unbedingt, weil sie den Sinn nicht immer verstand. Aber ich habe bis heute Spaß an diesen Wortmonstern.

»In gewisser Weise bin ich doof, Dickie. Wahnsinnig, verrückt, wie du willst. Aber in einer angenehmen Art und Weise, hoffe ich.«

»Du wolltest mir meine Geburtstage mit Kuchen und Geschenken wegnehmen«, sagte er verärgert. »Nennst du das vielleicht eine angenehme Art und Weise?«

Ich nickte ihm zu. »Ja. Weil du dich frei machen sollst

von Konventionen. Ich habe mich von solchen Zwängen schon lange befreit.«

»Wieso?« sagte er überrascht.

»Wenn du nicht an Geburtstage glaubst, wird dir auch der Begriff des Alterns fremd. Es macht dir nichts mehr aus, ob du sechzehn Jahre alt bist oder dreißig, und du bekommst keinen Schock, wenn du fünfzig wirst oder noch älter. Du mißt dein Leben nur noch daran, was du lernst, und nicht daran, wieviele Blätter du auf dem Kalender bereits abgerissen hast. Wenn du schon einen Schock bekommen willst, dann doch lieber bei der Entdeckung der fundamentalen Grundlagen des Universums als bei irgendeinem Tag im Jahr, der sich dann auch noch Geburtstag nennt.«

»Die anderen Kinder werden auf mich zeigen: Guck mal da, der Junge ohne Geburtstag.«

Ich nickte ein wenig nachdenklich. »Das werden sie bestimmt. Aber es ist deine Entscheidung. Wenn du glaubst, daß es sinnvoll ist, zu zählen, wie oft du mit dem Planeten Erde um die Sonne gekreist bist, dann behalte deine Geburtstage, zähle die Stunden und Tage und bezahle wie jeder andere Mensch seinen Preis dafür.«

»Du manipulierst mich«, sagte er ernsthaft.

Ich schüttelte energisch den Kopf. »Ich manipuliere dich nur dann, wenn ich dich zwinge, deine Geburtstage aufzugeben und du aber daran glaubst und sie zählen willst. Wenn du sie nicht aufgibst, dann habe ich dich auch nicht manipuliert.«

Er sah mich sehr ernsthaft an, um mir klarzumachen, daß er nicht scherzte. »Bist du wirklich erwachsen?«

»Wie ist es denn mit dir«, gab ich sofort zurück. »Bist du denn wirklich ein Kind?«

»Es wird von mir erwartet, daß ich eins bin, aber ich fühle mich viel älter. Fühlst du dich wie ein Erwachsener?«

»Keineswegs«, sagte ich nur.

»Dann hast du also auch dieses merkwürdige Gefühl?« fragte er und schien erleichtert. »Wenn man jung ist, fühlt man sich so alt. Fühlt man sich dann also wieder jung, wenn man alt ist?«

»Also ich glaube, daß wir alterslos sind. Das merkwürdige Gefühl, jünger oder älter als der eigene Körper zu sein, verträgt sich nicht mit der allgemeinen Auffassung. Die besagt nämlich, daß unser Bewußtsein so alt sein *muß* wie unser Körper. Die Wahrheit ist, daß Bewußtsein überhaupt kein Alter hat. Das aber kann unser Verstand nicht mit sich und den Gesetzen des Universums in Einklang bringen. An dieser Stelle versagt er einfach. Und immer, wenn in uns der Verdacht hochkommt, daß unser Lebensalter und unser Bewußtsein nicht wie vorgeschrieben parallel verlaufen, jagen wir dieses Gefühl *schnell zum Teufel* und gehen wieder zur Tagesordnung über.

»Und wenn wir nicht zur Tagesordnung übergehen?« wollte er von mir wissen. »Was ist dann die Antwort?«

»Mach das Leben nicht am Alter fest. Sag nicht, ›Ich bin sieben Jahre alt‹ oder ›Ich bin neunzig‹. Denn sobald du dir selber sagen kannst ›Ich bin alterslos‹, gibt es keine Widersprüche mehr, und das unheimliche Gefühl ist vorbei. Wirklich. Versuch es mal.«

Er schloß die Augen. »Ich bin ohne Alter«, flüsterte er, und wenig später lächelte er mich an. »Interessant.«

»Wirklich?« fragte ich neugierig.

»Es funktioniert«, sagte er stolz.

»Wenn unser Körper genau das abbildet, was wir über ihn denken«, erklärte ich ihm, »und wenn wir glauben, daß sein Zustand nur etwas mit unserer Vorstellungskraft und nichts mit dem Faktor Zeit zu tun hat – dann brauchen wir uns nicht mehr mit dieser Frage aufzuhalten, ob wir zu jung sind oder ängstlich oder zu alt.«

»Wer behauptet denn, daß der Körper ein genaues

Abbild unserer Gedanken ist? Woher kommt eigentlich eine solche Idee?«

Ich schlug mit der Hand gegen meine Stirn. »Das ist Philosophie! Ich habe den Gedanken nur ein wenig plastisch gemacht, damit ihn auch jemand versteht, der erst neun Jahre alt ist.«

Es blickte mich an, mit dem Hauch eines Lächelns. »Wer ist denn neun Jahre alt?«

17

Dickie, ich muß dir eine Geschichte erzählen.«

»Ich mag Geschichten«, sagte er. »Die Geschichte spielt in meiner Erinnerung, nicht in deiner. Du erinnerst dich an meine Vergangenheit, und ich erinnere mich an deine Zukunft. So oder so. Aber anstatt dir die Geschichte nur zu berichten, will ich sie dir darstellen. Einverstanden?«

»Selbstverständlich«, erwiderte er, aber es klang sehr zögerlich. Und dann die Frage, mehr neugierig als ängstlich: »Noch mehr Philosophie?«

»Mehr eine Erzählung. Es ist eine wahre Geschichte – was noch auf dich zukommen kann. Bleib in meinem Bewußtsein, und paß auf, was geschieht. Und dann sag mir, ob es Philosophie ist oder nicht.«

»Also los«, sagte er. Langsam wurde Dickie ein Freund, ein Kumpel für Abenteuer.

Ich schloß die Augen und erinnerte mich.

Da war eine großer, schwerer stählerner Balken, der an einem einzigen langen silbernen Kabel von irgendwo herunterhing, hoch über mir in meinem inneren, leeren Raum. Jahre hatte ich auf der Mitte dieses Stahlbalkens gelebt, gelernt und gespielt, und er war immer im Zentrum geblieben und nie seitlich abgekippt. Oder hatte ich es nie bemerkt?

Aber in der Pubertät stellt man sich und andere auf die Probe.

»Ich weiß, was wir tun können«, sagte Mike. Es war

Sommer. Wir waren über Mittag bei ihm zu Hause. Sein Vater war bei der Arbeit, die Mutter einkaufen gegangen. Mike, Jack und ich langweilten uns irgendwie.

»Und was können wir tun?« fragte ich.

»Laßt uns was trinken«, sagte Mike grinsend.

Ich wurde sofort nervös. Bestimmt meinte er damit nicht Limonade. »Was denn trinken?«

»Wir trinken BIER.« Mike grinste immer noch.

»Gute Idee«, sagte Jack und rieb sich die Hände. »Hast du überhaupt BIER im Haus?«

»Jede Menge. Wir müssen es nur trinken.«

Ich wurde da in etwas hineingezogen, was ich eigentlich nicht wollte. Mit einem Schlag war ich weit weg von meinem Zentrum, an einem Ort, an dem ich noch nie gewesen war, und der Waagebalken, der die Balance in meinem Leben gewährleistete, kippte schwerfällig nach unten.

»Ich bin mir nicht ganz sicher, ob das schlau ist«, wandte ich zögerlich ein. »Dein Vater wird bestimmt dahinterkommen. Wenn er heute abend nach Hause kommt und das Bier ist alle ...«

»Keine Sorge«, beruhigte mich Mike. »Sie geben heute abend eine Party und haben Ummengen von Bier eingekauft. Er merkt es überhaupt nicht, wenn etwas fehlt.«

Mike verschwand in der Küche und kam mit drei Flaschen wieder, die er mit einer Hand an ihrem schlanken Hals hielt. In der anderen Hand trug er drei Gläser, und den Flaschenöffner hatte er zwischen den Zähnen. Er stellte alles auf den Couchtisch.

Das ist völlig verrückt, dachte ich. Ich bin überhaupt noch nicht alt genug, um Alkohol zu trinken.

»Wird dein Vater dich töten, wenn er es trotzdem herausbekommt«, fragte ich mit letzter Hoffnung. »Oder wird er dich nur zum Krüppel schlagen?«

»Er wird es nicht herausfinden«, beruhigte mich mein

Freund Mike. »Stell dich nicht so an. Wir müssen da früher oder später sowieso durch. Also dann doch lieber früher. Was sagst du dazu, Jack?«

Jack nickte unsicher. »Klar doch.«

»GANZ BESTIMMT?« hakte Mike nach.

»UNBEDINGT!« bestätigte Jack.

Jetzt blickte Mike mich an. »OKAY, DICK?«

»Ich weiß nicht so recht.«

Mike öffnete die Flasche und schüttete das Bier in die Gläser. „Laßt uns das Zeug hinunterkippen. Zwei Männer und ein kleines Baby.«

Ich griff zu einem Glas und hielt es unschlüssig in der Hand. »Kippen wir es hinunter.«

Es merkt ja keiner, dachte ich. Außerdem sagt jeder, daß das Zeug gut schmeckt. Schön kalt an einem heißen Tag. Alle Männer trinken Bier, mit Ausnahme meines Vaters. Ein Glas ist wahrscheinlich nicht genug, um betrunken zu werden. Und wenn es so gut ist, wie immer alle behaupten, was spielt es dann eigentlich für eine Rolle, ob ich zu jung dafür bin?

Der stählerne Waagebalken kippte so schnell nach unten, daß es mich fast heruntergeschleudert hätte. Ich wußte nicht, was geschehen würde, wenn er gänzlich kippte, aber ich wollte es heute auch nicht herausfinden.

Mike schüttete noch ein wenig Bier nach, und oben auf den Gläsern befand sich jetzt eine weiße Schaumkrone.

Er hob sein Glas und leckte sich genießerisch die Lippen. »Spülen wir's runter, Jungs. Jetzt oder nie.«

Wir tranken alle drei.

Ein halber Schluck, und meine Kehle war wie zugeschnürt. Kalt war das Bier. Köstlich auch? Es schmeckte schrecklich. Das war nicht richtig von mir. Ich bin tatsächlich zu jung, um Bier zu trinken.

»Puuuh«, sagte ich und zeigte auf mein Glas. »Und das soll *gut* sein?«

»*Schaden* wird es jedenfalls nichts«, erwiderte Mike, hielt sein halbleeres Glas hoch und sah uns zufrieden an.

»Er hat recht«, sagte Jack. »Ich könnte mich richtig daran gewöhnen.«

»Langsam, langsam, Jungs«, sagte ich. »Ihr seid verrückt. Das Zeug schmeckt wie die Substanzen in meinem Chemiebaukasten. Sie gießen das Zeug in einen Kessel und lassen es dann faulen.«

»*Gären*, nicht faulen. Sie lassen es *gären.*« Mike wußte offensichtlich darüber Bescheid. »Es ist nun mal Bier, zum Teufel! Es schmeckt nun mal so und nicht anders. Entweder du magst es, oder du magst es nicht. Außerdem schmeckt es mit jedem Schluck besser.« Er blickte auf mein fast volles Glas, das ich hilflos in der Hand hielt. »Aber um das herauszufinden, *mußt* du es natürlich auch *trinken.*«

Mir schauderte. Mußte ich das alles mitmachen, egal, ob ich es richtig fand oder nicht? Bedeutet das, erwachsen zu sein, wenn man tut, was andere Menschen tun? Mir gefiel nicht, was sich hier abspielte. Aber wie komme ich hier raus? Hilfe!

Die Antwort war eine Explosion in meinem Hinterkopf: Türen flogen aus ihren Angeln, eine bleierne Macht sprang schäumend vor Wut herein:

Dieser Trottel will dir vorschreiben, was du zu tun oder zu lassen hast! Was meint er mit ›du mußt es natürlich trinken‹? Du mußt überhaupt nichts tun, wenn du es nicht selbst tun *willst*. Dieser Clown will DIR sagen, daß du tun sollst, was ER will?

Ich stellte das Glas so heftig auf den Tisch, daß das Bier überschwappte. »Ich muß überhaupt NICHTS, Mike. Niemand kann mir vorschreiben, was ich ZU TUN ODER ZU LASSEN HABE!« Die beiden starrten mich sprachlos an.

»Ich werde NICHTS trinken!« Wütend sprang ich aus dem Stuhl hoch. »Und KEINER wird mich zwingen!«

Ich rannte aus dem Zimmer und schmetterte die Haustür krachend ins Schloß. In diesem Augenblick war ich genauso überrascht wie meine beiden Freunde. Wer ist der wilde Kerl, der da aus mir herausbrüllt? Ich schlug nicht einfach nur ein bißchen über die Stränge, sondern da war jemand, den ich bisher noch nie gesehen hatte. Er hatte mich von hinten vehement gepackt und mich einfach beiseite geschubst, und ihm war es egal, was ich oder die anderen darüber dachten. Es war ihm auch egal, ob man ihn für VERRÜCKT hielt.

Ich stapfte die Straße hinunter zu unserem Haus. Langsam regte ich mich wieder ab und merkte, daß der Stahlbalken in mir wieder ins Gleichgewicht kam und sich felsenfest verankerte. Ich blinzelte in die Sonne, lachte plötzlich laut auf und ging schneller. Dieser Typ ist ungeheuer gut. Er gehört zu mir und steht mir bei. Wer bist *du*, alter Junge?

Niemand zwingt dich, etwas zu tun. Kapiert, Dick? Niemand, weder Mike noch Jack noch Mom noch Dad noch *irgend jemand* kann dich in deinem Leben jemals zu etwas zwingen, das du nicht tun möchtest.

Mein Mund blieb offen stehen. *Du kümmerst dich um mich!*

Ja. Andere Menschen kümmern sich auch um dich. Aber wenn du dich nicht traust, dich zu verteidigen, werde ich bei dir sein und dir helfen.

Moment mal, dachte ich, Mike ist mein Freud. Ich muß mich doch nicht gegen meine eigenen Freunde verteidigen.

Sei nicht dumm. Und jetzt hör mir mal gut zu. Du triffst mich nämlich erst wieder, wenn neue Gefahr im Verzug ist: Mike ist nicht dein Freund. Merk dir ein für alle Mal: Dein bester Freund ist Dick Bach. Du hast viele Möglichkeiten, und eine davon bin ich. Wir alle sind in dir drin, und nur wir kennen dich, wie du wirklich bist. Du kannst dich selbst zerstören oder du kannst jenseits des Firmaments fliegen. Und es wird niemand wirklich interessieren. *Niemand wird dir* beistehen außer uns.

Ich bedankte mich im stillen für meine Rettung. Entschuldige, ich bin dumm. Ich muß noch viel lernen.

Keine Antwort.

Ich bedankte mich nochmals. Hörst du mich? Ich glaube schon.

Keine Antwort. Mein strenger innerer Bodyguard war weg.

18

»Und das wird mit mir geschehen?« fragte Dickie verwirrt, erschreckt von der bevorstehenden Zukunft.

»Wenn du so handelst wie ich, wird dir das so passieren. Aber dieser Moment hatte Konsequenzen, die ich dir noch erzählen muß.«

»Schieß los«, sagte er neugierig.

*

Kurz bevor ich zu Hause war, verlangsamte ich meine Schritte und steuerte einen verlassenen Platz inmitten von wildem, grünen Weizen an. Ich ließ mich in dem grasbewachsenen Versteck nieder, das ich mir im letzten Sommer gegraben hatte.

Ich lag auf dem Rücken und blickte in den Himmel, sah die sommerlichen Wolken hoch über mir, wie sie in Gruppen in der sanften Luft dahinzogen.

Jede Stimme in meinem Innern, so hatte ich immer gedacht, müßte meine eigene altbekannte Stimme sein – ein stummes Selbstgespräch, das in einer leeren Höhle widerhallte. Manchmal gedankenvolle, manchmal geschwätzige Bruchstücke, denen ich selbst kaum zuhörte, stimmungsvoll hüpfende Worte, um die Kälte abzuwehren.

Aber verschiedene Ebenen meiner selbst? Teile von mir, die ich noch nie getroffen hatte? Ich platzte fast vor Neugierde.

Wenn die inneren Stimmen mehr als nur ein Echo sind,

kann ich sie dann zu Lehrern und Führern in meinem Leben machen?

Ich zweifelte daran. Es gab kein Training, durch das man sein eigener Lehrer wurde. Wie sollte ich das denn bewerkstelligen?

Ich fühlte mich wie ein Forscher, der sich über ein riesiges Mikroskop beugt. Die Antwort lag unter der Linse, aber es war noch nichts sichtbar. Ich war nahe dran, eine winzig kleine Drehung, noch ein bißchen, vorsichtig ...

Was geschieht, wenn meine Lehrer plötzlich da sind?

Anstatt immer nur in meinem Gehirn mit mir selber zu reden, wie wäre es, wenn ich mal *zuhörte?*

Noch nie hatte ich die Welt so deutlich vor mir gesehen, noch nie waren die Farben so klar gewesen. Gras und Himmel und Wolken. Sogar der Wind war lau.

Meine Lehrer existierten bereits!

Was ist, wenn all die Ebenen in mir meine *Freunde* sind und sie viel mehr wissen als ich? Es wäre, als ob ...

»... als ob du der Kapitän eines Segelschiffes wärst, Sir, ein sehr junger Kapitän mit einem wunderbaren schnellen Schiff.«

Auf einmal wechselten in meinem Gehirn Himmel und Wolken in eine andere Szene hinüber: Da stand ein Junge in blauer Uniform und mit goldenen Epauletten auf dem Deck eines Kriegsschiffes aus dunklem Ebenholz. Und das Schiff kämpfte sich durch die aufgewühlten Wogen in einem tosenden Gewitter mit dahinjagenden Wolken und fürchterlichen Blitzen am dunklen Himmel.

Habe ich diese Szene erfunden oder hat sie mir jemand plötzlich eingegeben?

Das Schiff jagte durch die Wellen, die Reling an Lee stand unter Wasser, der Wind nahm an Stärke zu, aber der Junge in der blauen Uniform stand aufrecht an Deck, und die Mannschaft tat fluchend ihren Dienst.

Einfach toll: Ich trieb das Spiel in meiner Phantasie

weiter. Meeresungetüme kamen aus den Tiefen des tobenden Wassers und wurden auf die Planken geschleudert.

»Wellenbrecher voraus!« brüllte der Mann im Ausguck.

Der Mast ächzte, die Mannschaft fluchte und schuftete, das Segeltuch platzte beinahe, aber das Schiff hielt unbeirrt seinen Kurs.

»Die Brecher sind Riffs!« schrie ich in das Getöse hinein, als ein Blitz die Szenerie erhellte. Ich wandte mich an den ersten Maat: »Wir müssen den Kurs ändern!«

Der Mann nickte fast teilnahmslos. Sein Gesicht war von den Jahren auf See wettergebräunt. »Aye, Aye, Sir. Wir ändern den Kurs.«

»Sagen Sie das der Mannschaft!« brüllte ich.

»Sie müssen das Steuerrad selbst in die Hand nehmen, Kapitän«, erwiderte der erste Maat. »Oder Sie müssen es dem Steuermann selbst sagen, denn auf diesem Schiff gilt nur Ihr Wort.«

Vor dem Bug türmten sich die Wellen immer höher und stürzten in riesigen Brechern auf das Schiff. Gischt fegte über das Deck und die Männer.

Nur der Kapitän befehligte das Schiff.

Ich trat dicht an den Steuermann heran. Würde er mir gehorchen? »Schiff nach Backbord abfallen!«

Das Steuerrad wirbelte herum, die Segel schlugen und flatterten im Wind, der Sturm kam nun von Steuerbord, wir glitten über die Wellen, durch den weißen Vorhang der Gischt, ein Pferd im Galopp über das Meer, über uns krachte der Donner.

Instinktiv klammerten sich die Männer, die in die Takelage geentert waren, an Schoten und Brassen, als sich das Segelschiff im Gegenwind stark auf die Seite legte. Segel knallten von Steuerbord nach Backbord und blähten sich donnernd auf.

Die Offiziere beobachteten vom Achterdeck aus das Manöver und hielten sich krampfhaft an der Reling fest.

Kein Wort zum Kapitän, dessen Wort galt auf dem Schiff, die Mannschaft führte seine Befehle aus, und niemand widersprach ihm, sein Alter spielte keine Rolle.

Das Bild war deutlicher als im Kino, und mein Leben spielte sich auf einer großen Leinwand ab.

Ich konnte das Bild nicht erfinden. Ich habe es herausgefordert, aber ich habe es mir nicht ausgedacht. Gibt es eine unsichtbare Mannschaft in mir? Wer bietet mir dieses Bild dar?

»Hier, Sir!«

War die Stimme, deutlich wie das Bild, auch nur Einbildung?

»Aye, Sir. Wir sprechen eine Sprache, die Sie eine Zeitlang beiseitegeschoben haben. Ihre Einbildungskraft überträgt unser Wissen in Worte und Bilder, die Sie dann hören und sehen.«

»Und Sie reden nur, wenn Sie angesprochen werden?« wollte ich wissen.

»Ja. Ansonsten sind wir Gefühle, Intuition und Gewissen.«

Das Segelschiff zischte vorwärts und schlug die Richtung ein, die ich als Kursänderung gewünscht hatte. Ich stampfte nach achtern und packte ein Segelleinen mit beiden Händen. Es war mein Schiff! Warum sollte eine Idee, die so stark gefühlt wird, so schwierig zu glauben sein?

»Ich gebe hier die Befehle“, sagte ich.

»Aye, Sir«, kam es zurück.

»Und Sie sind der derjenige, der mich vor Mike und dem Bier gerettet hat?« fragte ich dann.

»Nein, Sir«, hörte ich die Antwort. »Das war ... in diesem Bild ist es der zweite Maat. Wir hätten unser Leben für Sie gegeben, Sir, aber in unterschiedlicher Weise. Der zweite Maat denkt da mehr in Schwarz und Weiß als der Rest von uns. Als er sah, daß Sie in Gefahr waren, hat er sofort gehandelt, Sir.«

»Der Rest von Ihnen nicht?«

»Wir sind alle sehr verschieden«, erklärte die Stimme.

Mein ganzes Leben lang habe ich mich allein gefühlt. Ich war immer ein stilles Kind gewesen mit einem unbestimmten *Irgendwas*; irgendwas Starkem, irgendwas Gutem, um mich herum aufgebaut, unverständlich für mich.

Und plötzlich verstand ich es. Das Irgendwas war mein Schiff und seine geheime Mannschaft. Ich hatte nicht gewußt, daß *ich* auf dem Schiff meines Lebens absolute Autorität besitze. Ich entscheide über sein Ziel, seine Regeln, seine Disziplin. Meinen Anweisungen gehorcht jedes Werkzeug, jedes Segel, jede Kanone. Jede einzelne Seele an Bord setzt ihre ganze Kraft für mich ein. Eine ganze Reihe von Fähigkeiten wartet nur darauf, von mir aktiviert zu werden. Und müßten mich diese Seeleute sicher durch den Höllenschlund geleiten – sie würden es ohne Murren tun.

»Warum habt ihr mir nicht gesagt, daß ihr existiert?« fragte ich. »Es gibt noch so viele Dinge, die ich lernen muß. Ich brauche euch. Warum habt ihr mir nicht gesagt, daß ihr immer für mich da seid?«

Ich lag im Gras und lauschte dem Wind.

»Wir haben nichts gesagt, Sir«, kam die Antwort, »weil Sie nicht gefragt haben.«

*

Ich öffnete die Augen, eine lange Pause des Schweigens folgte. Dickie saß dicht neben mir, hielt die Augen geschlossen und prägte sich das Schiff ein.

»Was meinst du?« fragte ich ihn. »Philosophie oder nicht, kleiner Junge?«

Er öffnete langsam die Augen. »Ich weiß es nicht«, erwiderte er und sah mich eine Weile an. »Aber von jetzt an nenn mich bitte ›Kapitän‹«.

Ich berührte ihn sanft mit meiner Faust, um klarzumachen, daß dies keine schlechte Idee wäre.

19

Was geht mich das eigentlich alles an, dachte ich und starrte in den Spiegel, ohne wirklich etwas von mir selbst zu sehen; ich rieb mir Rasierwasser Marke Macho ins Gesicht. Medikamente sind der falsche Weg.

Ich bin betäubt von dieser Medizin-Frömmelei, entsetzt von ihren Lehren. Arzneien als Allheilmittel, das ist doch Wahnsinn. Legal oder illegal, mit oder ohne Rezept, über dem Ladentisch oder als Bückware, an irgendeiner Straßenecke teuer erkauft. Jede Pille treibt einen weiteren Keil zwischen uns und unser besseres Ich, das uns der Wahrheit näherbringen könnte. Wir wären besser beraten, einen großen Bogen um diese Wundermittelchen zu machen, wann auch immer und wofür auch immer sie uns Hilfe verheißen. Das sind doch verbrecherische Machenschaften, warum soll man denn Leute unterstützen, die den Körper als Maschine behandeln, anstatt einmal hinter das augenscheinliche Krankheitsbild zu blicken?

Leslie ist gegenteiliger Ansicht. Medizinische Bücher liegen auf ihrem Schoß, wenn sie im Bett ist, und sie kann stundenlang mit großen Augen darin lesen. Nur hin und wieder murmelt sie mißbilligend: »Ernährung! Sport! Wie können sie das nur ignorieren?« Aber alles in allem freut sie sich über den Fortschritt in der medizinischen Wissenschaft.

Soll sie doch lesen, was sie will! Aber ich? Unterstütze ich eine Bande verwirrter, pillengläubiger Weißkittel, die nicht begreifen, daß eine ganze Menge dieser Krankheiten zivilisationsbedingt ist? Wohl kaum!

In dieser Stimmung zog ich mich für den Wohltätigkeitsball unseres Krankenhauses an.

Ein besonderes Privileg, hatte Leslie sich gedacht. Nach dieser Einladung würden wir endlich über Killerviren und Siechtum Bescheid wissen.

»Laß uns dort hingehen«, hatte ich gesagt, denn ich hatte ansonsten wenig Gelegenheit, meine Frau im Ballkleid zu sehen. Es zerstörte zwar meine Grundsätze, wenn ich auf dem Ball die Mediziner und ihre rückwärts gewandten Ansichten unterstützte. Aber was für ein kleiner Preis für den Anblick von Leslie im Ballkleid.

Ich zwängte mich in mein dunkelstes Jackett, befestigte ein kleines Cessna-Flugzeug-Abzeichen an meinen Rockaufschlag und polierte es mit dem Daumen.

»Kannst du mir einen Moment helfen, Liebling?« rief sie aus dem Badezimmer. »Die Taille ist in Ordnung. Aber entweder ist das Oberteil geschrumpft, oder meine Oberweite ist in der Zwischenzeit größer geworden.«

Ich bin immer froh, wenn ich ihr behilflich sein kann, und eilte ins Badezimmer.

»Vielen Dank«, sagte sie bei meinem Anblick. Dann blickte sie in den Spiegel und zupfte am Ärmel. »Was meinst du? Geht das so, oder nicht?«

Sie hörte ein dumpfes Geräusch hinter sich, eilte mir um eine Minute verzögert zu Hilfe und lehnte mich gegen den Türrahmen. Sie wartete darauf, daß ich Kritik äußerte.

Das Kleid war aus einem weichen, fließenden schwarzen Stoff, das Dekolleté so tief wie der seitliche Schlitz am Kleid, und ihr Körper war eine einzige sinnliche Herausforderung.

»Sehr hübsch«, sagte ich verwirrt. »Wirklich reizend.«

Dann nahm ich eine Bürste und kämmte meine Haare

vor dem Spiegel hin und her. Aber jeder Versuch, neben ihr auf dem Ball zu bestehen, schien aussichtslos zu sein. Niemand würde glauben, daß wir zusammengehörten, wenn wir den Ballsaal betraten.

Sie studierte sich weiterhin im Spiegel, blickte sich unentwegt und sehr kritisch an und verglich sich wohl mit irgendwelchen Filmgrößen, die Vorbildcharakter haben. Dann drehte sie sich zu mir hin und fragte zweifelnd: »Ist es nicht ein wenig gewagt?«

Ich holte tief Luft. »Solange du das Schlafzimmer nicht verläßt, ist es wirklich angemessen.«

Sie blickte mich im Spiegel mißbilligend an. Wenn Leslie sich für offizielle Anlässe kleidet, kehren sich ihre Werte schnell um, und ihre alte, kompromißlose Hollywood-Vergangenheit kommt wieder zum Vorschein. »Stell dich nicht an, Richie. Sag mir lieber, was du wirklich denkst. Wenn man zuviel sieht, ziehe ich es besser wieder aus ...«

Zieh es am besten aus, dachte ich, und wir verbringen die Nacht zu Hause, Leslie. Laß uns gleich ins Nebenzimmer gehen und dort dein tiefausgeschnittenes Hollywood-Kleid bewundern, wie es Stück für Stück und ganz langsam von deinem Körper gleitet. Und laß uns dann vergessen, daß wir heute oder in den nächsten Tagen irgendwo hingehen müssen.

»Es ist gut so«, hörte ich mich zu meiner Überraschung sagen. »Es ist ein nettes, süßes Kleid, das dir sehr gut steht. Und es paßt hervorragend zu dem Ball, auch wenn vielleicht einigen Ärzten die Luft wegbleibt und sie in Ohnmacht fallen.«

Sie blickte mich skeptisch an. »Ich habe es gekauft, bevor wir uns kannten, Richie. Es ist schon über zwanzig Jahre alt. Würde ein weißes Kleid mir heute abend nicht viel besser stehen?«

»Wahrscheinlich besser«, erzählte ich ihrem Spiegelbild. »Und vor allem sicherer. Niemand in dieser Stadt hat in seinem Leben bisher ein so aufregendes Kleid gesehen.« Zwanzig Jahre war es her, daß sie es gekauft hatte, und ich konnte den Blick nicht von ihr wenden. Sie bezaubert mich noch immer, dachte ich. Auch wenn sie im Alltag ziemlich normal angezogen war, lenkte sie die Blicke auf sich. Aber bei diesem Kleid würden die Männer der Stadt mit Sicherheit wahnsinnig werden.

Ich erinnerte mich an einen Gedanken, den ich aufgeschrieben hatte, bevor wir uns kannten. Ich habe ihn Jahre später in meinen Aufzeichnungen wiedergefunden: »Liebende wachsen oft in das Ideal des anderen hinein, und sie werden mit der Zeit attraktiver.« Dieser Ausspruch war Wirklichkeit geworden: Hier stand Leslie und stimmte ihr Halsband auf das Kleid ab. Die Frau im Spiegel war tatsächlich meine Frau!

Ich starrte sie an und überlegte. Sah sie so toll aus, weil eine subjektive Glocke über Verliebten hängt ... egal, wie sie auf die anderen wirken, die Partner finden sich gegenseitig immer schön? Oder geschieht es absichtlich, weil es für jeden von uns beiden wichtig ist, immer gut für den anderen auszusehen?

Wir rauchen nicht und trinken nicht. Keine Drogen, keine Seitensprünge. Kein Fleisch, kein Kaffee, kein Zukker, kein Fett, keine Schokolade, keine Überstunden, kein Streß. Eine gemächliche Gangart, wenig Essen, regelmäßiges Training, viel Arbeit im Garten, häufiges Gleitschirmfliegen, Schwimmen und Yoga und viel frische Luft, frischen Obstsaft, häufig Musik und Lernen und Erzählen und Schlafen. Jeder kämpft um die Zeit für sich selbst, gegen eine Lawine von täglichen Verführungen. Und wir haben nach mehr oder minder vielen Rückfällen tatsächlich gewonnen.

Schokolade ist noch immer mein schlimmster Feind, endlose Arbeitstage der ihre.

»Wenn man soviel aufgibt, verdient man auch eine Belohnung«, sagte ich plötzlich zu ihr.

»Wie bitte?« Es war jetzt höchste Zeit zu gehen. Eine blonde Haarsträhne fiel ihr am Hals auf die linke Seite, und sie beförderte sie geduldig wieder nach rechts. Es war zu spät, um das Kleid zu wechseln. Den Medizinern stand also der Kreislaufzusammenbruch noch bevor. Wie konnte man nur solche Kleider entwerfen, in denen die Formen einer Frau so atemberaubend zur Geltung kamen?

»Mir bleibt einfach die Luft weg«, gestand ich ihr. »Du siehst heute sehr schön aus.«

Sie drehte sich vom Spiegel weg und lächelte mich an. »Du meinst das wirklich so, wie du es sagst.« Sie breitete die Arme aus. »Oh, Richie, vielen Dank. Ich bin manchmal so sehr in meine eigenen Gedanken versunken. Ich möchte doch, daß du stolz auf mich bist, wenn wir zusammen ausgehen.«

Ich umarmte sie. Dann machte ich eine Schleife ihres Kleides zu. Warum ist das äußere Erscheinungsbild so wichtig? Es ist nun einmal so, dachte ich, aber eigentlich ist es unwürdig, wenn der Partner immer schön zu sein hat. Ich verlange das auch, weiß aber selber nicht genau, warum. Liegt darin nicht schon eine ganze Menge Verlogenheit?

Ich habe das für mich akzeptiert. Denn wenn meine Frau und ich nicht für den jeweils anderen schön gewesen wären, hätte dann die Beziehung durch alle Stürme hindurch so lange Zeit gehalten? »Ich kann sie wirklich nicht begreifen«, hatte ich mehr als einmal geflucht. »Hartnäckige, verdammte Perfektionistin. Wenn du nicht so schön wärst, ich schwöre es, hätte ich dich schon längst verlassen.«

Andererseits gab es in meiner Vergangenheit viele schöne Frauen, die ich ohne Zögern verlassen habe, wenn wir uns gegenseitig überdrüssig geworden waren. Es gibt schöne Frauen, deren Faszination im Laufe der Zeit nachläßt, und andere wiederum, deren Seele im ersten Moment als das Schöne an ihnen hervorsticht, werden im Laufe der Beziehung und der Jahre rein äußerlich immer schöner.

War es so mit Leslie und mir? Sie drehte sich jetzt vom Spiegel weg, schlang sich eine schwarze Seidenstola um den Hals, nahm ihre Handtasche und sagte dann: »Ich bin fertig.«

»Dann laß uns gehen«, sagte ich zufrieden.

Sie blickte mich einen Moment lang nachdenklich an und fragte dann plötzlich: »Liebst du mich?«

»Ja«, erwiderte ich nur.

»Und warum?«

»Weil du liebenswert bist, warmherzig, witzig, tiefgründig, freundlich, wißbegierig, sinnlich, intelligent, kreativ, ruhig, vielseitig, frei, offen, kontaktfreudig, verantwortungsbewußt, faszinierend, praktisch, bezaubernd, schön, positiv, talentiert, sprachbegabt, ordentlich, einsichtig, geheimnisvoll, wandlungsfähig, neugierig, fröhlich, unberechenbar, machtvoll, entschlossen, abenteuerlustig, ernsthaft, aufrichtig, furchtlos und weise.«

»Mein Gott«, erwiderte sie. »Das kann ich aber nicht alles gleichzeitig sein.«

20

Als wir eintraten, fühlte ich mich wie der verkleidete Robin Hood, und der Ballsaal ähnelte aufs Haar dem in Nottingham. Menschen nickten uns zu, lachten und strahlten und tranken Sekt aus langstieligen Kristallgläsern. Gefangen, dachte ich. Ausgerechnet ich, ein Gegner jeglicher Arzneimittel, inmitten von Ärzten aller Fachrichtungen. Ich bin verloren, sobald sie anfangen, auf das segensreiche Aspirin anzustoßen; sie werden mich dabei ertappen, daß ich meine Tablette in den Palmenkübel fallen lasse, es wird ein lautes Geschrei geben, man wird mit den Fingern auf mich zeigen.

Das Treppenhaus, dachte ich, wird meine Rettung sein. Ich werde die Stufen hinaufstürzen, mich an die Vorhänge klammern und mich durch die großen Glastüren schwingen, bis die Splitter nur so durch die Gegend fliegen, dann über die Balkonbrüstung auf den Sims springen, an den Wasserspeiern bis zum Dachfirst hinaufklettern und in der dunklen Nacht verschwinden.

Ich bin ein selbsternannter Aussteiger, ein Flieger, der davon gelebt hat, daß er auf den Weiden des Mittleren Westens Flüge mit einem Doppeldecker organisierte, ein Bankrotteur, der sich von der untersten sozialen Schicht mühsam wieder hochgearbeitet hat ... Was hatte ich mit all diesen Klugscheißern hier gemein? Das Leben hat mich gelehrt, daß alle Arzneimittel des Teufels sind, und jetzt befinde ich mich auf einem Medizinerball. Wahrscheinlich, um auf meine Frau aufzupassen, dachte ich.

Leslies Augen funkelten vor Freude, als ich ihr die Seidenstola abnahm.

Ich ergriff ihre Hand, wartete einen Augenblick am Rande der Tanzfläche, und dann schwebten wir nach den mitreißenden Walzerklängen von Johann Strauß graziös übers Parkett. Ich kann nicht sagen, welchen Eindruck wir hinterließen, aber mir war es, als ob wir im Einklang mit der Musik über endlose Weizenfelder flögen.

»Man sollte meinen, die Ärzte müßten mittlerweile von der Anatomie des menschlichen Körpers genug haben«, sagte ich mitten in einer eleganten Drehung.

»Ja, und?« fragte sie herablassend. Ihr Haar bewegte sich im Wirbel des Tanzes.

»Seitdem du den Saal betreten hast, starren dich alle Männer an.«

»Dummkopf«, erwiderte sie, obwohl ich doch recht hatte.

Wie einfach war doch das Leben gewesen, bevor ich tanzen gelernt hatte! Rein theoretisch kann natürlich jeder tanzen, und dieses theoretische Können hätte mir auch vollauf genügt!

Aber wer nicht richtig tanzen kann, spürt auch nicht die Heiterkeit der Musik, die den Körper beim Tanzen erfüllt. Um diese Fähigkeit zu erlangen, hätte ich mich dazu aufraffen müssen, eine Tanzschule zu besuchen. In irgendeinem mit Spiegeln ausstaffierten Übungssaal wäre ich wie ein Narr herumgestolpert und hätte im Laufe der Tortur tanzen gelernt. Ein unerträglicher Gedanke. Ich eröffnete meiner Frau, daß ich in meinem Alter keinerlei Lust verspürte, noch einmal den ungeschickten Anfänger zu mimen.

Leslie wollte das nicht einsehen und nahm ohne mich Tanzstunden. Wenn sie dann spät nach Hause kam, hatte sie derart gute Laune, daß ich mich fragte, was denn am Tanzen so amüsant sein konnte.

Sie zeigte mir ein oder zwei Schritte, und nach kurzer Zeit lag mir weniger an würdevoller Sicherheit als daran, mit ihr tanzen zu lernen.

Meine Befürchtungen bewahrheiteten sich natürlich. Wochenlang kam ich mir vor wie die Kreatur aus Frankensteins Kellergewölbe. Elektroden im Gehirn wären weniger aufgefallen als meine gräßlichen Schuhe, denen meine behende Tanzlehrerin ständig ausweichen mußte. Ich warf aber die Flinte nicht ins Korn, und über kurz oder lang ...

Nun gab ich mich unbeschwert der Musik hin und sah im ganzen Saal niemanden außer Leslie. Ich danke dir, tapferer Richard, dafür, daß du dich überwunden und nicht länger großmütig auf das Tanzen verzichtet hast. Ich fühlte mich wie im siebten Himmel, und meine Frau empfand wohl das gleiche.

»Als du ein kleiner Junge warst, Richie, hast du da nicht manchmal gedacht, du seist von weither von den Sternen auf die Erde gekommen?«

»Hm, ich wußte es«, erwiderte ich und dachte an meine selbstgebauten Teleskope. Auf der Suche nach meinem Zuhause hatte ich durch ihre Linsen geschaut wie ein Astronaut durch die Fenster seines Raumschiffs.

»Ich wußte es auch«, sagte sie. »Nicht von einem Planeten, der existiert. Einfach von dort draußen.«

Ich nickte und wich anderen Paaren aus, indem ich rückwärts tanzend von linken Drehungen zu rechten wechselte.

»Wenn mich irgendwer gebeten hätte, ihm den Weg nach Hause zu zeigen«, bemerkte ich, »hätte ich mit dem Finger nach oben gedeutet, und bis vor gar nicht allzulanger Zeit hätte ich den Grund dafür nicht gewußt.«

Sie hob herausfordernd den Kopf.

»Ich hätte nicht nach innen deuten können: auf einen engen Raum, der dicht mit Organen vollgepackt ist und kaum Platz zum Atmen läßt ... Ich hätte weder nach rechts noch nach links zeigen können: In diesen Richtungen bin ich nirgendwohin gelangt, nur zu einem anderen Hier. Die einzige Möglichkeit, die mir blieb, war, nach oben zu zeigen, von der Erde weg, und daher hatte ich lange Heimweh nach den Sternen ...«

»Ich habe es immer noch«, sagte sie. »Wenn die Außerirdischen herunterkämen und auf dem Dach landeten, würden wir sie nicht bitten, uns nach Hause mitzunehmen?«

Als ich mir das vorstellte, mußte ich lachen. Unser Dach würde die Landung eines Raumschiffes nicht aushalten. Würden wir mit den Besuchern aus dem Weltall davonfliegen, nachdem sie unsere Küche plattgedrückt hätten?

»Sie könnten uns nicht nach Hause mitnehmen«, sagte ich. »Denn wir sind nicht von den Sternen gekommen. Wie können Lebewesen, die von einem Punkt jenseits der Raumzeit stammen, uns den Weg nach Hause zeigen?«

»Es muß Karten geben«, erwiderte sie.

Mir fiel keine Antwort ein, und ich dachte darüber nach, bis die Musiker noch einmal ihr anfängliches Thema spielten und dann mit einem Schlußakkord endeten.

Ja, es gibt Karten, dachte ich. Aber wenn wir nicht von den Sternen kommen und auch nicht von der Erde, woher kommen wir dann? Wenn ich tief im Innern wüßte, daß meine Heimat kein Planet ist, müßte ich also beweisen, daß ich *nirgend*-woher herkomme – das wußte ich erst seit kurzem.

Wir suchten uns einen Tisch und stießen auf Fremde: einen Arzt und seine Frau, eine Krankenhausdirektorin und ihren Mann. Ich fragte mich, was ich nach dem How-do-you-do sagen würde.

Fühlen Sie sich in irgendeiner Weise für die medikamentenabhängige Gesellschaft um uns herum verantwortlich? Freut es Sie zu glauben, wir seien hilflose Passagiere in unserem Körper? Stimmt es, daß die Ärzteschaft sich mehr als jede andere Berufsgruppe vor dem Sterben fürchtet und daß ihre Selbstmordrate höher ist als die jeder anderen?

»Sind denn keine Umbrologen hier?« wollte ich fragen.

Umbrologen?

»Das sind Ärzte, die Erkrankungen des Schattens behandeln«, hätte ich gesagt, »zerbrochene Schatten, deformierte Schatten, fehlende Schatten, Hyperumbria – eine anomale Aktivität des Schattens. Sie verstehen, *Umbrologen!* Sind keine Umbrologen hier?«

Das wäre doch hirnrissig, hätten sie lachend geäußert. Der Schatten imitierte doch den Körper.

Ebenso verrückt wäre es, hätte ich erwidert, zu vergessen, daß der Körper imitiert, was auch immer man ihn glauben macht. Sind wirklich keine Umbrologen hier? Jeder Arzt in diesem Saal ist doch einer. Und dann wäre ich gegangen. Ich sagte nichts dergleichen und blieb.

»Sie fliegen eine Skymaster!« konstatierte die Direktorin.

Ich sah sie an. Können Ärzte Gedanken lesen?

»Das Abzeichen in Ihrem Knopfloch«, erklärte sie. »Es ist eine Cessna Skymaster, nicht wahr?«

»Oh, natürlich. Es ist eine Skymaster«, antwortete ich. »Kaum jemand bemerkt das.«

»Ich fliege eine Cessna 210«, sagte sie. »Also fast eine Skymaster. Eine einmotorige Skymaster.«

»Cessna, Cessna, Cessna«, mischte sich der Arzt ein. »Bin ich etwa der einzige am Tisch, der eine Piper fliegt? Es geht nicht in meinen Kopf hinein, daß Sie sich keine Twin Comanche anschaffen.«

»Erst Vollgas und dann einen kleinen Sturzflug«, entgegnete ich. »Das ist nicht schwer.« Zu meiner Überraschung lächelte er.

Nach einer Minute blickte ich Leslie an, die mit unschuldiger Miene einwarf, eine Nacht, in der getanzt und über Flugzeuge geredet würde, könnte nicht allzu übel sein.

Und so ging der Abend dahin. Wir tanzten oft. Ich entsann mich, daß viele Ärzte auch Flieger sind, der Saal war voller fliegender Ärzte. Bis Mitternacht hatten wir ein Dutzend von ihnen kennengelernt. Sie waren sympathisch, und ich fühlte mich wohl, wer hätte das gedacht!

Sie haben einfach einen anderen Standpunkt, dachte ich, also kein Grund zur Panik. Sie tun ihr Bestes, und keinem Patienten drängen sie sich gegen seinen Willen auf. Es gibt genügend Platz für uns alle im Himmel.

Es wurde nicht auf das Aspirin angestoßen, und ich war nicht gezwungen, durch eine Wolke berstenden Glases auf den Dachfirst zu flüchten. Das war das Hirngespinst eines Neunjährigen, dachte ich, während Dickie hinter den Vorhängen meiner Augen angespannt und jederzeit zum Kampf oder zur Flucht bereit die Szene beobachtete.

Leslies aufreizendes Kleid sah beim Tanzen entzückend aus. Die Herren nahmen davon anerkennend Notiz, ohne dabei aus der Rolle zu fallen, während die Damen sich unbeeindruckt gaben und in ihrer eigenen Eleganz herumwirbelten.

*

»Ich habe heute abend sehr viel gelernt!« sagte meine Frau auf der Heimfahrt.

»Sind sie numeriert, deine Erkenntnisse?«

Sie lächelte. »Erstens, wir beim Tanzen! Wir sind nicht mehr die alten. Wir sind besser, und ich finde das gut!«

»Ich auch.«

»Zweitens, du hast dich auch gebessert: Du hast dich gern in Schale geworfen und bist gern zu diesem Ball gegangen, obwohl da Leute waren, die an die Medizin glauben! Zwar hätte ich es nicht zugelassen, aber ich hatte eigentlich ganz fest damit gerechnet, daß du an einem bestimmten Punkt ausflippst. Und zwar dann, wenn der Konflikt sich zugespitzt hätte und du mit deiner Auffassung allein dagestanden wärst: Du hättest dich umzingelt gefühlt und wie ein Löwe deinen Standpunkt verteidigt, daß der Körper durch den Geist bedingt sei und es keinen Grund gebe, diese mit chemischen Mitteln zu behandeln, wenn eine Änderung der Denkweise, undsoweiter undsofort ...

»Ich habe mich zusammengenommen«, erwiderte ich.

»Weil so viele von ihnen fliegen. Wenn sie keine Piloten gewesen wären, hättest du gedacht, sie seien so etwas wie die Königliche Garde oder die Diener des verfluchten Medikamentendämons auf dem direkten Weg in die Hölle. Aber weil sie Flugzeuge fliegen, hast du sie als deinesgleichen angesehen und kein einziges Mal als ›medikamentensüchtige Weißkittel‹ tituliert!«

»Nun, ich bin von Natur aus ein höflicher Mensch.«

»Wenn du dich nicht bedroht fühlst«, warf sie ein. »Und das war nicht der Fall, weil du gemerkt hast, daß sie auch begeisterte Flieger sind.«

»Nun ja.«

»Drittens, mir hat unsere kleine Unterhaltung über unser Zuhause gefallen. Ich habe mich in meinem Leben wirklich meist als Außenseiterin gefühlt. Nicht weil ich dauernd umgezogen wäre, sondern weil ich von Natur aus eine Außenseiterin bin. Ich denke nicht so wie die Leute in der verdammten Gegend, in der ich großgeworden bin, ich habe andere Vorstellungen als meine Mom oder mein Dad oder sonstwer in meiner Familie.«

»Du denkst das gleiche wie deine Familie, Liebling«, erwiderte ich. »Nur ist deine Familie nicht die, die du dafür gehalten hast.«

»Ich schätze, du hast recht«, sagte sie. »Bis ich das entdeckt habe, war ich ziemlich einsam. Dann fand ich dich.«

»Mich?« fragte ich erstaunt. »Du hast einen Mann *geheiratet*, der in vieler Hinsicht dein *Bruder* ist?«

»Ich würde es wieder tun«, sagte sie spontan. »Wie viele Menschen gibt es, Richie, die sich für sonderbar und anders, eben irgendwie für Außenseiter, halten? Dabei haben sie einfach ihre wirkliche Familie noch nicht gefunden ...«

»Wenn man nicht sonderbar und anders gewesen ist«, erwiderte ich, »wenn man nie diese Entfremdung gespürt hat, empfindet man auch niemals die Freude, wenn man endlich nach Hause kommt.«

»Nun sind wir wieder beim Thema. Was bedeutet denn für dich Zuhause?«

Als ich den Satz begann, wußte ich nicht, wie er enden würde. »Zuhause ist meiner Meinung nach das, was ich kenne und liebe.« Ich spürte ein Klicken in mir, wie es bei jeder richtigen Antwort der Fall ist. »Oder wie siehst du das? Du setzt dich ans Klavier, spielst einfach irgend etwas, nur für dich, du kennst die Musik, und du liebst sie. Ist das nicht wie Heimkehr? Ich sitze vor der Instrumententafel meines kleinen Flugzeugs, dort ist mein Zuhause. Wir sind zusammen, du und ich, und deshalb befindet sich gerade in diesem Moment unser Zuhause in einem fahrenden Auto. Im nächsten Monat könnte es irgendeine andere Stadt sein. Wenn wir zusammen sind, sind wir zu Hause.«

»Unser Zuhause befindet sich nicht in den Sternen?«

»Das Zuhause ist kein Ort. Was man kennt und liebt, ist meiner Meinung nach weder zusammengenagelt noch überdacht noch gepflanzt. Wir können unser Herz an Nägel und Dächer hängen, doch wenn wir ihre überlieferte Bedeutung vergessen, werden wir uns nach unserer Rückkehr fragen, was denn dieser Bretterhaufen bedeuten soll. Das Zuhause ist eine bestimmte *Ordnung*, die uns lieb und teuer ist, unser Zuhause ist dort, wo wir die sein können, die wir sind.«

»Sehr schön gesagt, Richie«, bemerkte sie.

»Und bevor wir uns für ein Leben auf der Erde entschieden haben, da gehe ich jede Wette mit dir ein, gab es für uns irgendeine andere geliebte und bekannte Ordnung, eine Ordnung, die weder etwas mit Zeit noch mit Entfernung zu tun hat, eine Ordnung, in der es überhaupt keine Moleküle gab!«

»Und nur weil wir jetzt hier sind, haben wir das andere noch lange nicht vergessen«, sagte sie. »Gibt es nicht Zeiten, Liebling, wo du dich ... fast ... erinnerst?«

»Die sechste Klasse!« Und während ich so mit meiner Frau im Auto dahin fuhr und nicht im geringsten an Dickie dachte, war mir die sechste Klasse plötzlich so gegenwärtig, als ob jene Zeit nie entschwunden wäre.

21

Die sechste Klasse war eine Clique, Leslie. Was hatte ich eigentlich in dieser Clique verloren?«

Die Ranch gehörte der Vergangenheit an, der Wasserturm existierte nur noch in der Erinnerung, das Meer aus Salbei und Felsen flimmerte, bis es sich in ein Meer von schmucken Häusern verwandelte, grasgrüne Vorstädte, die auf dem flachen Strom von Kalifornien drifteten.

Wie viele Kinder es doch in der Schule gibt, dachte ich. Keines von ihnen ist imstande, einen kleinen Esel zu satteln und zu zähmen, aber die meisten von ihnen sind irgendwie nicht übel. Beschränkt, aber nicht übel.

Sie hingegen musterten mich einige Tage lang neugierig, aber wenn man von Arizona nach Kalifornien umzieht, wird einem weniger Aufmerksamkeit zuteil, als wenn man aus New York oder aus Belgien angereist wäre. Ich war harmlos, unterschied mich nicht sehr von ihnen, und als ich schließlich nicht mehr als Neuling empfunden wurde, akzeptierten sie mich.

»Budgie, bin ich verrückt?«

»Ja.«

Langsam radelten wir nach der Schule nebeneinander die leere herbstliche Straße entlang, wobei die breiten Reifen die herabgefallenen Blätter der Platanen zermalmten.

»Sag nicht ja, bevor ich dir nicht erzählt habe, weshalb ich mich für verrückt halte; denn wenn ich übergeschnappt bin, so bist du es auch.«

»Du bist nicht verrückt.«

In der Mark-Twain-Grundschule gab es vielleicht den einen oder anderen helleren Kopf als Anthony Zerbe, aber alles in allem war er unschlagbar. Bestimmt war niemand schlagfertiger, stärker oder schnellfüßiger als er, aber auch hilfsbereiter, wenn man in Schwierigkeiten steckte.

»Bist du ein Kind, Budgie?« fragte ich.

»Ja, praktisch bin ich ein Kind. Du und ich, wir sind Kinder.«

»Richtig! Praktisch gesehen stimmt das. Aber bist du innerlich ein Kind? *Fühlst* du dich innerlich wie ein Kind?«

»Natürlich nicht«, erwiderte er, verschränkte seine Arme vor der Brust und fuhr freihändig weiter, wobei er mich um eine halbe Radlänge überholte und dann im Freilauf zwei Radlängen vor mir herfuhr, bis ich ihn wieder einholte. »Mein Verstand ist erwachsener als der mancher Erwachsenen, die ich kenne. Muß ich ... Mister Anderson erwähnen? Doch mein Körper hat nicht Schritt gehalten. Ich weiß nicht, wie man Geld verdient oder heiratet oder Häuser kauft. Ich bin noch nicht groß genug. Es gibt eine Menge Informationen, die ich brauche und noch nicht habe. Aber in meinem Innern, als Person, bin ich erwachsen.«

»Meinst du, der Grund dafür, daß wir Kinder sind, besteht nicht darin, daß wir wertlos sind, sondern darin, daß wir Zeit benötigen, um diese Informationen zu bekommen und größer zu werden, und daß wir, wenn wir erwachsen sind, uns genauso fühlen wie jetzt? Wir wissen lediglich noch nicht richtig, wie etwas anzupacken ist?«

»Ich wette, du hast recht«, beantwortete er gleichmütig meinen umständlichen Erklärungsversuch. »In unserem Innern werden wir das gleiche fühlen wie jetzt.«

»Beunruhigt dich das nicht?«

»Nein, wieso?«

»Wir gleichen den Erwachsenen, doch wir sind machtlos, Budge! Findest du es nicht schrecklich, machtlos zu sein? Möchtest du so weiterleben?«

»Ich bin machtlos, aber im Gegensatz zu dir ...«

Er hielt mitten im Satz inne. Seine Füße auf die Lenkstange gestellt, rollte er im Leerlauf die leicht abschüssige Blackthorne Street hinunter, wobei unsere Geschwindigkeit noch zunahm.

»Was, im Gegensatz zu mir?«

»... bin ich geduldig!« sagte er, den Wind übertönend. »Es macht mir nichts aus, daß nicht ich das Geld verdienen muß, sondern mein Dad. Es gibt eine Menge zu lernen. Einfach die praktischen Dinge fürs Leben!«

»Mir macht es etwas aus. Ich möchte auf eigenen Füßen stehen. Wenn ich innerlich erwachsen bin ... sollten sie es so einrichten, daß man eine Prüfung ablegen könnte und dann ein offiziell bestätigter Erwachsener wäre, egal, wie alt man ist.«

»Alles zur rechten Zeit«, bemerkte er.

Mein Freund stellte die Füße wieder auf die Pedale, ergriff die Lenkstange und bremste scharf in der Kurve. Millimeter vor der Bordsteinkante riß er das Vorderrad hoch und hüpfte elegant auf den Bürgersteig. Vergessen waren die Tage, als mir Fahrräder Angst eingejagt hatten und ich schutzsuchend zu meiner Mutter gerannt war, nachdem mich Roy auf den hohen Sattel gesetzt, auf dem Rad geschoben und mir gedroht hatte, er würde mich alleine weiterfahren lassen.

Ich hüpfte Zerbe hinterher, noch ganz im Banne unserer Diskussion.

»Hältst du dich denn für etwas Besonderes?«

»Aha!«, sagte er, indem er seine Geschwindigkeit drosselte, um für kurze Zeit neben mir zu fahren. Dann stoppte er auf dem Rasen vor dem Haus, in dem er wohnte.

Ich stoppte ebenfalls und blieb auf den Pedalen stehen, bis mein Fahrrad umzukippen drohte. Dann sprang ich ab und legte es ins Gras.

»Natürlich bin ich etwas Besonderes«, sagte ich. »Jeder ist etwas Besonderes! Nenne mir irgendwen in unserer Klasse, irgendwen an der Mark-Twain-Grundschule, der vorhat, ein Versager zu werden, wenn er groß ist!«

Zerbe saß, gegen den Sattel seines Fahrrades gelehnt, mit gekreuzten Beinen auf der Rasenfläche. »Aber es kommt vor, nicht wahr? Irgendwas geschieht zwischen dem jetzigen Moment, wo wir wissen, daß wir etwas Besonderes sind, und dem Augenblick, wo diese Meinung umkippt und wir zu Versagern werden.«

»Das wird mir nicht passieren«, erwiderte ich.

Er lachte. »Woher weißt du das? Was macht dich so sicher? Vielleicht sind wir gar nicht richtig erwachsen. Vielleicht sind wir erst erwachsen, wenn wir wissen, daß wir *nichts* Besonderes sind. Vielleicht ist Mißerfolg etwas, womit nur richtige Erwachsene fertig werden können.«

»Das glaube ich nicht!« sagte ich. »Wir mögen Kinder sein, aber innerlich sind wir schon voll entwickelt, und wir sind nicht einfach ... nichts!«

»Red weiter«, ermunterte er mich. »Ich widerspreche nicht. Sag mir, wieso du weißt, daß du etwas Besonderes bist.«

»Morgens«, erwiderte ich, »morgens wache ich manchmal auf und gehe ins Freie, und die Luft ist so ... *grün.* Verstehst du mich? Die Luft sagt: *Etwas wird heute geschehen! Etwas Starkes wird geschehen!* Und es geschieht eigentlich nie etwas, soweit ich das beurteilen kann, aber dieses Gefühl liegt in der Luft. Es geschieht nichts und irgendwie doch. Verstehst du, was ich sagen will?«

»Vielleicht wünschst du einfach, daß etwas geschehen soll.«

»Ich denke mir das nicht aus, Budge! Ich schwöre dir,

ich denke es mir nicht aus. Es existiert etwas da draußen, und es ist ..., als ob es mich ruft. Hörst du es nicht auch? Ich meine nicht, daß du es hörst, aber fühlst du es nicht manchmal?«

Er sah mir fest in die Augen. »Es ist ein Licht in mir«, sagte er, »als ob ich einen Stern verschluckt hätte.«

»JA! Und wenn du jemand aufschneidest, wirst du diesen Stern niemals finden, und du findest ihn auch nicht, wenn du ein Mikroskop so groß wie ein Haus hast!«

Mein Freund lag gegen sein Rad gelehnt da und beobachtete das Halbdunkel zwischen den Bäumen. »Du kannst tagsüber die Sterne nicht sehen. Du mußt die Augen schließen, und sobald du dich an das Dunkel gewöhnt hast, erblickst du dieses schwache Licht in weiter Ferne. Ist es das, was du siehst, Dick?«

Nur Freunde wagen es, sich so zu unterhalten, dachte ich. »Das Licht ist eine silberne Kette, wie eine Ankerkette in meinem Geist, die vor meinen Augen im tiefen Wasser entschwindet.«

»Im tiefen Wasser!« sagte er. »Richtig! Und wir sind Taucher, gleiten hinab, und tief unten führt uns die Kette zu diesem versunkenen Stern. Das ist unser Anker ...«

Ich war ein Delphin, der aus einem Wasserbecken hoch in die Luft gesprungen war und sich im offenen Meer wiedergefunden hatte, neben sich einen spiegelgleichen Freund. Ich war nicht der einzige, der wußte, daß etwas, was sich hinter Worten verbarg, an uns zerrte.

»Du kennst es, Budge! Ein Anker aus Licht! Ich schwimme hinunter, und alles ist in Ordnung, ganz gleich, wie schlimm die anderen Dinge sein mögen. Ich bin tief unter Wasser, mein Boot an der Oberfläche ist nicht zu sehen, aber dieser Anker ist heller, als es Blitzlichter je sein können, und er ist in mir!«

»Yeah.« Er seufzte nachdenklich, und sein Lächeln war verschwunden. »Er befindet sich dort, na schön!«

»Nun, was hast du damit vor! Du weißt, daß ... das Licht ... dort unten ist. Was wirst du damit machen?«

»Ich nehme an, ich werde warten.«

»Du willst *warten*? Oh, mein Gott, Budge, wie kannst du denn *warten*, wenn du weißt, daß es dort ist?« Ich hoffte, er würde verstehen, daß ich enttäuscht, aber nicht beleidigt war.

»Was kann ich denn machen? Was machst du denn während deiner blauen Morgenstunden, Dick?« Er pflückte einen Halm und kaute den harten, glatten Stengel.

»Ich möchte rennen. Mir ist, als ob es hier ganz in der Nähe irgendeinen Ort gibt, wo dieses Raumschiff versteckt ist. Seine Tür steht offen, und jemand ist da, der weiß, wer ich bin. Sie sind lange fortgewesen, und nun sind sie gekommen, um mich zu holen. Und die Tür schließt sich mit einem Zischen, und mit einem Summen startet das Raumschiff. Dort unten liegt unser Haus, aber niemand kann mich oder das Raumschiff sehen, und es steigt immer höher. Schon bin ich in den Sternen und fliege nach Hause.«

Mein Freund trieb das Vorderrad seines Fahrrads mit einem Finger an – ein langsames, leeres Roulette. »Fragst du deshalb, ob du verrückt bist?«

»Ein wenig schon.«

»Also gut«, sagte er, »du bist verrückt.«

»Ich bin es und du auch.«

»Ich nicht«, erwiderte er.

»Erzähl mir noch einmal von den verschluckten Sternen, bitte.«

Er lachte. »Ich verrate das nur dir.«

»Danke.«

»Und du solltest es auch niemanden verraten«, sagte er. »Oder zumindest nicht viel herumerzählen.«

»Du glaubst, ich werde es jedem erzählen? Niemals.

Wir sind etwas Besonderes, du weißt das auch, nicht wahr? Nicht einfach du und ich, wie sind alles.«

»Bis wir erwachsen sind«, sagte er.

»Nun, gib's schon zu, Budgie. Du glaubst das nicht.«

Er stand dort im Dämmerlicht, nahm sein Rad und schob es in den Garten hinter dem Haus.

»Wirklich. Sei doch nicht so ungeduldig«, rief er mir zu. »Diese ganze Sache erfordert Zeit. Wenn du dich erinnern willst, wer du bist, solltest du lieber versuchen, nie richtig erwachsen zu werden.«

Als ich im Dunkeln nach Hause fuhr, dachte ich darüber nach. Vielleicht würde mich mein Raumschiff nicht finden. Vielleicht mußte ich es finden.

*

Leslie saß am Steuer, hörte zu, lenkte den Wagen auf die Abbiegespur und hielt am Stoppschild. Dann gab sie auf der breiten Vorstadtstraße wieder Gas.

»Du hast mir das nie erzählt«, sagte sie. »Da dachte ich, ich würde dich gut kennen, und dann erfahre ich so etwas.«

»Vielleicht wirst du mich niemals kennen. Frag weiter, ich werde mich noch an mehr erinnern.«

»Wirklich? Bitte erzähl.«

»Die grünen Zeiten! Manchmal wußte ich, wie alles funktionierte, warum ich der war, der ich war, wo ich war und was geschehen würde. Ich wußte das nicht durch Worte. Ich fühlte es, es war einfach zu spüren. Ja, das war es, was ich ersehnt hatte, und nun bin ich hier, auf diesem kleinen Planeten, ich scheine zu existieren. Zieh den Vorhang zur Seite, und da ist das Zuhause, einfach eine Gedankenschleife weiter.«

»Aber der Vorhang schloß sich wieder, nicht wahr?« fragte sie. »Er ist gerade nur für mich aufgegangen.«

»Yeah. Er schloß sich immer wieder, verdunkelte die Leinwand meines eigenen kleinen Kinos. Da war ich wieder im Dunkeln, und das einzige, was ich sehen konnte, war mein Leben, das weiterging – zwei Dimensionen, die jedoch wie vier aussahen.«

Ich spürte das Kind in mir, das mir zuhörte, während ich sprach. »Als ich in Florida bei der Air Force war und nach einem Nachtflug einmal zur Kaserne zurückging, blickte ich nach oben. Da war dieser riesige Vorhang. Er war wie die ganze Galaxie der Milchstraße etwa eine halbe Minute lang nach einer Seite weggezogen. Ich blieb wie erstarrt stehen und beobachtete den Himmel.«

»Was war auf der anderen Seite?« fragte sie. »Was hast du dort gesehen?«

»Nichts! Ist das nicht seltsam? Was ich erblickte, war dieser leuchtende Schleier, der gerade beiseite gezogen war, und dahinter war nichts zu sehen, nur ein Gefühl ungeheurer Freude war da: *Alles ist in Ordnung*. Danach bewegte sich der Schleier wieder zurück, die Sterne waren so wie immer, und ich stand im Dunkeln da.« Ich schaute Leslie an und erinnerte mich. »Dieses Gefühl hat mich niemals verlassen, Wookie. Bis zu diesem Augenblick ist es nie ganz verschwunden.«

»Ich weiß, daß du auch furchtbar wütend werden kannst, Liebling«, sagte sie. »Ich habe dich in Situationen erlebt, wo du wohl überhaupt nicht mehr glaubtest, daß alles in Ordnung wäre.«

»Sicherlich. Aber ist es für dich nicht das gleiche? Es ist, als ob du Völkerball spielst; du wirst vom Spiel so mitgerissen, daß du es ganz vergißt: Es ist ein Spiel.«

»Ich vergesse oft, daß es ein Spiel ist«, antwortete sie. »Ich denke, das wirkliche Leben ist anders, und ich glaube, auch du weißt das.«

»Ich gebe zu, manchmal ist es so. Ich werde mutlos, etwas steht mir im Wege. Oder ich werde wütend, das heißt, ich bekomme Angst, weil das, was ich vorhabe oder was ich sein möchte, in Frage gestellt wird. Aber das ist eine Stimmung, die vom Spiel abhängt. Nimm mich aus dem Spiel heraus, sag mir, wenn ich am wütendsten bin, *dein Leben in dieser Dimension, Richard, ist zu Ende,* und meine Wut ist verpufft; was auch immer gewesen sein mag, spielt keine Rolle mehr, ich bin wieder ich.«

»Diesen Satz werde ich mir merken«, sagte sie. »*Dein Leben ist zu Ende ...*«

Ich lachte und wußte, diese Worte würde ich beim nächsten Mal zu hören bekommen, wenn ich wieder in Wut geriet. »Sofortige Klarheit, das ist die Hauptsache. Findest du nicht auch?«

Sie fuhr um die Ecke und die Auffahrt zu unserem Haus hinauf. Die Liebe in einer Ehe hält so lange an, dachte ich, wie Mann und Frau sich dafür interessieren, was der andere denkt.

Sie hielt an und stellte den Motor ab. »Das ist es, was er sich wünscht, nicht wahr?« sagte sie.

»Wer?«

»Dickie. Er möchte sofort Klarheit haben. Was auch immer geschieht, er möchte wissen, daß alles in Ordnung ist.«

22

In seiner Wüste mußte es geregnet haben, denn der ausgetrocknete Boden des Sees war nun mit Gras bewachsen, die alten Spuren waren verwischt.

Da stand ein Baum am nahen Horizont. Wie konnte sich seine Gedankenwelt bloß so rasch verändern?

Er stand eindeutig jenseits des Sees, am Fuße eines sanft ansteigenden Berges, und ich joggte hin, um ihn zu treffen. »Warst du dort, Kapitän?«, fragte ich.

»Auf dem Ball?« fragte er zurück. »Als du Angst hattest? Bestimmt hattest du welche.«

»Ich hatte keine Angst.«

»Du hast doch nichts dagegen, daß ich mir vorstelle, wie du die Flucht ergriffen hättest, wenn sie auf das Aspirin angestoßen hätten ...«

»Das wäre doch ein guter Aufhänger gewesen, Dickie. Ich habe mir diesen Toast fast herbeigewünscht.«

»Danke«, sagte er. Es hätte geklappt.«

»Ja. Es hätte Konsequenzen gehabt.«

»Meine Aufgabe ist es, dir zu helfen, dort rauszukommen. Konsequenzen sind etwas für Erwachsene.«

»Es wären keine Konsequenzen zu befürchten gewesen«, erwiderte ich. »Ich hätte auf die gleiche Weise gehen können wie ich gekommen war. Keine Erklärungen, ich wäre einfach gegangen. Keine Hetzjagd, kein Tumult, keine beschädigten Vorhänge, kein zersplittertes Glas; ich wäre nicht in Straßenschuhen an den Wasserspeiern sechs Stockwerke hinaufgeklettert, ich hätte nicht zu überlegen brauchen, wie ich vom Dach wieder herunterkomme, um zu Leslie zurückzukehren. Keine Konsequenzen.«

Er zuckte mit den Achseln. »Du bist also doch ein Erwachsener.«

»Du hast recht«, erwiderte ich. »Es hätte geklappt, es hätte eine große Szene gegeben.«

Er begann den Berg hinaufzusteigen, als ob dort oben etwas wäre, was er mir zeigen wollte.

»Glaubst du wirklich nicht an die Medizin?« fragte er.

»Nein, wirklich nicht.«

»Nicht einmal an das Aspirin?«

Ich schüttelte den Kopf. »Nein.«

»Was ist, wenn du krank wirst?«

»Ich werde nicht krank«, erwiderte ich.

»Nie?«

»Fast nie.«

»Was machst du, wenn du doch krank wirst?« fragte er.

»Ich hole mir haufenweise Tabletten aus der Apotheke. Ich beginne mit Acetaminophen und schlucke sie so lange, bis das Übel verschwunden ist.«

»Wenn du deinen Körper so vollkommen im Griff hast«, fragte er, »warum ist dann dein Kopf so kahl wie eine Billardkugel? Warum benutzt du dann zum Lesen der Karten beim Fliegen eine Brille?«

»MEIN KOPF IST NICHT SO KAHL WIE EINE BILLARDKUGEL!« stellte ich klar. »Zu meiner Auffassung vom Körper gehört, daß ich mich für eine Frisur entschieden habe, die ein wenig praktischer ist als die alte; und wenn eine feine Druckschrift unscharf aussieht, so betrachte ich sie durch eine Brille und bilde mir ein, daß die Buchstaben schärfer werden. Vielleicht kommt es ja davon, daß ich, als ich du war, jeden Tag bemerkte, daß Vaters Haar dünner war als meines und daß Mutter eine Brille zum Lesen benutzte?«

Er antwortete nicht.

»Eben weil ich weiß, daß mein Körper ein Spiegel meines Denkens ist«, sagte ich, »bin ich nicht bequem und mache mir meine Entscheidungen nicht leicht. In dem Augenblick, wo mein Körpergefühl ernstlich gestört ist, wird es höchste Zeit, es zu ändern, und genau das tue ich dann.«

»Was ist, wenn du wirklich krank bist?« fragte er. »Ohne Quatsch bitte!«

»Das kommt nicht vor. In den vielen Jahren vielleicht ein einziges Mal. Als ich fliegen lernte, war ich davon überzeugt, daß Flugzeugpiloten niemals krank werden. Und es stimmt. Von denen, die oft fliegen, ist keiner krank.«

Er schaute mich mißtrauisch an. »Wieso?«

Nur durch die richtigen Fragen können wir die richtigen Antworten finden, dachte ich. Als ich meinen Mund öffnete, hatte ich noch keinen blassen Schimmer, wieso die Flieger ein so gesundes Völkchen waren.

»Fliegen ist immer noch ein Traum«, sagte ich, »für viele von uns. Wie viele Träume bleiben unerfüllt und machen uns deshalb krank? Lebe das aus, wovon du immer geträumt hast – dann haben Krankheiten keine Chance.«

Er lächelte, während er weiter den Berg erklomm, als ob er meine Gedanken gelesen hätte. »Du führst mich an der Nase herum, Richard«, sagte er. »Du bist wie Dad. Du nimmst mich auf den Arm, und du tust es mit diesem ach-so-ernsten Gesichtsausdruck.«

»Glaub mir nicht. Mach deine Erfahrungen selbst, Kapitän. Irgendwo existiert eine Studie, sie vergleicht die Gesundheit derer, die machen, was sie wirklich wollen, mit dem Befinden der Unglücklichen, die einfach nur arbeiten. Wer ist deiner Meinung nach besser dran?«

»Soll ich raten?«

»Und wenn es gar keine Studie gibt?« sagte ich. »Hast du dann richtig oder falsch geraten?«

Er lächelte verdutzt.

»Man nennt das ein Gedankenexperiment«, erklärte ich ihm. »Es ist eine Methode, herauszufinden, was man bereits weiß.«

»Gedankenexperiment?« fragte er. »Toll!«

»Du möchtest Antworten hören?«

»Hab dich nicht so, Richard. Natürlich!«

»Nein«, erwiderte ich.

»Wieso nicht?«

»Weil sich die Antworten ändern«, sagte ich. »Du willst weder eine Million Antworten noch lediglich eine Handvoll Fragen. Fragen sind wie Diamanten, die du gegen das Licht hältst. Betrachte einen Edelstein ein Leben lang, und du wirst dasselbe Juwel in verschiedenen Farben sehen. Auf die Fragen, die immer wieder gestellt werden, erhältst du gerade jene Antworten, die du in eben diesem Moment benötigst.«

Er runzelte die Stirn und richtete seine Augen beim Klettern auf die Bergspitze. »Was für Fragen?«

»Fragen wie *Wer bin ich?*«

Er blieb unbeeindruckt. »Zum Beispiel?«

»Sagen wir zum Beispiel, du hast ein Problem. Jeder in der Schule will sich durch irgendwas beliebt machen. Willst du das auch? Kannst du nur selbstsicher und du selbst sein, wenn du Klamotten trägst, Meinungen vertrittst und Vorurteile hast, die gerade Mode sind?«

»Ich weiß es nicht. Ich möchte Freunde haben ...«

»Und das ist dein Problem. Such dir eine ruhige Ecke und frage dich: *Wer bin ich?*«

Wir waren nun schon so hoch geklettert, daß wir einen weiten Blick über die samtgrüne Wiese hatten. War sie ein Abbild meiner inneren Landschaft? Blühte sie auf, weil ich mein inneres Kind gefunden hatte und dabei war, es zu befreien?

»Wer bin ich?« fragte er. »Und was dann?«

»Dann mußt du in dich hineinhören. Und dabei wirst du dich erinnern. Du bist jemand, der auf der Erde gelandet ist, um etwas Bemerkenswertes zu vollbringen. Ist das damit vereinbar, daß du dir jede blöde Meinung jedes x-beliebigen Einfaltspinsels, der das Sagen hat, zu eigen machst, um Freunde zu haben?«

»Na hör mal ...!«

»*Wer bin ich?* Diese Frage nutzt sich nicht ab, Dickie. Sie hilft dir, von Zeit zu Zeit, dein ganzes Leben lang, die richtigen Entscheidungen zu treffen.«

»Wer sind meine Freunde?«

»Du hast es erfaßt!« sagte ich und war stolz auf ihn.

Er blieb stehen und sah mich an. »Was habe ich erfaßt?«

»*Wer sind meine Freunde?* Das ist endlich eine Frage ohne Verfallsdatum! Das nächste Mal, wenn du dich mit einem Dutzend verlorener Schafe umgibst, die deine Sportjacke und deinen Haarschnitt und deine supercoole Sonnenbrille bewundern, solltest du dich fragen: Wer sind meine Freunde, meine wirklichen Freunde? Wo sind die anderen, die von den Sternen kamen? Und was für ein Freund bin ich mir selbst, wenn ich mich nur anpasse und mit irgendwelchen Kumpeln bei erstbester Gelegenheit ein Glas Whisky nach dem anderen herunterkippe?

Dickie machte eine beschwichtigende Geste. »Richard, ich bin doch noch ein Kind ...«

»Egal«, brummte ich, während wir unseren Aufstieg fortsetzten. »Das ist doch ein Beispiel. Erinnere dich, wer du bist, und handle danach. Wieso gibt sich ein Wesen von den Sternen mit Dingen ab, die einen Dreck wert sind?«

Er lächelte mich an. »Würde es dich so aus dem Häuschen bringen, wenn ich zum Trinker würde?«

Ich sah ihn erschrocken an. »Dickie?«

»Sagen wir, ich erweise mich als ein *zigarettenqual-*

mender, pillenschluckender, fahnenschwingender, auf die Bibel pochender Macho, Partylöwe, Schürzenjäger und Trunkenbold. Würde dich das beunruhigen?«

»Wenn du dich für sowas entscheidest, Kapitän, werden nur wenige Frauen etwas von dir wissen wollen. Du kannst also den Schürzenjäger streichen.«

»Nehmen wir mal an, ich hätte mich dazu entschlossen«, erwiderte er. »Was würdest du denken?«

Einen Moment lang war ich aus der Fassung gebracht. War ich verärgert? Zorn ist immer Furcht, dachte ich, man fürchtet sich vor einem Verlust. Würde ich mich selbst verlieren, wenn er sich so entschied? Ich brauchte eine Sekunde, um mich zu beruhigen: Ich würde nichts verlieren. Es wären seine Wünsche, und es steht ihm frei, so zu leben, wie er möchte. Ich verlöre ihn, wenn ich es wagte, ihn zu zwingen, wenn ich versuchte, sowohl für ihn als auch für mich zu leben. Das wäre eine Katastrophe, die schlimmer wäre als ein Leben auf dem Barhocker.

Dieser Augenblick und dieser Gedanke genügten: Mein Ärger verflog, und ich entspannte mich wieder.

»Die einzigen Qualitäten, die dir abgehen«, sagte ich streng, »sind *Urteilsvermögen* und *Selbstbeherrschung*. Ich besitze sie und du eben nicht. Ansonsten bin ich der Meinung, daß du gleichwohl ein Recht darauf hast zu leben, wie du möchtest.«

»Du würdest nicht schlecht über mich denken?«

»Ich kann doch nicht über etwas enttäuscht sein, was ich nicht unter Kontrolle habe«, erwiderte ich. »Paß auf, Dickie. Übertrage mir die Verantwortung für dein Leben, befolge meine Anordnungen peinlich genau, denke und sage und tue nichts, was ich dir nicht sage. Dann bin ich für alles verantwortlich.«

»Ich werde nicht mehr Kapitän sein?«

»Nein«, entgegnete ich. »Ich übernehme das Kommando.«

»Ist der Erfolg garantiert?«

»Es gibt keine Garantien. Aber sollte ich dein Leben ruinieren, verspreche ich dir, daß es mir leid tun wird.«

Er blieb stehen. »Was? Du übernimmst das Kommando? Du triffst die Entscheidungen für mich? Ich befolge alle deine Anordnungen, und wenn du mein Schiff auf Grund setzt, versprichst du mir, *daß es dir leid tun wird?* Wenn mein Leben auf dem Spiel steht, dann will ich selbst das Ruder in die Hand nehmen. Vielen Dank!«

Ich lächelte ihm zu. »Langsam dämmert es dir, Kapitän.«

Als wir den Gipfel des Berges erreicht hatten, machte er an einer einfachen Bank halt. Ich konnte verstehen, warum er diese Stelle zum Ausruhen bevorzugte. Hier war er dem Traum vom Fliegen am nächsten.

»Eine schöne Aussicht«, sagte ich. »Ist es Frühling in deinem Land?«

Er lächelte scheu. »Das Frühjahr kommt langsam.«

Warum sage ich es ihm nicht direkt? dachte ich. Warum sage ich ihm nicht einfach, daß ich ihn liebe und ich sein Freund sein werde, solange ich lebe?

»Ich schätze, ein wenig Regen tut not«, bemerkte ich.

»Ein wenig«, nickte er. Er schaute in die Ferne, als ob er all seinen Mut zusammennehmen müßte. Dann wendete er sich mir zu: »Dein Land braucht auch Regen, Richard.«

»Kann sein.« Was meinte er damit? Es ist mir ein Vergnügen, ihm all das zu vermitteln, was ich gelernt habe, dachte ich, und zwar ohne eine Gegenleistung.

»Ich bin mir nicht sicher, was das für dich bedeutet«, sagte er, »aber wahrscheinlich sehr viel.«

Bevor ich fragen konnte, was er damit meinte, rüttelte er wie wild an der hölzernen Sitzbank, bis ihre Stützen im Erdboden abbrachen. Er gab mir das Brett, als ob er Moses eine verwitterte Tafel übergeben würde.

Es war keine Sitzbank, sondern eine Grabtafel. In das Holz waren weder Datum noch Inschrift geschnitzt. Nur vier Worte waren zu lesen:

Bobby Bach
Mein Bruder

Was ein halbes Jahrhundert dem Vergessen anheimgefallen war, kehrte wieder zurück.

23

»Wieso bist du so klug?«

Mein Bruder blickte von seinem Buch auf, erwog den Altersunterschied von eineinhalb Jahren zwischen uns und sah mich prüfend an. »Was redest du da, Dickie? Ich bin gar nicht so klug.«

Ich dachte darüber nach, und er las weiter.

»Alle sagen, du seist klug, Bobby.«

Jeder andere Bruder wäre wütend geworden und hätte dem Siebenjährigen gesagt, er sollte sich verziehen. Doch aus irgendeinem Grund fühlte sich mein Bruder nicht gestört.

»Okay, sie haben recht«, sagte er. »Ich muß klug sein, denn ich muß vorausgehen und dir den Weg weisen.«

Wenn er jemanden aufzog, ließ er sich nichts anmerken.

»Hat Roy dir auch den Weg gewiesen?«

Er ließ sein Buch kurz sinken. »Nein. Roy ist fast erwachsen, und Roy ist anders. Ich kann keine Sachen konstruieren oder sie zusammenbauen. Ich kann nicht so gut zeichnen wie Roy.«

»Ich auch nicht.«

»Aber wir können zusammen lesen, nicht wahr?« Er rückte auf dem großen Sessel zur Seite. »Möchtest du nicht lesen üben?«

Ich kletterte auf den Sessel und nahm neben ihm Platz. »Bist du deswegen so klug, weil du so viel liest?«

»Nein, ich lese so viel, damit ich mehr weiß als du.

Wenn ich dir den Weg weisen soll, muß ich doch auch ein bißchen mehr wissen.« Er klappte das Buch auf seinem Schoß auf. »Ich hoffe bloß, du kannst dieses Buch noch nicht lesen! Du bist doch noch nicht so klug.«

Ich betrachtete die Seiten und lächelte. »O doch, ich bin ...«

Er zeigte auf die Großbuchstaben. »Was heißt das?«

»Das ist leicht«, erwiderte ich. »KAPITEL DREIZEHN. JENSEITS DES SONNENSYSTEMS!«

»Gut! Dann lies mir den ersten Abschnitt vor.«

Ein Kind konnte bei uns zu Hause viel Lob einheimsen, aber am ehesten wurde man gelobt, wenn man gut las, »mit Ausdruck«, wie Mom zu sagen pflegte. Man war dann ein vorbildlicher Sohn.

An jenem Tag las ich also meinem Bruder vor und bemühte mich, den Eindruck zu erwecken, als ob ich ihm das, was da über die Sterne stand, erzählte. Was sich mir aber tief einprägte, waren diese Worte, die ich für wahr hielt: »Ich muß dir den Weg weisen.«

*

Nach der Schule eilte ich nach Hause, flitzte durch das Gartentor und öffnete die Hintertür zur Küche. Mit ein bißchen Glück würde ich drei oder vier Scheiben Roggenbrot stibitzen. Sollte Mom mich dabei erwischen, konnte ich das Abendessen abschreiben.

Menschenskind ... Dad ist aber zeitig von der Arbeit gekommen, und jetzt sitzt er mit Mom und Bobby in der Küche. Sie sprachen ruhig und ernst miteinander, als ob mein Bruder irgendein Gast und nicht ihr Sohn wäre. Das hatte es noch nie gegeben. Mein Vater, *zeitig* zu Hause?

»Hi, Daddy«, sagte ich, ohne mir anmerken zu lassen, daß ich erschrocken war. »Werden wir wieder umziehen? Geht es um etwas Wichtiges? Wird dieses Gespräch lange dauern?«

»Wir reden mit Bobby«, sagte mein Vater. »Und wir möchten allein sein. Verstehst du?«

Ich starrte ihn an und streifte Mom dabei mit einem Blick. Irgend etwas stimmte nicht.

»Okay«, sagte ich. »Ich gehe zu Mike. Bis später!«

Ich verschwand durch die Schwingtür, durch die man aus der Küche ins Wohnzimmer gelangte, wartete, bis sie sich hinter mir geschlossen hatte, und verließ dann das Haus durch die vordere Tür. Was zum Teufel ist los? Sie haben noch nie ein Gespräch geführt, bei dem ich nicht wenigstens zuhören durfte. Ich bin doch ein Teil dieser Familie. Vielleicht auch nicht! Besprechen sie, wie sie mich loswerden können? Warum?

Gleich neben Mikes Haus wuchs der beste Kletterbaum, den ich kannte; er hatte Äste, die den Sprossen einer spiralförmigen Leiter glichen und bis hoch in die Spitze wuchsen. Sie waren so zahlreich, daß man nicht herunterfallen konnte. Sobald man die ersten großen Äste erreicht hatte, die in sechs Fuß Höhe wuchsen, war der Rest ein Kinderspiel. Worüber sprachen sie bloß? Warum wollten sie nicht, daß ich ihnen zuhörte?

Ein Sprung mit Anlauf. Die Tennisschuhe fanden an der Rinde Halt, rutschten und fanden erneut Halt, noch ein Schwung, und der Ast war geschafft. Ich verschwand in den dichten Zweigen; beherzt und zielstrebig kletterte ich nach oben.

Was es auch sein mochte, worüber sie gerade redeten, sie sagten bestimmt nichts Nettes über mich und nichts, worüber ich mich wundern würde. Käme ich plötzlich hereinspaziert, würden sie einfach das Gespräch unterbrechen oder das Thema wechseln und über das Büro oder die Bibel oder etwas ähnliches reden.

Je näher man der Baumspitze kam, um so kürzer wurden die Äste, hie und da konnte man über die Hausdächer hinwegsehen. Die Aussicht war dort oben am besten, aber die Äste waren dünn, und der Stamm selbst war nur noch einige Zoll dick, man konnte sich leicht hin und her schwingen.

Ich kletterte fast bis in den Gipfel ... das war keine Mutprobe, sondern ich mußte nachdenken, und hier war der einsamste Ort, den ich kannte.

Mom fragt mich sonst immer, wie es in der Schule gewesen ist, dachte ich. Was ich heute gelernt habe. Ich hatte ihr erzählen wollen, daß ich etwas über das Wahrscheinlichkeitsgesetz gelernt habe. Ich hatte sie fragen wollen, was sie denn darüber wisse. Aber plötzlich interessiert sie das alles nicht mehr. Warum ist Dad schon zu Hause? Ist jemand gestorben? Was könnte passiert sein?

Die einzige mir bekannte Person, die bisher gestorben war, war meine Großmutter gewesen, und sie hatten es mir damals erzählt. Ich war ihr nur ein einziges Mal begegnet, sie war streng und weißhaarig und kaum größer als ich gewesen, und ich habe ihren Tod nicht beweint. Mom hat auch nicht geweint und Dad sowieso nicht.

Niemand war gestorben. Das hätten sie mir bestimmt erzählt.

Die Nadeln des Baumes verdeckten den größten Teil unseres Hauses, das eine Viertelmeile entfernt war, aber ich konnte einen Teil des Daches über der Küche ausmachen. Es war nicht schwer zu erkennen. Alle Einwohner von Lakewood Village hatten ein schräges Dach, nur unseres war flach.

Was ging dort drüben vor?

Ein leichter Wind kam auf, und der Baum begann zu schwanken. Ich schlang einen Arm um den Baumstamm.

Es mußte etwas mit mir zu tun haben, dachte ich. Warum sonst hatten sie mich unbedingt loswerden wollen? Es hatte etwas mit mir zu tun, und es war nichts Gutes.

Aber das ist doch nicht möglich. Selbst der Direktor in

seinem Büro hat nur gute Nachrichten für mich. Er gratuliert mir, weil ich in die Schulfeuerwehr gewählt worden bin, fragt mich, ob ich daran denken würde, mich als Lehramtsstudent zu bewerben, oder sagt mir, daß ich abgesehen von meinem Bruder bei der Prüfung besser als alle anderen abgeschnitten habe.

In der Dämmerung saß ich wie ein verängstigter Waschbär immer noch auf dem Baum und tappte in Gedanken völlig im dunkeln: ich war besorgt, aber fest entschlossen, nichts zu fragen. Die Entscheidung, wann sie mir erzählen wollten, was eigentlich los war, überließ ich ihnen. Ich war hilflos. Ich konnte nichts machen. Es handelte sich um etwas Wichtiges, um etwas, was ich nicht wissen sollte, und damit Schluß!

Ich rutschte den Stamm hinab und ging nach Hause, wobei ich mir die Flecken vom Harz der Kiefer in die Jeans hineinrieb.

Als ich durch die Schwingtür in die Küche kam, war Dad fort, und Mom bereitete das Abendessen zu. Nicht nur das Abendessen – sie schob gerade auch eine Schaumtorte in den Ofen.

»Hi, Dickie«, sagte sie. Der Glanz ihrer Augen war erloschen. »Was hast du heute in der Schule gelernt?«

Ihre Stimmung übertrug sich sofort auf mich. »Nichts«, erwiderte ich.

*

Bobby fehlte nun immer öfter in der Schule, und ab und zu fanden wieder jene Familiensitzungen statt.

Wenn ich allein in unserem Zimmer war, das er sich mit mir teilte, hörte ich mitunter gedämpfte Stimmen durch die Wand. Meist sprach Dad und bisweilen auch Mom, manchmal aber auch Bobby, aber so selten und so leise, daß ich mir nicht sicher war, ob ich tatsächlich seine Stimme gehört hatte.

Eines Abends, als er die Leiter zum Bett über mir hinaufkletterte, widerrief ich meinen Entschluß.

»Was geht eigentlich vor, Bobby?« fragte ich. »Mit Mom und Dad. Worüber redet ihr? Betrifft es mich?«

Er blickte nicht einmal über die Kante, wie er es manchmal tat, um mich anzusehen. »Es ist ein Geheimnis«, sagte er. »Es betrifft dich nicht. Es ist etwas, was du nicht zu wissen brauchst.«

*

Wir hatten fast immer miteinander reden können, Bobby und ich, und nun plötzlich nicht mehr. Zumindest würde man mich nachts nicht holen, um mich mit verbundenen Augen auf die Ladefläche eines Lasters zu werfen und mich weiß Gott wohin zu schaffen. Vielleicht führte mich mein Bruder an der Nase herum. Vielleicht wird man mich doch holen. Aber wenn er mir nichts erzählen will, will er mir nichts erzählen.

Am nächsten Tag fand ich einen Beutel aus weichem Leder auf dem Schreibtisch in unserem Zimmer. Dieses Behältnis, das ich nie zuvor gesehen hatte, war so groß wie die Geldbörse eines Seeräubers ...

Als ich die Riemen löste und den Beutel öffnete, entdeckte ich kein Gold darin, sondern einen Götzen. Es war eine schön geschnitzte Figur aus Ebenholz, ein lachender Buddha, der die Arme über den Kopf erhoben hatte, die Handflächen nach oben gedreht, wobei sich die Fingerspitzen fast berührten. Was zum Teufel ...

Da waren Schritte zu hören. Bobby kam! Ich steckte die Figur rasch wieder in den Beutel, zog ihn zu, warf mich aufs Bett und schlug ein Buch auf: ›Raketen, Flugkörper und Raumfahrt‹ von Willy Ley.

»Hi, Bobby.« Ich blickte kurz auf, als er eintrat, und setzte dann meine Lektüre fort.

»Hi.«

Ich las höchst aufmerksam und prägte mir ein, woran ich mich noch heute erinnere: Die Triebwerke von Feststoffraketen sind nicht mit Treibstoffmasse vollgestopft, sie sind um eine kegelförmige Brennkammer herum angeordnet. Je größer der Brennraum, um so größer die Schubkraft. Und wenn sie zu groß ist, dann explodiert die Rakete wahrscheinlich wie Dynamit, da wette ich: wumm!

»Bis bald«, sagte mein Bruder, und schon war er fort. Er hatte sein Jackett und den Lederbeutel mitgenommen und fuhr mit Dad im Auto irgendwohin.

*

Zwei Wochen später brachte Dad meinen Bruder Bobby, der müde aussah, ins Krankenhaus. Angeblich war es nichts Ernstes. Eine weitere Woche später war er, ohne auf Wiedersehen gesagt zu haben, tot.

Natürlich, dachte ich, der neun Jahre alte Sherlock Holmes aus der Baker Street: Das war das Geheimnis! Die langen und leisen Gespräche ließen nur einen Schluß zu: Alle, außer mir, hatten gewußt, daß Bobby sterben würde. Auf diese Weise ersparten sie mir den Schmerz.

Der Buddha aus Ebenholz streckte fragend die Hände aus, und ich wußte nicht, ob mein Bruder die Antworten gefunden hatte.

Er hätte mir davon erzählen können, ich wäre nicht traurig gewesen. Ich hätte ihn fragen können, wie es ist, wenn man stirbt. Tut es weh? Wohin gehst du, wenn du stirbst, Bobby? Stirbst du auch, wenn du nicht sterben willst? Besuchen Engel dich in deinem Schlaf? Ist das Sterben so einfach, wie man sagt? Hast du Angst?

Ich glaube, Mom hat nicht geweint und Roy auch nicht und Dad sowieso nicht. Also weinte ich auch nicht. Niemand weinte, soweit ich weiß. Die einzige Veränderung war: Es war so schrecklich ruhig, seit ich das Zimmer für mich allein hatte.

In der in Long Beach erscheinenden Zeitung *Press-Telegram* stand eine Todesanzeige. Darin hieß es, Dad, Mom, Roy und ich wären Bobbys Hinterbliebene. Mit einer Anstecknadel, auf deren Plakette ein Modellflugzeug abgebildet war, pinnte ich den Zeitungsausschnitt an meine Tür; ich fand es toll, daß eine Zeitung unsere Namen gedruckt hatte.

Am nächsten Tag war der Zeitungsausschnitt weg; ich fand ihn umgedreht auf meinem Schreibtisch liegen. Ich pinnte ihn wieder an, und am nächsten Tag lag er wieder so da. Ich verstand den Hinweis. Mom hatte vielleicht nicht geweint, aber sie wollte auch nicht immer an dem Zeitungsausschnitt vorbeigehen, der meldete, daß Bobby tot war.

*

Schließlich erzählte sie beim Abtrocknen der Teller, die beim Einräumen in den Geschirrschrank leise klirrten: »Bobby hatte Leukämie.«

Ich merkte mir das Wort sofort.

»Diese Krankheit ist unheilbar. In den letzten Tagen, Dick, war er trotz allem so ruhig. Er war so weise!«

Keine Tränen, und statt Dickie hieß ich nun Dick.

»›Alles hat seine Bestimmung, Mom‹, hat er zu mir gesagt. ›Es ist meine Bestimmung, daß ich jetzt sterben muß ... Ich fürchte mich nicht, bitte sei nicht traurig, trauere nicht um mich, ich könnte es nicht ertragen, wenn du weinst.‹«

Eine Träne lief ihr über die Wange, und das Gespräch war beendet.

Ich war ein glücklicher Junge gewesen. Wie in Abrahams Schoß, leicht und unbeschwert hatte ich mich gefühlt. Mein Bruder hatte geführt, und ich war ihm gefolgt.

Aber statt in gleicher Höhe und in sanften Kurven vor mir herzufliegen, hatte Bobby voll Gas gegeben und das

Flugzeug steil nach oben gezogen und war danach in der Sonne verschwunden.

Ich hatte schreckliche Angst. Ich schluchzte nachts unter der Bettdecke, weinte in das Kopfkissen hinein. *Bitte, Bobby,* BITTE! *Laß mich hier nicht allein. Du hast mir versprochen, mir den Weg zu weisen! Du hast es mir versprochen! Geh nicht fort! Ich weiß nicht, wie ich ohne meinen Bruder leben soll!*

Aber ich fand heraus, daß Weinen zu nichts führte. Gefühle ändern nichts an Tatsachen. Was einzig zählt, ist Wissen, und ich hatte noch eine Menge zu lernen.

Ich sah unter dem Stichwort *Tod* im Lexikon nach: Dort standen nur trockene Definitionen.

Ich schlug in der Enzyklopädie nach: Keine Antwort.

Bobby war so ruhig und gelassen gewesen, dachte ich, so furchtlos. Es schien, als wäre er bewußt, mit offenen Augen in den Tod gegangen, als hätte er vorher geübt. Als es dann soweit war und sich die Tür öffnete, straffte er die Schultern und schritt, ohne noch einmal zurückzublicken, erhobenen Hauptes hindurch.

Gut gemacht, Bruder, dachte ich, ich danke dir dafür, daß du mir den Weg gewiesen hast.

Aber weißt du was, Bobby? Ich habe mich geändert, ich bin plötzlich ein Kerl geworden, einer der sich nicht unterkriegen läßt, und verdammt will ich sein, wenn ich sterbe, bevor ich weiß, warum ich gelebt habe.

Der Junge, der aus Angst um seinen Bruder geweint hatte, existierte seit jenem Tag für mich nicht mehr, ich ließ ihn allein und lebte ohne ihn weiter.

24

Dickie nahm mir die Grabtafel aus den Händen. »Sag mir bitte noch einmal, was das Wort *Bedeutung* heißt.«

Ich schaute ihn verdutzt an. Eben war ich dank seiner noch einmal durch einen der schmerzlichsten Augenblicke meines Lebens gegangen, und jetzt gebärdete er sich plötzlich wie ein mir völlig gleichgültiger Fremder?

»Danke. Du hast mir geholfen, mein Gleichgewicht wiederzuerlangen«, sagte ich.

»Du kennst die Antwort. Was heißt *Bedeutung*?«

Ich wurde ganz ruhig und erklärte ihm: »Bedeutung ist für mich all das, was unser Denken verändert und damit auch unser Leben.«

»Was bedeutet Bobbys Tod für dich?« Er rammte den Grabstein wieder in die Erde. Er fiel um, sobald er ihn losgelassen hatte. »Wie hat er dein Leben verändert?«

»Ich habe keine Ahnung. Bis zum heutigen Tag hatte ich seinen Tod verdrängt und vergessen.«

Er versuchte erneut, den Stein aufzustellen, doch als er wieder umfiel, ließ er ihn liegen.

»Was bedeutet er für dich?«

In dem Augenblick, als er fragte, wußte ich es. Als ich mich wieder an jenes Ereignis erinnerte, war das so, als ob zuvor ganz viele Baumstämme den Fluß gestaut hätten. Nun waren sie beseitigt, uud das Wasser floß wieder schnell dahin.

»Bobbys Tod bewirkte, daß ich zum ersten Mal in meinem Leben *auf mich selbst* angewiesen war. Ein halbes Jahrhundert lang war ich, so habe ich gedacht, immer auf mich selbst gestellt gewesen, die Erinnerungen an die Zeit davor hatte ich ausgelöscht. Irrtum! Als ich du war, versprach Bobby, Entdeckungen zu machen und das Lehrgeld im Leben für mich zu bezahlen. Er wollte das Schicksal mildern, mir alles erklären, damit mein Weg leicht wäre. Ich hätte nur meinem Bruder nachzueifern brauchen, und alles wäre gut gewesen.«

Er saß ruhig im Gras, während ich auf und ab lief. »Von jenem Tag an wurde alles anders. Als Bobby starb, mußte sein Bruder rasch selbst auf den Zug aufspringen und lernen, von nun an sein eigener Pfadfinder zu sein.«

Mit Spitzengeschwindigkeit flog ich über mein vergangenes Leben hinweg und sah nach unten. »Alles, was ich von jenem Augenblick an lernte, Dickie, war: Der einzelne hat die Macht, sein Schicksal zu ändern, die Macht der individuellen Entscheidung. Roy ging danach zur Armee, Dad blieb kühl und zurückhaltend, Mom ging in die Politik, ich lernte fliegen ... Alle sagten: Vertraue auf dich selbst, erwarte niemals, daß dir irgend jemand sonst den Weg weist oder dich glücklich macht.«

Er blickte zum fernen Horizont. »Mom und Dad denken nicht so.«

»Stimmt. Sie dachten das Gegenteil. Mom, die Missionarin, die Sozialarbeiterin, die Stadtverordnete; Dad, der Geistliche, der Kaplan, der Chef des Roten Kreuzes. Sie lehrten uns ›Lebe für andere‹, und sie hatten unrecht, Dickie.«

Seine Miene versteinerte. »Sag nicht, daß Mom unrecht hat«, brummte er. »Du kannst sagen, Richard, daß sie anders ist, aber sag nie wieder zu mir, Mom habe unrecht!«

Wie sehr hatte ich meine Mutter geliebt, und wie wenig hatten mich ihre Werte berührt! Für andere zu leben,

Mom, ist das Schlimmste, was du denen antun kannst, denen du helfen möchtest. Zieh ihnen den Karren auf den Berg, und du bist diejenige, die am Ende ein krankes Herz hat. Du schirmtest mich vor Bobbys Tod ab, schontest meine Gefühle, und fünfzig Jahre mußten vergehen, bis ich mich ihnen stellen konnte. Wie konntest du dich so irren, und warum liebe ich dich immer noch?

»Ich bin froh, daß sie mir nicht gesagt hat, Bobby würde sterben«, erwiderte ich. »Ich kann mir nicht vorstellen, was aus mir geworden wäre, wenn sie es getan hätte.«

»Ein Missionar?« fragte er.

»Ich ein Missionar? Unmöglich!«

»Könntest du heute ein Missionar sein?« Er fragte das in einem Ton, als ob er hoffte, ich wollte meine Mutter postum trösten.

Ich lachte laut. »Er ist der Richter, der Gott für mich tötete, Dickie! Erinnerst du dich nicht?«

»Nein.«

Natürlich, dachte ich. Er ist der Bewahrer des Vergessenen, und ich erinnere mich daran, als ob es heute geschehen wäre.

»Nachdem Bobby gestorben war«, sagte ich, »kündigte sich in den naiven Fragen, die ich dem inneren Priester stellte, bereits die Zerstörung des Gottes-wie-ich-Ihn-kannte an, und zum ersten Mal wurde meine eigene Wahrheit kurz sichtbar.«

Dickie konnte sich nicht vorstellen, daß ich mich an irgend etwas Bedeutendes in meiner Kindheit erinnerte. »Welcher Priester? Was geschah?«

»Ich werde dir zeigen, was geschah«, sagte ich. »Wenn ich hier stehe, bin ich es. Wenn ich dort stehe, werde ich der Innere Priester sein. Okay?«

Er lächelte, er rechnete wohl mit irgendeinem Verwirrspiel auf dem Berg.

»Ist Gott allmächtig?« fragte ich, in der Rolle des kleinen Kindes.

Ich machte einen Schritt nach vorn, drehte mich um und blickte auf das Kind, das ich einst gewesen. Ich war jetzt ein netter Priester, der ein dunkelgrünes Gewand anhatte und um den Hals eine Kette mit dem Symbol seiner Firma trug. »Selbstverständlich! Sonst wäre Er doch nicht Gott, mein Sohn.«

»Liebt uns Gott?«

»Wie kannst du nur fragen? Gott liebt uns, er liebt jeden!«

»Warum kommen Menschen, die Gott liebt, durch Kriege und Grausamkeit, durch sinnloses Morden und dumme Unfälle ums Leben? Warum erleiden unschuldige Kinder gnadenlos den Tod? Warum ist mein Bruder gestorben?«

Jetzt sprach der Priester mit gedämpfter Stimme, mit einer Maske der Ignoranz: »Manches entzieht sich unserer Kenntnis, mein Kind. Der Herr schickt denen, die Er am meisten liebt, die härteste Unbill. Er muß sich gewiß sein, daß du dich um Ihn mehr sorgst als um deinen sterblichen Bruder. Glaube und vertraue Gott dem Allmächtigen ...«

»... bist du denn übergeschnappt? Glaubst du, ich sei ein neun Jahre alter Idiot? Gib entweder zu, dass Gott genauso wenig allmächtig ist wie ich und dass die Kumpels verdammt hilflos sind gegen das Böse, oder gesteh ein, dass das, was Gott Liebe nennt, in Wirklichkeit dem teuflischen, sadistischen Hass des blutrünstigsten Massenmörders gleichkommt!«

»Okay«, sagte der Pater plötzlich zuckersüß. »Ich habe unrecht, du hast recht. Ich wollte dir Trost spenden, aber du sollst die Wahrheit erfahren. Wie so viele Kinder hast du gerade die organisierte Religion zerstört, Mister Ungläubiger Thomas. Du weißt, ich kann diese Fragen nicht beantworten, kein Priester kann das. Und nun mußt du dir deine Religion selbst zusammenzimmern.«

»Weshalb?« fragte ich. »Ich brauche keine Religion. Ich will ohne sie zurechtkommen.«

»Und die Frage nach dem Sinn unseres Daseins ungelöst lassen?«

»Sie ungelöst zu lassen«, erläuterte ich Dickie im Off, »hätte bedeutet, daß es etwas gab, was ich nicht begriff. Und ich wußte: Wenn ich genügend wissen will, gibt es nichts, was ich nicht begreifen kann. So ungefähr könnte der erste Lehrsatz meiner neuen Religion aussehen.«

Ich kehrte zu meinem kleinen Spiel zurück.

»Es wird einfach sein«, erwiderte ich. »Jedes Kind kann sich etwas Besseres vorstellen als die Welt als ein Schlachthaus und einen Gott mit Messern in den Händen.«

»Dafür ist ein Preis zu zahlen«, warnte der Priester. »Zimmere dir deine eigene Theologie zusammen, und du wirst dich von allen anderen unterscheiden ...«

»Das ist kein allzu hoher Preis«, spottete ich, »im Gegenteil, das ist eine Belohnung! Außerdem glaubt doch niemand wirklich an Gott-den-Machtlosen oder an Gott-den-Killer. Es wird leicht sein.«

»Mein Innerer Priester lacht darüber – ein überlegenes Lachen – und verschwindet.«

Dickie hatte das alles gespannt mit verfolgt.

»Sobald er gegangen war, wurde ich nervös«, sagte ich. »War mein kleiner Gefühlsausbruch etwa doch zu heftig gewesen? Während der folgenden zehn Jahre verhielt ich mich wieder ruhig und besonnen. Es dauerte solange, um die Stücke zusammenzufügen, doch das Fundament war fertig. Dank meines Bruders hatte ich Gott wiedererschaffen. Hilf mir, Dickie, zeig mir, wo ich mich irre.«

Er nickte und war ganz darauf erpicht, Teil einer selbstgemachten Religion zu sein.

»Nimm an, es existiere ein allmächtiger Gott, der die Sterblichen und alle ihre Mühen und Nöte auf der Erde sieht«, sagte ich langsam.

Er nickte.

»Dann müßte doch Gott für alle Katastrophen und Tragödien, für alle Schrecken und Tode, von denen die Menschheit heimgesucht wird, verantwortlich sein, Dikkie.«

Er hob die Hand. »Gerade weil Gott unsere Mühsal sieht, ist Er für sie nicht verantwortlich.«

»Überlege sorgfältig. Weil Er *allmächtig* ist. Das heißt, Er hat die Macht, dem Bösen Einhalt zu gebieten, wenn Er es will. Aber Er zieht es vor, das nicht zu tun. Indem Er erlaubt, daß es das Böse gibt, ist Er die Ursache dafür, daß es existiert.«

Er dachte darüber nach. »Vielleicht ...«, sagte er nachdenklich.

»Wenn es so ist, daß die Unschuldigen weiterhin leiden und sterben müssen, so bedeutet das, daß diese Tatsache einem allmächtigen Gott einfach gleichgültig ist. Er ist unsagbar grausam.«

Dickie hob erneut seine Hand und wartete eine Weile, ohne eine Frage zu stellen. »Vielleicht ... «

»Du bist dir nicht sicher«, sagte ich.

»Es mag sonderbar klingen, aber ich kann nicht erkennen, warum das falsch sein soll.«

»Ich kann es auch nicht. Verändert sich denn für dich nicht die Welt bei dem Gedanken ... an einen bösen, grausamen Gott?«

»Und weiter?« fragte er.

»Der nächste Punkt. Nimm an, es gibt einen Gott, der alle *liebt*, die Sterblichen sieht und ihre Mühen und Nöte auf der Erde kennt.«

»Das klingt besser.«

Ich nickte. »Dann muß aber dieser Gott voller Sorge

mit ansehen, wie die Unschuldigen immer wieder unterdrückt und hingemordet werden, und zwar millionenfach, daß sie vergebens um Hilfe bitten, Jahrhundert für Jahrhundert ...«

Er hob die Hand. »Das nächste, was du sagst, wird sein: Weil die Unschuldigen leiden und sterben, hat unser Gott, der alle liebt, nicht die Macht, uns zu helfen.«

»So ist es! Sag Bescheid, wenn du bereit bist, dir eine Frage stellen zu lassen.«

Er wartete einen Augenblick und überdachte unsere Worte. Dann nickte er. »Okay, ich bin bereit. Stell mir deine Frage.«

»Welcher Gott ist wirklich, Dickie?« fragte ich. »Der grausame oder der machtlose?«

25

Er überlegte sehr lange, dann lachte er und schüttelte den Kopf. »Das ist keine Alternative! Ich glaube, wenn man nur die Wahl zwischen grausam und machtlos hat, dann gute Nacht, lieber Gott!«

Während ich ihn beobachtete, wurde mir bewußt, wie ich vor vielen Jahren in dem Augenblick ausgesehen haben mußte, als ich das alles herausfand. »Diese Alternative ist keine Alternative«, entgegnete ich. »Weder der eine noch der andere existiert.«

»Also nochmal von vorn,« bemerkte er, »war dann die Frage vielleicht falsch gestellt?«

Ist mir auch soviel aufgefallen, als ich er war? »Gut! Was diese Alternative irreal macht, Dickie, ist folgende Frage: Nimm an, es gibt einen Gott, *der die Sterblichen sieht und ihre Mühen und Nöte auf der Erde kennt.* Du kannst die Sache drehen und wenden, wie ich es jahrelang getan habe, aber in dem Moment, wo du dir vorstellst, daß Gott uns als Sterbliche sieht, die sich in großer Bedrängnis befinden, hast du keine andere Möglichkeit, als zwischen dem einen oder anderen – zwischen grausam oder machtlos – zu wählen.«

»Welche Möglichkeit bleibt sonst noch?« fragte er. »Daß es Gott nicht gibt?«

»Wenn du davon ausgehst, daß die Raumzeit real ist ... daß es immer eine Raumzeit gegeben hat und geben wird, dann gibt es entweder keinen Gott, oder du stehst vor der bereits erwähnten Alternative.«

»Was ist, wenn ich nicht davon ausgehe, daß die Raumzeit real ist?«

Ich hob einen Stein auf und schleuderte ihn flach über die Bergkuppe, so daß er weit unten am Abhang landete. Ich erinnerte mich, daß ich beschlossen hatte, nicht um des Widersprechens willen zu widersprechen.

»Ich weiß nicht«, sagte ich.

»Na, komm schon!« Er zog ein Grasbüschel heraus, an dem ein Klumpen Erde hing, und warf damit nach mir, ohne mich wirklich treffen zu wollen. »Du weißt es sehr gut!«

»Denke darüber nach, wir werden das beim nächsten Mal herausfinden.«

»Du gehst jetzt nicht, Richard! WO IST MEIN FLAMMENWERFER?«

»Weißt du, Dickie, daß das ein phantastischer Berg fürs Gleitschirmfliegen wäre? Weht der Wind hier immer von Süden?«

»Hier weht gar kein Wind, wenn ich es nicht sage«, erwiderte er, »und nun, wo du gerade Gott getötet hast, sage ich dir, daß du Ihn lieber von den Toten auferwecken solltest, oder, das verspreche ich dir, du wirst nicht mehr schlafen können!«

»Okay. Aber ich kann Ihn nicht von den Toten auferwecken, weil Er kein Er ist.«

»Ist Er eine Sie?«

»Sie ist ein Es«, sagte ich.

»Auf die Plätze, fertig, los«, kommandierte er, indem er mich wieder auf meine imaginäre Bühne schob.

»Okay, ich ziehe meine Behauptung zurück, daß Gott entweder zu hilflos oder nicht gewillt sei, das Böse zu besiegen. Was ich nicht zurückziehe, ist meine Zustimmung zur These von einer allmächtigen, alles liebenden Realität.«

»Dann bist du jetzt genau dort, wo du begonnen hast!«

»Nein. Hör zu. Es ist einfach.« Ich zeichnete Linien in die Luft. »Hier ist eine Tür. An der Tür stehen drei Worte: *Das Leben existiert.* Wenn du durch die Tür gehst, siehst du die Welt, für die das zutrifft.«

»Ich muß nicht glauben, daß das Leben existiert«, betonte er, in der festen Absicht, sich nicht wieder im Netz von Hypothesen zu verfangen.

»Nein, das mußt du nicht. Wenn du das nicht glaubst oder wenn du glaubst, daß *das Leben nicht existiert* oder daß *das Leben manchmal existiert und manchmal nicht* oder daß *der Tod existiert,* dann laß es. Wir sind alle auf uns selbst angewiesen, manche sind als Glückspilze geboren, andere weinen ziemlich viel, bevor sie sterben ...«

Ich wartete auf ihn. Er klopfte währenddessen an jede dieser Türen und stieß sie auf, ohne daß ihn das, was dahinterlag, wirklich interessierte.

»Ziemlich dumm«, stieß er hervor und beugte sich, wie zum Absprung bereit, vor. »Okay. Sagen wir, *das Leben existiert.*«

»Bist du sicher?«

»Ich bin jedenfalls dazu bereit, es auszuprobieren ...«

»Erinnere dich daran, auf der Tür steht: *Das Leben existiert*«, ermahnte ich ihn. »Es ist kein Jux. Es steht sogar unsichtbar darunter: *»Ganz gleich wie.«*

»Das Leben existiert.«

»HA, DICKIE!« rief ich, plötzlich zum Samurai geworden, ein blitzendes Schwert in der Hand. »IN DIESEM SARG DORT LIEGT DER LEICHNAM DEINES BRUDERS. IST DORT NICHT DER TOD?«

»Das Leben existiert«, wiederholte er vertrauensvoll, »ganz gleich wie.«

Ich hüllte mich in eine schwarze Robe, zog mir die Kapuze über den Kopf, stellte mich auf die Zehenspitzen und sprach drohend, mit hohler Stimme: »Ich bin der Tod, kleines Kind, und ich werde dich jetzt holen, und es gibt nichts, was mich daran hindern könnte ...« Ich vermag ziemlich unheimlich zu sein; ich habe mich sogar in dieser Rolle ein wenig vor mir selbst gefürchtet.

Immer noch klammerte er sich an die neue Wahrheit. »Das Leben existiert«, dozierte er. »Ganz gleich wie.«

»He, Kumpel«, redete ich ihn an. Ich hatte meine Verkleidung gewechselt und trug jetzt meine gelbkarierte Sportjacke. »Kapierst du das denn nicht? Erwartest du etwa, daß deine Schuhe oder dein Auto ewig halten werden oder daß du selbst ewig in Schuß bleibst oder dein Leben ewig währt? Gesunder Menschenverstand ... es gibt nichts, was sich nicht abnutzt!«

»Das Leben existiert«, beharrte er. »Ganz gleich wie.«

Dann ich wieder, mit verstellter Stimme: »Erscheinungen ändern sich.«

»Das Leben existiert.«

»Das kannst du leicht sagen, wenn es dir gut geht und du glücklich bist, Kapitän. Aber was sagst du, wenn du blutest oder wenn du krank oder deprimiert bist, wenn dich deine Freundin verlassen hat oder wenn deine Frau dich nicht versteht, wenn du deinen Job verloren hast und du pleite bist und du dich am liebsten in den hintersten Winkel verkriechen möchtest?«

»Das Leben existiert.«

»Schert sich das Leben um Erscheinungen?«

Er dachte einen Augenblick nach. Jede Frage konnte eine Falle sein. »Nein.«

»Weiß das Leben etwas von Erscheinungen?«

Langes Schweigen. »Definier die Frage genauer.«

»Weiß das Licht etwas von der Dunkelheit?« fragte ich.

»Nein!«

»Wenn das Leben existiert, kennt Es dann nur sich selbst?«

»Ja?«

»Raten ist verboten.«

»JA!«

»Kennt es die Sterne?«

»... nein.«

»Kennt es den Anfang und das Ende,« fragte ich, »Raum und Zeit?«

»Nein. Das Leben existiert, und zwar immer und ewig.«

Warum sind einfache Dinge so schwer, dachte ich. ›Es existiert‹ bedeutet *›es ist‹*. Nicht ›es war‹ oder ›es wird sein‹ oder ›es ist gewesen‹ oder ›es könnte morgen nicht mehr sein‹. *Es existiert.*

»Kennt das Leben Dickie Bach?«

Langes Schweigen. »Es kennt meinen Körper nicht.«

Siehst du! dachte ich. »Kennt Es deine ... Adresse?«

Er lachte. »Nein!«

»Kennt Es deinen ... Planeten?«

»Nein.«

»Kennt Es deinen ... Namen?«

»Nein.«

»Ratespiel. Kennt das Leben dich?«

»Es kennt ... mein Leben«, erwiderte er. »Es kennt meinen Geist.«

»Bist du sicher?«

»Mir ist egal, was du sagst. Das Leben kennt mein Leben.«

»Kann dein Körper zerstört werden?« fragte ich.

»Natürlich ist das möglich, Richard.«

»Kann dein Leben zerstört werden?«

»Niemals!« sagte er erstaunt.

»Na, komm schon, Dickie. Behauptest du, niemand kann dich töten?«

»Es gibt zwei Varianten. Irgendwer kann mein Erscheinungsbild töten. Aber niemand kann mir das Leben nehmen.« Er dachte eine Sekunde lang nach. »Nicht, wenn das Leben existiert.«

»So«, sagte ich.

»So?« fragte er. »Was meinst du?«

»Die Unterrichtsstunde ist zu Ende. Du hast gerade Gott zum Leben erweckt.«

»Einen allmächtigen Gott?«

»Ist denn das Leben allmächtig?« fragte ich zurück.

»In seiner Welt. In der realen Welt existiert das Leben. Nichts zerstört es.«

»Und in der Welt der Erscheinungen?«

»Erscheinungen sind Erscheinungen«, erwiderte er. »Nichts vermag das Leben zu zerstören.«

»Liebt das Leben dich?«

»Das Leben kennt mich, ich bin unzerstörbar. Und ich bin eine nette Person ...«

»Was ist, wenn es dich nicht gibt? Wenn das Leben keine Erscheinungen erkennt, wenn dem Leben Raum und Zeit unbekannt sind, wenn das Leben nur das Leben sieht und das Leben keine Bedingungen kennt, kann dann das Leben dich als eine gute oder als eine schlechte Person ansehen?«

»Sieht das Leben mich denn als vollkommen an?«

»Was glaubst du?« fragte ich. »Nennst du das Liebe? Ich bin offen für Vorschläge.«

Er schwieg lange, hatte die Augen zusammengekniffen und hob herausfordernd den Kopf.

»Was hast du?« fragte ich ihn.

Einen Moment lang blickte er mich an, als hielte er eine Sprengladung in der Hand. Es hatte ein ganzes Menschenleben gedauert, um mein schönes Gedankengebäude zu errichten, und es widerstrebte ihm, jetzt alles in die Luft zu sprengen. Doch ich war nicht seine einzige Zukunft, sein eigenes Leben lag vor ihm, und niemand kann Ideen gemäß leben, denen er nicht vertraut.

»Rede«, befahl ich, und mein Herz schlug schneller.

»Versteh mich bitte nicht falsch«, sagte er. »Ich muß zugeben, daß deine Darlegungen, also deine Religion, eventuell richtig sind.« Er dachte einen Augenblick nach. »Aber ...«

»Aber ...?«

»Aber was hat das mit meinem Leben als dem Leben eines offensichtlich menschlichen Wesens hier auf der Erde zu tun? Es ist gut und schön, daß du existierst, Richard,« sagte er, »aber *was soll's*?«

26

Ich lachte im stillen über mich selbst. Wie viele Tausend Male hatte ich erlebt, daß das, was jemand anders dachte oder tun wollte, für mich plötzlich eine Rolle spielte. Als ob eine Schweißnaht unterhalb der Wasserlinie meines inneren Schiffes aufgegangen wäre, ein unruhiges Gefühl mich erfaßt hätte und mein Boot während der Fahrt tiefer im Wasser läge, so daß es nicht mehr so leicht und schnell und wendig war, wie ich es mir gewünscht hatte.

»Hast du jemals gedacht – was soll's?« fragte Dickie. »Bestimmt hast du das gedacht!«

Ich bückte mich tief und schleuderte den Stein mit kräftigem Schwung weit über den Abhang hinaus. Mit genügend Schubkraft, dachte ich, kann fast alles fliegen.

»Du hast Shepherd zu mir geschickt«, sagte ich, »weil du erfahren wolltest, was ich weiß.«

»Ich habe Shepherd nicht geschickt ...«

Ich hob einen anderen Stein auf und setzte wortlos meine Studien über Aerodynamik von Steinwürfen fort.

»Ja«, sagte er. »Ich mußte herauskriegen, was du weißt. Ich bemühe mich immer noch, das in Erfahrung zu bringen. Es tut mir leid, wenn ich deine Gefühle mit dem ›Was soll's?‹ verletzt habe.«

Ich beschloß zu schweigen, um ihm nicht weiterhin meine Denkweise aufzunötigen. Wie schwer fällt es den Menschen, einander zu verstehen, wenn sie nicht von vornherein übereinstimmen.

»Hilf mir bei diesem Problem«, bat ich ihn. »Ich möchte dir zeigen, was ich gelernt habe. Ich möchte dir dieses Wissen sozusagen gratis vermitteln. Du wirst etwas anderes damit anfangen als ich und einen Weg finden, um mir mitzuteilen, was du damit gemacht hast und warum. Ich möchte das. Glaubst du mir?«

Er nickte.

»Aber ein anderer bekannter Grundsatz lautet: Versuche nie, jemanden zu überzeugen! Nach deinem ›Was soll's?‹ habe ich dieses pinkfarbene Schild gesehen: Überrede *ihn*, beweise Deine Aufrichtigkeit, oder *er* wird nicht glauben, was Du sagst!«

»Nein«, protestierte er. »Das ist nicht das, was ...«

»Ich möchte dir schon erzählen, was ich weiß, ich möchte es dir so gut wie möglich erklären, aber bedenke, daß ich nicht die Verantwortung für jemanden übernehmen kann, auf den ich keinen Einfluß habe ... ich kann sie für niemanden übernehmen, außer für mich.«

»Aber ich ...«

»Du kannst dich genauso wenig darauf verlassen, von anderen verstanden zu werden, wie darauf, daß Ärzte dich gesundmachen. Wir können nur dann Nutzen aus den anderen ziehen, wenn sie erreichbar sind und wenn sie recht haben ..., wenn sie sich irren, haben wir Pech. Aber wenn wir statt dessen ein Leben lang lernen, das zu verstehen, was wir wissen, verfügen wir selbst über die gründlichen Kenntnisse, die wir brauchen ...«

»Richard, ich ...«

»Denk dran, Kapitän: Ich bin nicht deswegen hier, um dich zu überzeugen oder dich zu bekehren oder dich in mich aufzunehmen. Es ist mir schon schwer genug gefallen, Richard in mich aufzunehmen. Ich bin niemandes Führer, ich bin nur für mich selbst verantwortlich. Ich würde mich offen gesagt besser fühlen, wenn du aufhören würdest, dich dafür zu interessieren, wer ich bin und was ich glaube und weshalb ich mich von all den anderen Zukunftsvarianten unterscheide. Ich schulde dir Informationen und will deine Neugier befriedigen. Wozu ich nicht verpflichtet bin, ist, dich meinem Denken anzupassen. Vielleicht besteht es ja nur aus Lügen.«

Nach meiner Predigt schwieg er lange. Ein faires Geschäft, dachte ich, und schwieg ebenfalls.

Er seufzte. »Ich verstehe, daß du mich nicht führen willst und daß du nicht die Verantwortung für das übernimmst, was ich den Rest meines natürlichen Lebens oder bis in alle Ewigkeit tun werde oder nicht tun werde. Ich bin dazu bereit, dich vor jedem tatsächlichen oder eingebildeten Schaden zu bewahren, der durch irgendeines deiner Worte entstehen kann, falls ich es in irgendeiner x-beliebigen Zukunft in irgendeiner Situation richtig oder falsch verwende. Verstehst du?«

Ich schüttelte den Kopf.

»Was soll dein Nein bedeuten? Begreifst du nicht: DU BIST NICHT MEIN FÜHRER ODER MEIN BERATER ODER MEIN LEHRER, GANZ GLEICH WIE VIELE ...«

»Das reicht nicht«, entgegnete ich. »Ich möchte es schriftlich haben.«

Verwunderung malte sich auf seinem Gesicht. »WAS sagst du da? Ich erkläre dir, daß ich verstehe, wenn du für niemand Führer sein willst, und du erwiderst mir darauf, das reiche nicht ...«

Ich gab ihm einen schönen glatten Stein zum Werfen. »Das war ernst gemeint«, beruhigte ich ihn. »Ich wollte dich auf die Probe stellen, Dickie. Ich wollte sichergehen, daß du es verstehst. Ich brauche keine schriftliche Erklärung.«

Er betrachtete den Stein in seiner Hand. Weder warf er ihn noch ließ er ihn fallen. »Okay«, sagte er schließlich. »Das Leben. Was soll's?«

»Was weißt du über Arithmetik?« fragte ich ihn.

»Was sollte ein Schüler in der vierten Klasse schon darüber wissen?« Er hoffte, daß ich ihn nicht wieder testen wollte. »Ich weiß so viel wie jeder andere auch.«

»Das reicht«, entgegnete ich. »Ich denke, das Leben findet in den Erscheinungen ebenso Ausdruck wie Zahlen in der Raumzeit. Nehmen wir zum Beispiel die Zahl Neun. Oder möchtest du lieber eine andere Zahl?«

»Acht«, sagte er für den Fall, daß Neun eine Trickzahl wäre.

»Okay, nehmen wir die Zahl Acht. Wir können eine Acht mit Tinte auf Papier schreiben, wir können eine Acht in Bronze gießen, wir können eine in Stein hauen, acht Löwenzahn in einer Reihe arrangieren oder acht Dodekaeder sorgfältig übereinanderstapeln. Wie oft können wir also die Idee Acht zum Ausdruck bringen?«

Er zuckte mit den Schultern. »Zig Millionen Mal. Unendlich oft.«

»Aber warte«, sagte ich. »Siehst du diesen Schweißbrenner und diesen Schmiedehammer? Wir können auch die Seite Papier verbrennen, die Bronze schmelzen, den Stein in Staub verwandeln, die Samen des abgeblühten Löwenzahns wegpusten oder die Dodekaeder zerschmettern.«

»Verstehe. Wir können Zahlen vernichten.«

»Nein. Wir können die *Erscheinungsformen* der Zahlen in der Raumzeit zerstören. Wir können Erscheinungsformen sowohl schaffen als auch zerstören.«

Er nickte.

»Aber noch bevor Zeit zu pulsieren begann, Dickie, gab es die Realität der durch Erscheinungen unzerstörbaren Idee der Acht, sie existiert auch in dieser Minute, und es wird sie auch noch geben, wenn Zeit und Raum längst fortgeschwemmt sind. Wenn der Expansion des Kosmos nach dem Urknall plötzlich wieder die Kontraktion des Alls folgt und die ganze Materie zu einem so winzigen Teilchen zusammengepreßt wird, daß sie nicht mehr vorhanden ist, schwebt die Idee der Acht in ihrer ganzen Vollkommenheit weiter gelassen und völlig ungerührt dahin.«

»Ungerührt?«

»Nun, hier ist eine Axt«, sagte ich. »Zerhacke die Idee der Zahl Acht so, daß sie nicht länger existiert. Mach das, solange du willst. Sag mir, wenn du damit fertig bist.«

Er lachte. »Ich kann keine Ideen zerhacken, Richard!«

»Ich könnte es auch nicht.«

»Also ist mein Körper genauso wenig das wirkliche Ich, wie eine aufgeschriebene Zahl die wirkliche Zahl ist.«

Ich nickte. »Aber ich kapiere das viel langsamer als du. Gedulde dich.«

Er wartete.

»Welche andere Zahl ist so wie die Acht?« Dabei fragte ich mich eine Sekunde lang, ob mir etwas daran lag, daß er an meine Bilder glaubte. Es ist mir egal, ob er an sie glaubt, dachte ich. Es liegt mir etwas daran, daß er es versteht.

»Sieben?«

»Wie viele Achten gibt es in der Arithmetik?«

Er dachte einige Sekunden lang nach. »Eine.«

»Das glaube ich auch. Die Idee jeder beliebigen Zahl ist einmalig. Es gibt davon nur eine Idee. Das ganze Zahlenprinzip basiert auf der lieben Acht, und ohne sie würde es zusammenbrechen.«

»Na, na!«

»Glaubst du das nicht? Nehmen wir an, es ist uns gelungen, die Zahl Acht zu zerstören. Schnell: Wieviel ist vier plus vier? Sechs plus zwei? Zehn minus zwei?«

»Oh«, sagte er.

»Du hast es also begriffen. Eine unendliche Anzahl von Zahlen, jede Zahl unterscheidet sich von allen anderen, jede ist für das Prinzip genau so wichtig, wie das Prinzip für jede von ihnen wichtig ist.«

»Das Prinzip benötigt jede Zahl!« folgerte er. »Daran habe ich nie gedacht.«

»Künftig wirst du daran denken«, sagte ich. »Das wirkliche, unzerstörbare Leben jenseits von Erscheinungen – doch jede Zahl kann gleichzeitig in jeder der unendlichen Welten des Scheins ausgedrückt werden.«

»Wie ändern wir uns?« fragte er. »Woher rührt der Glaube? Wie kommt es, daß wir alles, was richtig ist, plötzlich vergessen und uns über Nacht in sprachlose Babys verwandeln?«

Ich biß mir auf die Lippen. »Ich weiß nicht.«

»Was? Du hast dir dieses ganze Puzzle ausgedacht, und auf einmal fehlt dir ein Stück?«

»Ich weiß, daß es uns freisteht, immer zu glauben«, erwiderte ich. »Ich weiß, wir tun das aus Spaß am Lernen und um uns daran zu erinnern, wer wir sind. Auf welche Weise vergessen wir, was gewesen ist? *Willkommen in der Raumzeit, bitte überprüft an der Tür euer Gedächtnis?*« Etwas passiert, aber ich habe nicht herausfinden können, was unser Gedächtnis auslöscht, wenn wir den Sprung tatsächlich wagen.«

Er lächelte angesichts meiner Verwirrung, ein seltsames Lächeln, das ich nicht deuten konnte, und kurz danach nickte er. »Ich kann mich nicht damit zufriedengeben, daß ein Stück fehlt«, sagte er. »Etwas passiert. Wir vergessen. Rede weiter.«

»Nun gut, sobald wir in der Raumzeit sind, steht es uns frei, zu glauben, daß wir allein und ungebunden existieren, es steht uns frei, zu sagen, daß das Zahlenprinzip Unsinn ist.«

Er nickte.

»Das Prinzip beachtet die Raumzeit nicht, weil es eine Raumzeit nicht gibt. Das Prinzip vernimmt also keine flehenden Gebete oder bösen Flüche, es gibt kein Sakrileg und keine Ketzerei, keine Gotteslästerung oder Gottlosigkeit und auch keine Respektlosigkeit oder Gemeinheit. Das Prinzip erbaut keine Tempel, beschäftigt keine Missionare, führt keine Kriege. Es ist blind und völlig ahnungslos, wenn Symbole seiner Zahlen an Kreuze genagelt, durch andere Symbole in Stücke zerhackt und zu Asche verbrannt werden.«

»Es ist ihm schnuppe«, sagte er zögernd.

»Bist du Mom auch schnuppe?« fragte ich.

»Sie liebt mich!«

»Wußte sie davon oder hat es ihr etwas ausgemacht, daß du zehnmal im Laufe einer Stunde totgeschossen wurdest, als du zum letzten Mal Räuber und Gendarm spieltest?«

»Hm.«

»So verhält es sich auch mit dem Prinzip«, sagte ich. »Es nimmt keine Notiz von den Spielen, die uns so viel bedeuten. Probier es aus. Dreh dich so, daß du das unendliche Zahlenprinzip, die unsterbliche Realität des numerischen Seins im Rücken hast.«

Er wechselte den Platz, drehte sich etwas nach links.

»Sprich: *Ich hasse das Zahlenprinzip!*«

»Ich hasse das Zahlenprinzip«, wiederholte er, nicht sehr überzeugt.

»Probier diesen Satz mal aus: ›DAS SCHLEICHENDE DUMME ZAHLENPRINZIP FRISST RAFFINIERTEN ZUCKER, GESÄTTIGTE ÖLE UND BLUTIGES FLEISCH!«

Er lachte.

»Vorsicht bei dem folgenden Satz, Kapitän. Wir benötigen eine Menge Mut, weil wir uns auf etwas gefaßt machen können, wenn wir hier etwas Falsches rufen: DAS VERDAMMTE, VERLOGENE, LAUSIGE, NICHTSNUTZIGE, SANDWURMÄHNLICHE, ÜBERFLÜSSIGE SOGENANNTE ZAHLENPRINZIP IST DÜMMER ALS EINE PFERDEBREMSE! WIR FÜRCHTEN SEINEN

Blitzstrahl nicht, wenn es versuchen sollte, die Existenz seines miserablen Selbst zu beweisen!«

Nach dem Wort »sandwurmähnlich« verhaspelte er sich und brachte den Rest des Satzes nur mit Mühe zustande. Zum Schluß stieß er jedoch noch einen kräftigen Fluch gegen das Prinzip aus.

Nichts geschah.

»Wir können also das Prinzip ignorieren, wir können es hassen, verfluchen, bekämpfen, uns darüber lustig machen«, sagte ich. »Kein Bannstrahl, nicht das geringste Zeichen von Mißfallen vom Himmel. Warum nicht?«

Er dachte lange darüber nach.

»Wieso ist es dem Zahlenprinzip schnurzpiepe?« fragte ich.

»Weil Es nicht zuhört«, sagte er schließlich.

»Wir werden also nicht bestraft, wenn wir das Prinzip demolieren?«

»Wir werden nicht bestraft«, erwiderte er.

»Schlecht.«

»Wieso? Es hört nicht zu!«

»Es hört nicht zu, Dickie,« sagte ich, »aber *wir existieren*!« Wenn wir dem Zahlenprinzip den Rücken kehren, was geschieht dann in unserer Arithmetik?«

»Es wird sich nichts bemerkbar machen?«

»Nein, nichts. Die Antworten fallen jedesmal verschieden aus, die Geschäftswelt und die Wissenschaft können sich darüber nicht einig werden. Geben wir das Prinzip auf, gereicht es *uns* zum Nachteil, nicht dem Prinzip!«

»Eine heilige Kuh«, fügte er hinzu.

»Aber kaum besinnst du dich auf das Prinzip, funktioniert sofort wieder alles. Eine Entschuldigung erübrigt sich, Es könnte sie nicht hören, selbst wenn wir laut riefen. Niemand erhält eine Bewährungsfrist, niemand wird bestraft, niemand wird vom Unendlichen gescholten. Die Erinnerung an das Prinzip führt augenblicklich dazu, daß alle unsere Summen stimmen, denn selbst auf den imaginären Tummelplätzen des Scheins ist das Prinzip real.«

»Interessant«, bemerkte er, ohne das Gesagte zu glauben.

»Und nun habe ich dich eingeholt, Dickie. An die Stelle des Zahlenprinzips laß uns jetzt das Lebensprinzip setzen.«

»Das Leben existiert«, sagte er.

»Das reine Leben, die reine Liebe, die Kenntnis unseres ureigenen Ichs. Sagen wir doch, jeder von uns ist ein vollkommener, einmaliger Ausdruck jenes Prinzips, wonach wir jenseits der Raumzeit existieren – unsterblich, ewig, unzerstörbar.«

»Wenn es so ist, was folgt daraus?«

»Uns steht dann frei, alles zu tun, was wir wollen, ausgenommen zwei Dinge: Wir können die Realität nicht erschaffen, und wir können sie nicht zerstören.«

»Was können wir dann machen?«

»Das herrliche Nichts in allen seinen schillernden Formen ... Wenn wir uns in ein geborgtes Leben begeben, womit können wir dann rechnen? Wir können grenzenlose Welten des Scheins erkunden, Geburten und Tode kaufen, dazu Tragödien und Vergnügen, Unglück und Frieden, Schrecken und Edelmut, Grausamkeit und Himmel und Hölle, wir können uns Überzeugungen leisten und sie uns mit vielen quälenden oder erfreulichen Details ausschmücken. Aber noch lange bevor die Zeit beginnt oder wenn sie schon längst geendet hat, in jedem Augenblick existieren das Leben und wir. Was wir am meisten fürchten, ist eines: Wir können nicht sterben, wir können nicht zerstört werden. Das Leben existiert. Wir existieren.«

»Wir existieren«, sagte er unbeeindruckt. »Was soll's?«

»Sag mir, Dickie. Worin besteht der Unterschied zwischen zufälligen Opfern, die ein Leben führen müssen, in das sie hineingeworfen wurden, und Meistern, die ein Leben führen, das sie nach Belieben ändern können?«

»Opfer sind hilflos«, erwiderte er. »Meister nicht.«

Ich nickte zustimmend: »So ist es.«

27

Er hatte mir die Chance gegeben zu sagen, was ich wollte, er dachte inzwischen darüber nach, und ich hielt es für das Beste, für eine Weile zu verschwinden.

Ich warf einen Blick auf die Landschaft und fragte mich, wie sie wohl aussehen würde, wenn ich wiederkäme. »Bis zum nächsten Mal«, flüsterte ich.

»Bist du ein Meister?« fragte er.

»Selbstverständlich. Ich und du und alle anderen. Aber wir vergessen das allzu leicht.«

»Wie machen sie es?« fragte er.

»Was?«

»Wie ändern Meister ihr Leben nach Belieben?«

Ich lächelte über die Frage. »Mit starken Werkzeugen.«

»Wie bitte?«

»Ein weiterer Unterschied zwischen Meistern und Opfern besteht darin, daß Opfer nicht gelernt haben, sich starker Werkzeuge zu bedienen, wohingegen Meister sie die ganze Zeit verwenden.«

»Elektrische Bohrmaschinen oder Sägen?« Er tappte völlig im dunkeln. Ein guter Lehrer hätte ihn allein herumknobeln lassen, aber leider bin ich viel zu geschwätzig.

»Keine elektrische Sägen. *Freie Wahl.* Das Zauberschwert, dessen Klinge ein Leben lang scharf bleibt. Was aber nützt uns die freie Wahl, wenn wir Angst davor haben, etwas anderes zu wählen als das, was wir schon haben? Dann kann man auch die Finger davon lassen und braucht sich nicht die Mühe zu machen, die Gebrauchsanleitung zu lesen.«

»Wer fürchtet sich denn davor, die Möglicnkeit der freien Wahl zu nutzen?« fragte er. »Was ist daran so schreckenerregend?«

»*Sie macht uns anders*!«

»Na, na ...«

»Okay, dann verzichte darauf«, sagte ich. »Mach, was alle machen würden, in jeder Minute deines Lebens. Was passiert denn dann?«

»Ich gehe zur Schule.«

»Ja. Und?«

»Ich mache Examen.«

»Ja. Und?«

»Ich nehme einen Job an.«

»Ja. Und?«

»Ich heirate.«

»Ja. Und?«

»Ich habe Kinder.«

»Ja. Und?«

»Ich helfe ihnen, die Schule ordentlich zu beenden.«

»Ja. Und?«

»Ich trete in den Ruhestand.«

»Ja. Und?«

»Ich sterbe.«

»Und wenn du dann stirbst, was sind deine letzten Worte?«

Er dachte über sie nach. »*Was soll's?*«

»Selbst wenn du alles tust, was man von dir erwartet: Du bist ein gesetzestreuer Bürger, ein perfekter Ehemann und Vater, du wählst, du spendest, du bist tierlieb. Du lebst also den Erwartungen gemäß, und dann sind deine letzten Worte: ›*Was soll's?*‹«

»Hm.«

»Weil du dein Leben nie selbst gewählt hast, Dickie!

Du hast nie eine Änderung gewollt, nie nach dem verlangt, was du liebtest, es nie gefunden; du hast nie den Sprung in die Welt gewagt, die dir so viel bedeutete; nie gegen die Drachen gekämpft, von denen du annahmst, daß sie dich auffressen würden; und dich nie Zentimeter für Zentimeter an Felswänden entlanggehangelt, um dich in Sicherheit zu bringen, weil du sonst in den Tod gestürzt wärst! Die freie Wahl, Dickie! Wähle, was du liebst, und jage ihm wie ein Irrer hinterher, und ich, deine Zukunft, verspreche dir feierlich, daß du nie an dem ›was soll's‹ sterben wirst!«

Er blickte mich von der Seite an. »Versuchst du gerade, mich zu überzeugen?«

»Ich versuche dich davon abzuhalten, so wie bisher weiterzumachen. Das bin ich dir schuldig.«

»Was ist, wenn du mich tatsächlich überzeugst? Was passiert, wenn ich lerne, selbst meine Wahl zu treffen, egal, was die anderen sagen, und mich dort bei den Felsen in die Luft schwinge? Wird mich dein Zauberschwert schützen?«

Ich seufzte: »Dickie, seit wann erstrebst du Sicherheit? Nur wenn du auf sie pfeifst, wird dein letztes Wort *Ja* sein!«

»Die Platane«, sagte er.

»Welche Platane?«

»... im Garten vor dem Haus. Sie steht immer dort, sie ist immer da. Wenn ich Angst habe, gäbe ich alles darum, dieser Baum zu sein. Wenn ich keine habe, könnte ich sein ödes Leben nicht ertragen.«

Der Baum lebt dort immer noch, dachte ich, aber ist er größer geworden, er ist noch belaubter, und er hat ein halbes Jahrhundert dadurch überdauert, daß er seine Wurzeln immer tiefer in den Boden trieb.

»Auf die Sicherheit pfeifen bedeutet nicht, sich selbst zu vernichten«, sagte ich. »Niemand steuert ein superschnelles Flugzeug, bevor er nicht gelernt hat, eine Cub zu fliegen. Wenig Auswahl, wenig Nervenkitzel vor den großen Abenteuern. Und eines Tages kommt dann überraschend die große Flugshow, die Monstertriebwerke der Maschine dröhnen, die Welt ist nur noch eine verschwommene grüne Fläche fünfzig Fuß unter dir, du ziehst mit 6 g um die Pylone, und plötzlich fällt dir ein: Ich wollte *diesen* Augenblick erleben! Mein ganzes Sinnen und Trachten war auf dieses Leben gerichtet! Ich wollte es mehr als alles andere, ich kroch und ging und rannte, um mein Ziel zu erreichen, und nun ist mein Wunsch in Erfüllung gegangen!«

»Ich weiß nicht so recht«, sagte er. »Muß ich wirklich mein Leben dafür riskieren?«

»Selbstverständlich mußt du das! Mit jeder Wahl, die du triffst, riskierst du das Leben, das du gehabt hättest; mit jeder Entscheidung verlierst du es. Sicherlich, ein anderer Dickie in einer anderen Welt geht seiner Wege und lebt ein Leben, wie du es vielleicht auch gewollt hättest, aber es ist seine Wahl, nicht deine. In der Schule, im Beruf, in der Ehe, bei jedem Abenteuer, auf das du dich einläßt, wirst du, wenn dir etwas daran liegt, was du in deinem letzten Augenblick sagen wirst, auf das vertrauen, was du weißt, und du wirst den Mut haben, nach dem zu streben, was du ersehnst.«

»Und wenn ich mich irre, sterbe ich«, sagte er.

»Wenn du Sicherheit willst,« erwiderte ich, »bist du auf einer falschen Fährte. Die einzige Sicherheit, die es gibt, ist: *Das Leben existiert*, und allein das zählt – absolut, unveränderlich, vollkommen. Aber Sicherheit in Erscheinungen? Sogar die Platane wird eines Tages zu Staub zerfallen.«

Er biß die Zähne zusammen und schaute mich entsetzt an.

Ich amüsierte mich über seinen Gesichtsausdruck. »Das

Holz verrottet, das Symbol verschwindet, aber nicht der Geist seines Lebens. Der Körper wird erschüttert, nicht der Gläubige.«

»Vielleicht liebt mein Geist die Veränderung«, sagte er. »Mein Körper jedenfalls haßt sie.«

Ich erinnerte mich. Um halb sieben an einem Wintermorgen ... ein Gefühl der Sicherheit und Wärme ... BOBBY! DICKIE! AUFSTEHEN UND ZÄHNE PUTZEN! MACHT EUCH FERTIG FÜR DIE SCHULE! Ich rapple mich hoch, und ich schwöre: Sollte ich je erwachsen werden, würde ich nie vor zwölf aus den Federn kriechen! Das gleiche in der Air Force: Alarmsirenen jaulen los ... HONGA-HONGA-HONGA! Um zwei Uhr nachts ist es geradezu unmöglich, den Kopf aus den Kissen zu heben ... Ich soll aufstehen? Und fliegen? Mit einem Flugzeug? *Im Dunkeln*? Der Körper: Ausgeschlossen! Der Geist: Mach es! Jetzt gleich!

»Der Körper haßt Veränderungen.« Zur Bekräftigung nickte ich mit dem Kopf. »Aber sieh dir deinen Körper an ... mit jedem Tag wird er ein wenig größer, ein wenig anders; Dickie, dazu verurteilt, erwachsen zu werden, verwandelt sich in Richard! Keines Menschen Körper wurde vollständiger vernichtet als der eines Kindes, das inzwischen erwachsen geworden ist, Kapitän. Er ist spurlos verschwunden, kein Sarg, nicht einmal etwas Asche zum Betrauern bleibt übrig.«

»Bitte,« flehte er mich an, »hilf mir auf die Sprünge!«

»Du weißt doch schon alles. Was kannst du über Erscheinungen sagen?«

»*Das Leben existiert.*«

»Und?«

»Was und?« fragte er.

»Nur ein Tip: freie Wahl.«

»Und ich kann Erscheinungen ändern.«

»Innerhalb gewisser Grenzen?«

»Grenzen, zum Teufel!« rief er aus. »Ich muß nicht

atmen, wenn ich nicht atmen will! Wo bleiben in diesem Fall deine Grenzen?«

Ich zuckte mit den Schultern.

»Wenn den Meistern die Welt nicht gefällt, wie sie zu sein scheint, warum hören sie dann nicht einfach zu atmen auf? Warum ziehen sie sich nicht einfach aus der Welt der Erscheinungen zurück, wenn sie auf ein schier unlösbares Problem stoßen?«

»Wieso sollen wir uns von ihr zurückziehen, wenn wir sie ändern können? Erkläre im Angesicht der Erscheinung, daß das Leben existiert, triff deine Wahl, und nach einer gewissen Zeit, die ausgefüllt ist mit fleißiger Arbeit, ändert sich die Welt.«

»Immer?«

»Für gewöhnlich.«

Er stieß hörbar die Luft aus. »Du gibst mir eine Zauberformel, die nur ›für gewöhnlich‹ funktioniert?«

»Wenn nicht, beginnt das Gesetz des Zufalls zu wirken.«

»Das Gesetz des Zufalls«, wiederholte er.

»Sagen wir, du hast dich dazu entschlossen, irgendeine lebensbejahende Änderung in deiner unmittelbaren Welt des Scheins vorzunehmen. Du beschließt also, daß Veränderungen eintreten werden.«

Er nickte.

»Du erklärst, *das Leben existiert*, weißt, daß das wahr ist, und arbeitest, was dein kleines Herz hergibt, um es in das, was du möchtest, umzuwandeln.«

Er nickte.

»Und es ändert sich nichts«, sagte ich.

»Ich wollte dich gerade fragen.«

»Was du machen mußt, ist das Folgende: Arbeite weiter und warte darauf, daß der Zufall vorbeispaziert kommt. Warte aufmerksam, denn der Zufall kommt immer verkleidet daher.«

Er nickte.

»Und du folgst diesem Zufall!«

Dickie blieb ungerührt: »Ein Beispiel wäre hilfreich.«

Ein Beispiel: »Wir müssen diese Ziegelmauer durchbrechen, weil sie uns in einem Leben gefangen hält, das wir ändern möchten.«

Er nickte.

»Wir arbeiten wie verrückt, um es zu ändern, aber unsere Mauer bleibt eine Mauer und wird eher noch undurchdringlicher. Wir haben schon alles abgesucht. Es gibt keine Geheimtür, keine Leiter, keine Schaufel, mit der wir einen Tunnel hindurch graben könnten ... es ist und bleibt eine massive Ziegelmauer.«

Er nickte zustimmend: »Eine massive Ziegelmauer.«

»Sei still und spitz mal die Ohren. Hörst du ein schwaches, gedämpftes Tuckern hinter uns? Hat die Bulldozerfahrerin da drüben etwa den Motor während ihrer Mittagspause laufen lassen, und ist vielleicht die Kupplung in den ersten Gang gerutscht? Rumpelt der Bulldozer zufällig auf unsere Mauer zu?«

»Soll ich dem Zufall vertrauen?«

»Denk daran, daß diese Welt nicht real ist. Sie ist ein Tummelplatz von Erscheinungen, auf dem wir die Überwindung des Scheins mit Hilfe unserer Kenntnis des Seins praktizieren. Das Gesetz des Zufalls ist ein Mittel, das uns verspricht, mit seiner Hilfe von diesem Tummelplatz auf die andere Seite der Mauer zu gelangen.«

»Was hat das Gesetz des Zufalls je für dich getan?«

»Was es getan hat? Jede entscheidende Wende in meinem Leben ist durch irgendeinen Zufall eingetreten.«

»Oh ...« sagte er spöttisch. »Nenn mir eine.«

»Weißt du noch, wie du mit dem Fahrrad zum Flugplatz gefahren bist und dich krampfhaft am Drahtgeflecht festgeklammert hast, in der Nähe der Tafel ›Nur Piloten und Passagiere haben hier Zutritt!‹?«

Er nickte. »Viele Male.«

»Und wie du dir wünschtest, fliegen zu können, und du Flugzeuge zeichnetest, Flugzeugmodelle basteltest, in der Klasse über Flugzeuge schriebst und zu dir selbst sagtest, eines Tages würdest du ein Pilot sein?«

Seine Augen öffneten sich weit. Der alte Kumpel erinnerte sich.

»Fliegen war wie eine Ziegelmauer«, sagte ich. »Als ich es lernen wollte, geschah nichts. Kein Geld für Flugstunden, keine Freunde, die Flugzeuge besaßen, keine gute Fee, die plötzlich aufgetaucht wäre, keine Geschenke von der Familie. Dad haßte Flugzeuge. Ich beendete die High School, und danach ging ich aufs College. Seminare in Chemie und analytischer Geometrie und Komposition und Ichthyologie und dann das Fach, das mein Leben veränderte: Bogenschießen.«

»Pfeil und Bogen?«

»Jeder mußte einen Sportkurs belegen. Bogenschießen war das Einfachste.«

Er nickte.

»Es war an einem Montag morgen, ich war einer von zwanzig, die draußen nebeneinander angetreten waren. Neben mir befand sich zufällig ein älterer Kursteilnehmer, der dabei war, die letzten Punkte für seinen akademischen Abschluß zu erwerben. Wir hatten beide eine stramme Haltung eingenommen und schossen gerade Pfeile auf die Heuballen, als ein Flugzeug zufällig in Richtung des Flughafens von Long Beach über uns hinwegflog. Anstatt seinen nächsten Pfeil abzuschießen, ließ Bob Keech seinen Bogen sinken und blickte zu diesem Flugzeug hoch. Ein Blick, und er veränderte mein Leben.«

»Weil er dort hinaufsah?«

»Niemand in Long Beach blickt zu Flugzeugen hoch. Man hat sich dort genauso an sie gewöhnt wie an die Spatzen auf den Hausdächern. Dieser Bursche, dachte ich, muß irgendein Interesse an der Fliegerei haben, wenn er sich die Mühe macht, den Kopf zu heben, um ein Flugzeug zu beobachten. Es war eine plötzliche Eingebung, und ich sagte, ohne nachzudenken: ›Bob, ich wette, Sie sind ein Fluglehrer, und Sie suchen jemanden, der Ihr Flugzeug wäscht und poliert. Und wenn er das für Sie macht, werden Sie ihm das Fliegen beibringen.‹«

»Er sagte ja, nicht wahr?«

»Nein. Er blickte mich erstaunt an und fragte: *Wie hast du das erraten?*«

»Na, na«, äußerte Dickie skeptisch. »Wieso denn das? Es gab doch keinen Grund dafür.«

»Es gab aber doch einen Grund. Bob Keech hatte gerade seine vorläufige Zulassung als Fluglehrer erhalten, und er mußte fünf Flugschüler ausbilden, bevor er die endgültige Zulassung bekam. Das war der Grund.«

»Aber wieso wußtest du, daß er jemanden brauchte, dem er das Fliegen beibringen konnte?«

»Intuition? Hoffnung. Damals glaubte ich, daß ich Glück hätte: Innerhalb von sechs Monaten lehrte mich Bob Keech das Fliegen. Ich gab das College auf und ging zur Air Force, und den Rest meines Lebens bin ich mit dem Flugzeug in die Lüfte gestiegen. Das Gesetz des Zufalls hatte mein Schicksal bestimmt, aber erst zwanzig Jahre später wußte ich, daß dieses Gesetz tatsächlich existiert.«

»Wie funktioniert es?«

»Gleich und gleich gesellt sich gern. Man wundert sich darüber ein Leben lang. Verliebe dich in eine Sache und setze alles daran, deinen Traum zu verwirklichen, und irgend etwas wird geschehen, irgend etwas, was du nicht planen konntest, wird kommen, um gleich und gleich zusammenzubringen, um dich zu erlösen und dir den Weg bis zu deiner nächsten Ziegelmauer freizugeben.«

»Meine nächste Mauer! Die *nächste* Mauer?«

»Es ist nicht so schlimm, wie es sich anhört. Wir müssen uns nicht anstrengen, um uns selbst in die denkbar schwierigste Lage zu manövrieren ... Immer dann, wenn wir unser Zaubermittel vergessen, geschieht das von selbst. Aber wenn wir Spaß an einer Sache haben, geraten wir auch nicht in Schwierigkeiten, sondern überwinden sie. Worauf es ankommt, ist, daß wir uns darauf besinnen, wer wir sind, und daß wir unsere Methoden anwenden können. Wie können wir das lernen, wenn wir sie nicht praktizieren?«

Zweifelnd seufzte er: »Ich weiß nicht so recht ...«

Ich fragte mich: Wünscht er sich eine Zukunft frei von Schwierigkeiten? Warum sucht er sich die Raumzeit aus, wenn er Schwierigkeiten scheut? »Ein Gedankenexperiment«, sagte ich. »Stell dir vor, du willst in deiner Welt nichts ändern. Sie kann gar nicht besser sein, als sie schon bereits ist.«

Er dachte einen Augenblick nach. »Hurra. Das hört sich großartig an!«

»Okay«, sagte ich. »Nun bleibe einen Monat lang in dieser Welt, zwei Monate, ein Jahr, zwei Jahre oder drei. Wie fühlst du dich dann?«

»Ich möchte etwas Neues kennenlernen. Ich möchte etwas anderes haben.«

»Da hast du den Grund für die Welt der Erscheinungen.«

»Lernen wir gern neue Dinge kennen?«

»Wir erinnern uns gern an das, was wir bereits kennen. Wenn du deine Lieblingsmusik hörst oder dir einen guten Film immer wieder ansiehst oder deinen Lieblingsroman immer wieder liest, weißt du dann, wie diese Musik klingen wird, wie der Film sein wird und wie die Story ausgehen wird? Das Vergnügen stellt sich dadurch ein, daß man etwas immer wieder erlebt, und zwar sooft, wie man will. So verhält es sich auch mit unseren Kräften. Erst versuchen wir es mit dem Prinzip der freien Wahl, probieren es mit dem Gesetz des Zufalls, mit dem ›Was immer wir im Sinn haben, wird wahr‹ und dem ›Gleich und gleich gesellt sich gern‹ und experimentieren mit dem Gesetz der sich ändernden Erscheinungen, um zu erreichen, daß unsere äußere Welt unsere innere widerspiegelt.«

»Es ist gruslig.«

»Und wenn sie sich einmal, dreimal, zehnmal ändert, werden wir ein wenig kühner und selbstsicherer. Die Methoden *funktionieren*! Dank der Praxis vertrauen wir ihnen grenzenlos, wir haben uns an alles erinnert, was wir durch sie erlangen können, wir können nach Belieben Erscheinungen verändern und gehen neuen Abenteuern entgegen, wo andere Gesetze gelten.«

»Erzähl mir über weitere Methoden«, bat er.

»Wie viele benötigst du? Unsere Herzen sind voller kosmischer Gesetze. Erlerne einfach einige davon, lerne sie gut zu beherrschen, und nichts steht zwischen dir und der Person, die du sein möchtest.«

»Aber das ist doch der Grund, weshalb ich mit dir rede. Ich bin mir nicht sicher, wer ich sein möchte!«

Ich runzelte die Stirn. Es war ein Rätsel, das ich nicht lösen konnte. »Das«, erwiderte ich, »kann allerdings zwischen dir und jener Person stehen.«

28

Das geschieht gewiß mit uns allen, dachte ich. Was wir bisher gelernt haben, bewahren wir und lassen das Vertraute hinter uns. Dieses Aussortieren ist keine angenehme Sache, aber irgendwie ahnen wir: Die einzige Sicherheit, die wir je haben werden, besteht darin, das, was sicher war, zu vergessen.

Wie oft passiert das in unserem Leben? Immer wieder.

Wir flüchten uns aus dem sicheren Schoß der Familie zu den Fremden auf dem Spielplatz; wir geben die Geborgenheit bei den Freunden aus der Nachbarschaft auf und stürzen uns in den Hexenkessel der Schule; die Sicherheit des Zuhörens tauschen wir gegen den Schrecken, unseren eigenen Vortrag mündlich halten zu müssen. Vom hohen Sprungturm mit seiner friedlichen Stille wagen wir einen zweieinhalbfachen Auerbach. Aus dem leichten und einfachen Englisch begeben wir uns in die unergründlichen Tiefen des Deutschen mit seinen Umlauten. Aus der wärmespendenden Abhängigkeit in die eisige Selbständigkeit. Aus dem Kokon der beruflichen Ausbildung in die Stürme des Geschäftslebens. Vom schützenden Boden in die so schönen Gefahren des Fliegens. Aus dem sicheren Junggesellendasein in die stürmischen Gewässer der Ehe. Vom verschlissenen Komfort des Lebens in das unheilvolle Abenteuer des Sterbens. Jeder Schritt in jedem stolzen Leben ist eine Flucht aus der Sicherheit in die Finsternis, und die einzige Sache, der wir wirklich vertrauen können, ist unsere persönliche Wahrheit.

Ich fragte mich, woher ich das wußte und wer mich diese Erkenntnis gelehrt hatte.

Ich brauchte nicht erst auf den Schlaf zu warten und war nicht auf Dickie angewiesen, damit ich meine Antworten erhielt. Ich kannte sie, kaum daß ich mir die Fragen gestellt hatte.

29

Zuhause ist das, was wir kennen und lieben. Zuerst empfand ich diese Erkenntnis, dann artikulierte ich sie: Gefühl als der Magnet hinter dem Wort. Und als ich die Air Force verließ, fühlte ich mich noch am ehesten in Long Beach, Kalifornien, zu Hause.

Dort zog ich hin, und unweit der Stadt fand ich in der Publikationsabteilung der Douglas Aircraft eine Anstellung als Fachautor. Das Verfassen von Pilotenhandbüchern für den DC-8-Jet und den C-124-Frachter bot mir die Möglichkeit, mit Hilfe einer Schreibmaschine und von Flugzeugen zu existieren. Konnte es einen besseren Job geben?

Das Gebäude der Publikationsabteilung trug die Bezeichnung A-23. Eine weite Fläche war von einem einzigen hohen Dach überspannt. Das Ganze war eine riesige stählerne Insel. Sie erhob sich abrupt aus einem Meer von Parkplätzen, umgeben von einem viele Meilen langen Maschendrahtzaun.

Ich passiere die Türen und loche meine Stempelkarte. Ich drehe mich um: Zeichentische, so weit das Auge reicht. Man meint, eine monotone Tapete zu erblicken, auf der die weißen Hemden der Konstrukteure im fluoreszierenden Licht der Deckenbeleuchtung wie grünliche Flecken aussehen.

Von den Tischen kamen die Zeichnungen für die Flugzeughandbücher; die Wahl der Worte war uns überlassen. Man nehme die genauen Erklärungen einer Konstruktionsingenieurin, wenn zum Beispiel alle Drosselklappen geöffnet sind. Dann muß man herausfinden, was sie meint, und dies so formulieren, daß ein Pilot den Text versteht.

Uns hatte man gesagt, Piloten besäßen die Auffassungsgabe von Schülern der achten Klasse, man sollte sie nicht nötigen, ihren Verstand zu gebrauchen. Der Sachverhalt sollte in einfachen Worten und kurzen Sätzen erklärt werden. Die Instruktionen mußten klar abgefaßt sein.

Zum Beispiel die Checkliste zum Durchstarten für die C-124. Im Pilotenhandbuch hatte gestanden, der Flugkapitän sollte, wenn er seine Landeabsicht ändern und statt dessen beschließen würde, das Flugzeug wieder hochzuziehen, dem Bordingenieur »Takeoff Power!« – »Startleistung!« – zurufen. Dieser würde dann wie beim Start Vollgas geben.

Hatte das Flugzeug nach einigen Augenblicken eine positive Steigrate erreicht, würde der Pilot den Befehl »Landing Gear Up!« – »Fahrwerk einfahren!« – geben; der Kopilot würde daraufhin den Fahrwerkschalter nach oben stellen. Das Flugzeug würde die Räder einziehen, wodurch es noch rascher steigen könnte.

Eines Tages geschah es, daß eine C-124 in der letzten Phase ihres Landeanflugs eine zu geringe Höhe hatte. Daher beschloß der Pilot, durchzustarten, um es dann erneut zu versuchen.

»Takeoff Power!« rief er, wie unser Buch es vorschrieb. Der Bordingenieur, der sich in Gedanken bereits auf die Landung eingestellt hatte, dachte, das Flugzeug sei nur noch wenige Zentimeter von der Landebahn entfernt. Als er das Kommando hörte, verstand er »Take off Power«, »Gas weg!«, und er zog alle vier Triebwerke auf Leerlauf.

So kam es, daß eines der größten Flugzeuge der Welt vom Himmel stürzte. Eine halbe Meile vom Flugplatz entfernt berührte es den Boden und rutschte in der darauffolgenden Minute durch Reisfelder. Wrackteile flogen durch die Luft ... Die Maschine kam erst zum Stehen, als sie mit ihrer zerbeulten Nase auf den ersten Zentimetern der Landebahn lag.

Der Leiter der Publikationsabteilung von Douglas Aircraft erhielt von der US Air Force eine harsche Kritik. Eilig ersetzten wir auf der Checkliste für die C-124 die Worte »Takeoff Power!« durch »Maximum Power!«. Wir alle beschlossen, die Folgen jedes Wortes, das wir wählten, künftig sorgfältig zu bedenken. Ein wichtiger Job, die Fachschriftstellerei.

Die meisten Handbuchverfasser bei Douglas waren ehemalige Militärpiloten. Wir waren die Schriftgelehrten, die die Bibel umschrieben, und konnten direkt mit dem Chefkonstrukteur sprechen. Davon, daß wir den Sinn der technischen Vorgänge in einfache Worte übersetzten, konnten wir alle gut leben. Es war nicht nur eine verantwortliche Tätigkeit, sondern ein nützliches und lohnendes Lebenswerk.

Indes, nach einigen Monaten wurde ich unruhig. Von Zeit zu Zeit akzeptierten die Gruppenleiter meine Syntax nicht und waren der Meinung, sie wüßten besser als ich, wo ein Komma hingehörte.

»Beruhige dich, Richard, beruhige dich«, sagten meine Kollegen hinter ihren Schreibmaschinen. »Es ist nur ein Komma, wir schreiben hier nicht das Große Amerikanische Handbuch. Douglas zahlt gutes Geld, und du wirst den Job nie verlieren. Denk an die Vorteile und verkneif dir bitte alle Bemerkungen zur Zeichensetzung unseres Gruppenleiters.«

Es fiel mir schwer, dies zu akzeptieren. Warum hatte ich trockenes Stroh unter den Füßen, wenn jenseits des Zaunes frischer grüner Klee wuchs? Schriebe ich für mich selbst, wäre niemand da, der mir mit Kommas zusetzen würde. Die Kommas, stünden, genau, dort, wo, ich, s,i,e, hin, haben, wollte!

Ein echtes Dilemma machte sich bemerkbar: Ich war eine Mischung aus Holzklotz und Primadonna.

»Ich gehe von Douglas Aircraft weg«, sagte ich, als ich mich in der Mittagspause an den vorderen Kotflügel meines alten Borgward lehnte. »Ich mache für eine Weile auf freiberuflich, ich habe einige Storys auf Lager, die nicht der Technischen Vorschrift 1-C-124G-1 entsprechen, ganz gleich, wo ich meine Kommas hinsetze.«

»Sicher«, entgegnete Bill Coffin und zerkaute knirschend einen Kartoffelchip. »Wir alle verlassen Douglas Aircraft. Zack wird im nächsten Monat von der United Airlines angefordert und in einem Jahr Flugkapitän sein; Willy Pearson erhält demnächst das Patent auf sein Gerät zur automatischen Bohrlochvermessung und wird ein reicher Mann; Martha Dyer hat wieder ihren Roman an verschiedene Verlage geschickt, und diesmal wird er bestimmt ein Bestseller.« Er schüttelte die Plastikschachtel, die sein Mittagessen enthielt. »Ich habe zu viele von diesen Dingern. Möchtest du einen Kartoffelchip haben?«

»Danke.«

»Ich glaube, man kann beim kommerziellen Fischfang Geld verdienen, wie du vielleicht schon bis zum Überdruß gehört hast. Aber niemand von uns hat bisher richtig über den Zaun geschaut, Richard. Die Arbeit bei Douglas mag zwar nicht ganz so reizvoll sein wie, sagen wir, wenn ein 48er Trawler zum Fang in See sticht, aber die Arbeitsplätze bei Douglas sind, wie wir zu sagen pflegen, sicher!«

Ich nickte.

»Weißt du, was ich mit sicher meine? Wir machen nicht gerade den schwersten Job der Welt. Und jetzt will ich dir mal was sagen: Wir bekommen mehr Gehalt für weniger Arbeit als jeder andere, den wir kennen, und solange Amerika Airliner benötigt und die Air Force Transportmaschinen, werden du und ich niemals gefeuert werden.«

»Ja ...« Ich knabberte an einem Kartoffelchip. Es geschah mehr aus Höflichkeit. Ich hatte keinen Hunger.

»Du glaubst mir, aber trotzdem möchtest du die Firma verlassen, nicht wahr?«

Ich gab keine Antwort.

»Denkst du wirklich, du kannst mit deiner Schriftstellerei so viel verdienen wie hier? Wie viele Geschichten mußt du verkaufen, ehe du so viel dafür kriegst wie hier?«

»Eine ganze Menge« erwiderte ich.

Er zuckte mit den Schultern. »Du schreibst deine Storys zum Vergnügen, und das Geld verdienst du bei Douglas, und wenn sich die Storys nicht verkaufen, verhungerst du wenigstens nicht. Und wenn sie sich doch verkaufen, kannst du immer noch kündigen.«

Die Sirene ertönte, die Mittagspause war zu Ende, und Bill schüttete den Rest der Chips als Futter für die Seemöwen auf den Boden.

»Du bist wie ein Kind, du hörst ja doch nicht auf mich und kündigst«, sagte er. »Aber eines Tages wirst du dir sehnlichst wünschen, du wärst wieder hier und die Gruppenleiter würden dir sagen, wo du deine Kommas setzen sollst.« Er zeigte mit dem Finger über den Parkplatz hinweg. »Schau dorthin. Ich habe ein Zehncentstück in meiner Hosentasche, und das sagt mir: Der Tag wird kommen, wo du vor dem Tor dort stehen und von draußen hereinsehen und dich erinnern wirst, was Sicherheit bedeutet.«

Nein, dachte ich. Sage mir nicht, meine Sicherheit komme von irgend jemand anderem! Sage mir, *ich* bin verantwortlich. Sage mir, Sicherheit ist ein Nebenprodukt meines Talents, meines Wissens und meiner Liebe zur Welt. Sage mir, daß Sicherheit aus einer Idee erwächst, Zeit und Interesse vorausgesetzt. Ich verlange dies für meine Wahrheit, ganz gleich, wie viele Gehaltsschecks ich von der Buchhaltung der Douglas Aircraft erhalte. Lieber Gott, dachte ich, gib mir keinen Job, gib mir *Ideen*!«

Ich lachte, schüttelte die Brösel von meinem Hemd und stieß mich vom Kotflügel ab. »Vielleicht hast du recht, Willy. Die Zeit wird kommen. Ich werde vor dem Tor stehen und von draußen hereinsehen.«

Am nächsten Tag reichte ich meine Kündigung ein, und am Ende des Monats war ich ein freiberuflicher Autor auf dem Weg zum Hungerkünstler.

*

Zwanzig Jahre später – nicht auf den Tag genau, aber im gleichen Monat – fuhr ich während meines Besuchs in Los Angeles in südlicher Richtung den San Diego Freeway entlang, sah dort ein Straßenschild, das mir bekannt vorkam, bog spontan nach Norden in den Hawthorne Boulevard ein und hielt mich dann ein wenig ostwärts.

Erstaunlich, wie nachhaltig man sich den Weg zur Arbeit merkt. Hier mußte man nach links abbiegen, nun noch einmal nach links, und nun ging es diese von Eukalyptusbäumen gesäumte Avenue entlang.

Die Sonne schien hell, und es war um die Mittagszeit, als ich den Ort fand. Der gleiche glänzende Drahtzaun umgab den gleichen riesengroßen Parkplatz. Das gleiche stählerne Gebäude ragte in die Höhe – es war größer, als ich es in Erinnerung hatte. Ich hielt am Tor an, stieg aus dem Wagen, das Herz schlug schnell, die Szenerie brannte sich in mein Hirn.

Der Parkplatz war eine verblaßte graue Fläche. Unkraut wuchs aus den Rissen in der Asphaltdecke, weit und breit war kein einziges Auto zu sehen.

Um die Torpfosten waren Ketten geschlungen, die mit massiven Vorhängeschlössern gesichert waren.

Die Zeiten für freischaffende Autoren sind hart, dachte ich, aber große Firmen der Flugzeugbranche sind auch nicht mehr auf Rosen gebettet …

In weiter Ferne schien auf dem Parkplatz gerade ein geisterhafter Bill Coffin mit dem Mann zu wetten, der ich gewesen, und in eben diesem Moment gewann er seine Wette. Ich erinnerte mich daran, was das bedeutete, *Sicherheit*, und ich stand allein da, ausgesperrt, und starrte durch das Tor ins Nichts.

Ich warf ein Zehncentstück durch den Maschendrahtzaun zu meinem Freund hinüber. Ich stand lange und ruhig da. Schließlich fuhr ich davon und fragte mich, wo er wohl sein mochte.

30

»Die Welt wird durch Kriege und Terrorismus untergehen«, sagte der Kommentator in dem Augenblick, als der Bildschirm aufleuchtete.

»Wir bedauern, was wir Ihnen heute abend zu berichten haben. Es gibt weltweit Sterben und Hungersnot, Dürre und Überschwemmungen, Seuchen und Arbeitslosigkeit, das Meer stirbt und damit die Zukunft, das Klima ändert sich, die Wälder brennen, und Menschen laufen Amok, der Gegensatz zwischen Arm und Reich vergrößert sich, Weltverbesserer treten gegen Lebenskünstler an, die Rezession spitzt sich zu, das Ozonloch wächst, der Treibhauseffekt und die Fluorchlorkohlenwasserstoffe hinterlassen ihre Spuren, Arten sterben aus, Verzeihung, sind ausgestorben, die Drogensüchtigen nehmen überhand, und das ganze Schulsystem ist marode, die Städte verfallen, und überall herrscht Übervölkerung, auf den Straßen dominiert das Verbrechen, und ganze Länder gehen bankrott, es gibt Luftverschmutzung und radioaktiv verseuchten Boden, sauren Regen und Mißernten, Feuersbrünste und Schlammlawinen und Vulkane und Erdbeben und Hurrikane und Flutwellen und Tornados und Überschwemmungen und Tankerunglücke und Super-GAUs, die alle im Buch der Weisen vorausgesagt worden sind. Nebenbei bemerkt, taumelt ein Riesenasteroid auf die Erde zu, der das ganze Leben auf dem Planeten auslöschen wird, selbst wenn er nur am Pol einschlägt.«

»Soll ich umschalten?« fragte ich.

»Der ist doch okay«, antwortete Leslie.

Nur ich konnte sehen, wie es Dickie hinter meinen Augen schauderte: »Wir werden alle sterben.«

»Sagen ein paar.« Ich beobachtete den Weltuntergang auf dem Bildschirm.

»Bist du niemals traurig?« fragte er. »Fühlst du dich niemals schlecht? Bist du nie deprimiert?«

»Hilft das etwa? Wieso soll ich deprimiert sein?«

»Läßt dich das kalt, was du da siehst und was du da hörst? Sie sprechen vom Ende der Welt! Sind das vielleicht Scherze?«

»Nein«, erwiderte ich. »Es ist alles viel schlimmer, als sie in dreißig Minuten sagen können.«

»Dann besteht keine Hoffnung! Was tust du dann hier?«

»Keine Hoffnung? Selbstverständlich besteht keine Hoffnung, Kapitän! Es besteht keine Hoffnung, daß die Dinge, wie sie gestern waren, morgen so bleiben werden. Es besteht keine Hoffnung, daß irgend etwas von Dauer ist, außer der Realität, und nicht Ort und Zeit sind die Realität. Wir nennen diesen Planeten Erde, aber sein richtiger Name ist Veränderung. Wer Hoffnung braucht, der sucht sich entweder nicht die Erde aus oder nimmt die Spiele hier nicht allzu ernst.« Bei diesen Worten fühlte ich mich wie ein Reisender durch den Kosmos, bis mir bewußt wurde, daß ich tatsächlich einer war.

»Aber die Nachrichten sind schrecklich!«

»Sie sind dem Fliegen vergleichbar, Dickie. Manchmal wollen wir auf den Flugplatz hinausfahren, um zu fliegen, und die Wetterfrösche sagen, wir sollen uns vor Gewittern und überfrierender Nässe vorsehen, uns vor Sandstürmen und wolkenverhangenen Berggipfeln in acht nehmen, es gebe Windscherungen und gefährliche Abwinde, und man sei ein Narr, wenn man es wage, heute zu starten. Und wir machen uns auf den Weg und fliegen, und es ist ein schöner Flug.«

»Ein schöner Flug?«

»Die Nachrichten sind wie das Wetter. Wir fliegen nicht durch die Wettervorhersage, sondern durch das Wetter, das dann dort oben gerade herrscht.«

»Und ist das Wetter dort oben immer schön?«

»Nein. Manchmal ist es schrecklich. Manchmal ist es schlimmer, als sie gemeldet haben.«

»Was machst du also?«

»Zum Himmel, der mich dann umgibt, verhalte ich mich nach bestem Wissen und Gewissen. Mich kümmert nicht, wie andere überall auf der Welt das Wetter überleben. Ich bin nur dafür verantwortlich, wie ich durch das Wetter hindurchkomme, das mich von einem Schirmende zum anderen und von den Rädern des Flugzeuges bis zur Spitze des Leitwerks umgibt. Ich bin insofern verantwortlich, als ich die Zeit für den Flug und damit das Wetter gewählt und ich auch entschieden habe, in welche Richtung Daisys Nase weist. Bislang bin ich noch nicht ums Leben gekommen.«

»Und die Welt?« Seine Augen ließen sein Interesse an der Antwort erkennen.

»Die Welt ist keine Kugel, Dickie, sie ist eine große schwimmende Pyramide. Am Fuß der Pyramide befindet sich die niederste Form des Lebens, die du dir vorstellen kannst, das Haßerfüllte, Böse, das um der Zerstörung willen zerstört, keinerlei Einfühlungsvermögen besitzt, eine Stufe über jenem Bewußtsein steht, das so grausam ist, daß es sich in dem Moment, wo es geboren wird, selbst vernichtet. Für diese Art von Bewußtsein gibt es Raum, sehr viel Raum, gerade hier auf unserem dreikantigen dritten Planeten.«

»Was ist auf dem Gipfel der Pyramide?«

»Dort ist das Bewußtsein so verfeinert, daß es außer

Licht kaum etwas wahrnimmt. Wesen, die nur für ihre Lieben existieren, die für ihr höchstes Recht leben, Geschöpfe der vollkommenen Perspektive, die mit einem gütigen Lächeln sterben, ganz gleich, von welchem Ungeheuer sie zu Boden geschlagen werden, nur weil es Spaß daran hat, jemanden sterben zu sehen. Wale sind meines Erachtens so. Die meisten Delphine. Und einige Menschen – die humanen unter uns.«

»Dazwischen ist der Rest von uns«, sagte er.

»Du und ich, mein Kind.«

»Können wir die Welt ändern?«

»Absolut«, erwiderte ich. »Wir können unsere Welt nach Belieben ändern.«

»Nicht unsere Welt. Die Welt. Können wir sie besser machen?«

»Besser für mich und dich«, sagte ich, »ist nicht besser für jedermann.«

»Frieden ist besser als Krieg.«

»Jene an der Spitze der Pyramide werden wahrscheinlich zustimmen. Der Frieden würde sie glücklicher machen.«

»Und die am Fuß der Pyramide ...«

»... lieben den Kampf. Es gibt immer einen Anlaß zum Kämpfen. Mit etwas Glück gibt es einen triftigen Grund: Diesen Krieg führen wir für Gott, jenen für die Rettung des Vaterlandes oder wegen einer ethnischen Säuberung, für die Erweiterung des Imperiums, oder um Zinn und Wolfram. Wir kämpfen, weil die Bezahlung gut ist, weil es spannender ist, Leben zu vernichten als Lebensgrundlagen zu schaffen, weil Krieg unterhaltsamer ist als für den Lebensunterhalt zu arbeiten, weil der Krieg zeigen wird, daß ich ein Mann bin, weil ich gern töte.«

»Schrecklich«, sagte er.

»Nicht schrecklich, sondern vorhersehbar«, entgegnete ich. »Wenn ein Planet eine solche Bandbreite des

Denkens gestattet, sind eine Menge Konflikte vorprogrammiert. Begreifst du das?«

Er runzelte die Stirn. »Nein.«

Dann such dir bitte das nächste Mal einen Planeten mit einer schmaleren Bandbreite aus.«

»Was ist, wenn es kein nächstes Mal gibt?« fragte er. »Was ist, wenn du unrecht hast, wenn es nur dieses eine Leben gibt?«

»Das macht keinen Unterschied«, erwiderte ich. »Je nachdem, wie wir leben wollen, sorgen wir dafür, daß unsere persönliche Welt ruhig oder wild ist. Wir können inmitten des Chaos den tiefsten Frieden haben. Wir können inmitten des Paradieses töten. Das hängst davon ab, wie wir unseren Geist formen.«

»Richard,« sagte er, »alles, was du denkst, ist sehr persönlich. Kannst du dir denn auch vorstellen, daß es irgendwelche Dinge gibt, die du nicht unter Kontrolle hast? Daß es ein völlig anderes Schema geben kann – daß das Leben unabhängig davon abläuft, was du denkst oder nicht denkst, oder daß der ganze Planet ein Experiment von Außerirdischen ist, die alles mit Hilfe eines Mikroskops beobachten?«

»Zu dumm, Kapitän: Keine Kontrolle mehr? Zu langweilig. Wenn ich bei jemandem im Auto mitfahre, komme ich mir überflüssig vor, ich bin unzufrieden. Ich würde am liebsten aussteigen und zu Fuß gehen. Es macht keinen Spaß zu fliegen, wenn ich das Flugzeug nicht selbst steuern kann. Solange die Außerirdischen cool bleiben und sich clever verhalten, solange sie mich in dem Glauben lassen, ich sei Herr meines eigenen Schicksals, werde ich ihr Spiel mitspielen. Aber in dem Moment, wo sie an meinen Fäden ziehen, werde ich sie durchschneiden.«

»Vielleicht werden sie s-e-h-r v-o-r-s-i-c-h-t-i-g an den Fäden ziehen?«

Ich lächelte ihn an. »Bis jetzt haben sie sich keinen

Schnitzer erlaubt. In dem Augenblick, wo ich Schnüre an meinen Handgelenken spüre, greife ich zur Schere.«

Am Schluß der dokumentierten Katastrophe wünschte uns der Kommentator einen angenehmen Tag und gab seiner Hoffnung Ausdruck, uns morgen wieder als Fernsehzuschauer begrüßen zu dürfen.

Leslie wandte sich mir zu. »Dickie ist da, nicht wahr?«

»Woher weißt du das?«

»Er ist über die Zukunft besorgt.«

Sie ist verrückt, dachte ich. »Habt ihr beide miteinander gesprochen?«

»Nein«, antwortete sie. »Wenn er nach dem, was wir gesehen haben, nicht besorgt wäre, würde ich glauben, daß du den Verstand verlierst.«

31

Leslie saß vor ihrem Computer und summte etwas vor sich hin. Ich blieb an der Bürotür stehen und klopfte an. »Ich bin es nur.«

»Wieso *nur*?« antwortete sie und blickte auf. »Du bist eine ganze Menge! Du bist mein Darling!« Was sie auch anpackte, glückte ihr. Wenn etwas schiefging, summte sie nicht und blickte nicht auf.

»Wieviel wiegst du?« fragte ich.

Sie hob die Hände über ihren Kopf. »Sieh her!«

»Reizend. Sehr schön. Aber ein bißchen zu leicht, nicht wahr?«

»Du gehst einkaufen«, befahl sie.

Ich seufzte.

Gewöhnlich konnte ich sie eine ganze Weile ablenken, indem ich entweder besorgt davon redete, daß arbeitende Frauen die Magersucht bekämen, oder indem ich über die nahende Eiszeit und die knapp werdenden Nahrungsreserven der Welt klagte. Inzwischen durchschaute Leslie sogar meine geschicktesten Ablenkungsmanöver.

Noch war nicht alles verloren, denn ich sah, wieviel sie wog.

»Möchtest du etwas Besonderes?« Ich hoffte, sie würde Kuchen, Torte und Schokoladenplätzchen sagen.

»Gemüse und Getreide«, erwiderte sie. »Brauchen wir noch mehr Karotten?«

»Sie stehen auf meiner Liste.«

Einen Tag, bevor wir beschließen, unsere Körper zu

verlassen, werde ich zwei Zitronentörtchen backen, für jeden von uns eins, und ich werde vorschlagen, daß wir sie warm essen. Vor lauter Entsetzen darüber, daß ich die Selbstbeherrschung verloren habe, wird meine Frau ablehnen, so daß ich beide Törtchen aufessen muß.

*

Er traf mich im Supermarkt in der Abteilung für Getreide. »Gibt es eine Philosophie des Fliegens?«

Ich drehte mich um und freute mich, ihn zu sehen. »Ja, Dickie! Um fliegen zu können, müssen wir dem vertrauen, was wir nicht sehen, nicht wahr? Und je mehr wir über das unsichtbare Gesetz der Aerodynamik erfahren, um so mehr Freiheit erlangen wir, bis es uns wie ein Wunder vorkommt, was uns alles möglich ist, wenn wir ...«

»Und gibt es eine Philosophie des Bowlings?«

Ich war so verblüfft über den Gedankensprung, daß ich laut rief: »Bowling?«

Die Frau vor dem Regal mit Weizenflocken blickte mich erstaunt an, denn ich stand allein da mit einer Tüte braunem Reis in der Hand.

Ich schüttelte den Kopf und lächelte ihr kurz zu: »Ich bin ein wenig exzentrisch.«

Dickie nahm davon keine Notiz. »Es muß eine geben«, sagte er. »Wenn es eine Philosophie des Fliegens gibt, so gibt es auch eine Philosophie des Bowlings – für Leute, die Flugzeuge nicht mögen.«

»Kapitän,« flüsterte ich ihm zu, als ich meinen Einkaufswagen zur Gemüseabteilung schob, »das gibt es nicht: Leute, die keine Flugzeuge mögen. Aber eine Philosophie des Bowlings gibt es: Wir alle entscheiden, wie wir die Kugel auf der Bowlingbahn werfen, und das Vergnügen besteht darin, die Kegel, die unsere Tests im Leben sind und immer wieder aufgestellt werden, umzuwerfen. Die Kegel sind so konstruiert, daß sie umfallen, wenn sie von der Kugel getroffen werden; sie sind dafür gemacht. Und sie werden so lange am Ende der Bowlingbahn stehen, bis wir uns dazu entschließen, die Kugel gezielt zu werfen. Es ist kein Malheur, wenn nur sieben von zehn getroffen werden. Bowling ist ein Vergnügen, es bietet uns die Möglichkeit, unsere Disziplin, Geschicklichkeit und körperliche Gewandtheit im Wettkampf zu beweisen, und diejenigen, die zuschauen, sind genau so erfreut wie wir, wenn uns der Wurf gelingt.«

»Gartenarbeit«, sagte er.

»Wir ernten natürlich, was wir säen. Wir überlegen genau, welche Samen wir aussäen, denn das, was aus diesen Samen wächst, essen wir eines Tages ...«

Meine Aufmerksamkeit war von diesem Test so in Anspruch genommen, daß ich meinen Einkaufswagen am Schokoladenstand vorbeischob, ohne ein zweites Mal hinzuschauen. Ich gab meine Metaphern von der Sonne, den Samen und dem Wasser zum besten und präparierte mich währenddessen schon auf seine Fragen zur Philosophie des Stabhochsprungs, des Autorennsports und des Einzelhandels. In dem Beruf, den wir lieben, finden wir die klarste Metapher und die einfachste Antwort darauf, warum wir uns auf der Erde zu tummeln bereit sind.

»Aber wie funktioniert es, Richard?« Sofort biß er sich vor Schreck über seinen Schnitzer auf die Lippen. »Wie funktioniert es *deiner Meinung nach*?«

»Das Universum? Ich habe es dir doch schon erklärt.« Ich wählte einen Beutel Äpfel aus.

»Nicht das Universum. Ich meine die Samen. Die Art und Weise, wie es geschieht und warum. Das spielt zwar keine große Rolle, denn du sagst, das alles seien ja nur Erscheinungen, aber wie kommt es, daß unsichtbare Überzeugungen zu sichtbaren Objekten und Ereignissen werden?«

»Manchmal wünsche ich mir, du wärst ein Erwachsener, Dickie.«

»Wieso?«

Eine interessante Frage, dachte ich und suchte mir eine Handvoll roter Rüben aus. Kein enttäuschtes Murmeln, wenn ich den Wunsch nach einer Änderung äußerte, den er nicht erfüllen konnte. Hatte ich etwa in emotionaler Hinsicht als auch in Gestalt dieses aufgeweckten kleinen Jungen Fortschritte gemacht?

»Weil ich dir das mit viel weniger Worten erklären könnte, wenn du über die Quantenmechanik Bescheid wüßtest. Ich habe die Physik des Bewußtseins auf einhundert Worte gekürzt, aber du wirst ewig daran herumknobeln. Du wirst nie erwachsen werden, und ich werde dir nie mein kurzes Traktat aushändigen können, das nur eine Seite lang ist.«

Die Neugier siegte. »Nehmen wir einfach einmal an, ich wäre ein Erwachsener, der die Quantenmechanik liebt. Sag mir bitte, wie deiner Auffassung nach das Bewußtsein funktioniert. Ich bin natürlich zu klein, um das zu verstehen, aber es wäre schön, wenn du es trotzdem erläutern könntest. Sag es so kompliziert, wie du möchtest.«

Er fordert mich heraus, dachte ich. Er glaubt, ich bluffe. Ich schob den Wagen in Richtung Ausgang.

»Erstens möchte ich dich über den Titel informieren. Er lautet: ›*Die Physik des Bewußtseins oder die Erläuterung der Raumzeit*‹.«

»Du könntest mir doch eigentlich die Zusammenfassung erzählen«, sagte er.

Ich sah ihn erstaunt an. Ich hatte das Wort Zusammenfassung erst gehört, als ich nicht mehr in der Schule war. Woher hatte er diesen Begriff?

»Einverstanden«, erwiderte ich. »Und nun muß ich in der Art der ›Amerikanischen Zeitschrift für Teilchenphysik‹ mit dir reden. Hör genau zu, Kind, oder was du auch sein magst. Vielleicht wirst du das eine oder andere Wort verstehen.«

Er lachte: »Kind, oder was ich auch sein mag.«

Ich räusperte mich, schob den Einkaufswagen langsamer und hielt in der Nähe der Kasse an. Ich war froh, daß ich eine Minute lang anstehen mußte. »Du möchtest dies alles auf einmal hören?«

»Als wäre ich ein Quantenmechaniker«, sagte er.

Anstatt diesen Ausdruck zu korrigieren, erzählte ich ihm, was ich dachte.

»Wir sind enorm kreative Brennpunkte des Bewußtseins«, sagte ich. »Wenn wir uns in den selbstkonstruierten hologrammetrischen Bereich begeben, den wir Raumzeit nennen, beginnen wir durch eine heftige thermische Reaktion, sofort unentwegt eine Unmenge von Kreativitätsteilchen, die *Imajonen*, zu erzeugen. Diese haben keine eigene Ladung, sie sind aber durch unser Verhalten sowie durch die Kraft unserer Wahl und unseres Verlangens nach Wolken von *Konzeptonen*, einer Familie positiver, negativer oder neutraler Teilchen sehr hoher Energie, polarisiert.«

Er hörte zu und tat so, als ob er mich verstünde.

»*Exhilaronen, Excytonen, Rhapsodonen, Jovionen* zählen zu den gewöhnlichen positiven Konzeptonen. Zu den gewöhnlichen negativen Konzeptonen gehören die *Gloomonen, Tormentonen, Tribulonen, Agononen* und *Miseronen.*

In einer unaufhörlichen Eruption, einer donnernden Kaskade von Kreativität, die sich aus jedem Zentrum des persönlichen Bewußtseins ergießt, entstehen unendlich viele Konzeptonen. Sie bilden *Wolken von Konzeptonen,* die neutral oder stark geladen sein können – belebend, gewichtslos oder bleiern, je nachdem, welchen Charakter ihre vorherrschenden Teilchen haben.

Jede Nanosekunde bildet eine unbestimmte große Zahl von Konzeptonen eine kritische Masse; diese wandeln sich durch Quantenexplosionen in energiereiche Wahrscheinlichkeitswellen um, die sich mit der Geschwindigkeit von Tachyonen durch ein ewiges Reservoir übersättigter alternierender Ereignisse ausbreiten. Je nach Ladung und Charakter führen die Wahrscheinlichkeitswellen zur Kristallisation mancher potentiellen Ereignisse, um die geistige Polarität der Bewußtseinsbildung, die sie bewirken, der holographischen Erscheinung anzupassen. Kannst du mir folgen, Dickie?«

Er nickte, und ich lachte.

»Die materialisierten Ereignisse werden zur Erfahrung jenes Geistes, der alle jene Aspekte der physikalischen Struktur aufzuweisen hat, welche erforderlich sind, damit sie für die Bewußtseinsbildung real und erlernbar werden. Dieser autonome Prozeß ist der Quell, dem jedes Objekt und jedes Ereignis im Bereich der Raumzeit entspringt.

Die Überzeugungskraft der Imajonen-Hypothese beruht darauf, daß man sie persönlich überprüfen kann. Die Hypothese sagt folgendes voraus: Indem wir unsere bewußte Absicht auf das Positive und Lebensbejahende konzentrieren und unsere Gedanken auf diese Werte richten, polarisieren wir Massen von positiven Konzeptonen; wir erkennen günstige Wahrscheinlichkeitswellen und erleben nützliche alternierende Ereignisse, die sonst nicht scheinbar existiert hätten.

Das Gegenteil trifft auf die Produktion negativer Ereignisse und für das Mittelmäßige dazwischen zu. Irrtümlicherweise oder absichtlich, aus Unkenntnis oder mit Vorbedacht, wählen wir nicht nur die sichtbaren äußeren Bedingungen aus, die für unsere innere Seinsweise am empfänglichsten sind, sondern schaffen sie auch.«

»Ende der Durchsage!« Er wartete, während ich die Lebensmittel bezahlte. »Das ist es?«, fragte er.

»Ist es falsch?« fragte ich zurück. »Habe ich mich in irgendeiner Hinsicht geirrt?«

Er lächelte. »Wie kann ich, das Kind, das ich bin, sagen, ob du dich geirrt hast?«

»Wenn du lachen mußt, dann tu's«, sagte ich zu ihm.

»Los, nenn mich einen Verrückten. Aber in hundert Jahren wird man diese Worte in der Zeitschrift ›Moderne Quantentheorie‹ veröffentlichen, und niemand wird mehr denken, daß es dummes Zeug sei.«

Er stellte sich auf den Rahmen des Einkaufswagens, den ich zum Auto schob. »Wenn du nicht von Gloomonen eingefangen wirst, wird das wahrscheinlich geschehen«, sagte er.

32

Ich unternahm mit Daisy einen Probeflug, einen langen Steigflug auf 20 000 Fuß, um die Turbolader in großer Höhe zu kontrollieren. Vor kurzem hatte sich der Klang der Triebwerke merklich geändert, und ich hoffte, daß eine so einfache Maßnahme wie das Ölen der Drosselklappen helfen würde.

Die Welt zog zwei Meilen unter uns ruhig vorbei; die im Dunst verschwimmenden Berge und Flüsse und das Ufer des Meeres glichen von oben einem Gemälde. Daisys Geschwindigkeit ist im Steigflug größer als die Spitzengeschwindigkeit vieler Leichtflugzeuge, aber wenn man von oben nach unten blickt, hat man das Gefühl, als ob Daisy auf einem See von tiefblauer Luft langsam dahintriebe.

»Von allem, was du je erlebt hast, erzähl mir bitte eine Sache, die für mich wichtiger ist als alles andere, etwas, was du nie vergessen wirst«, sagte Dickie.

Ich dachte nach: »Eine Sache ...?«

»Nur eine.«

»Was weißt du über Schach?«

»Ich finde es toll. Dad hat mir das Schachspielen beigebracht, als ich sieben war.«

»Liebst du deinen Dad?«

Er runzelte die Stirn: »Nein.«

»Ehe er stirbt, wirst du ihn wegen seiner Neugier und seines Humors lieben und dafür, daß er mit ein paar Prinzipien gelebt hat, so gut er eben konnte. Im Moment lieb ihn dafür, daß er dich gelehrt hat, Schach zu spielen.«

»Es ist ein Spiel.«

»Auch Fußball ist eins«, sagte ich, »ebenso Tennis, Basketball, Eishockey und auch das Leben.«

Er seufzte. »Ist dies das einzige, was ich wissen muß? Ich habe ein wenig mehr erwartet ... etwas Verborgenes«, sagte er. »Ich habe gehofft, du verrätst mir dein Geheimnis. Jeder sagt, das Leben sei ein Spiel.«

In 16 000 Fuß begann die Drehzahl des Heckmotors zu schwanken. Der Treibstoffverbrauch war konstant, aber ich hörte, wie das Motorengeräusch an- und abschwoll. Ich schob die Drehzahlhebel ganz leicht nach vorn, und die Triebwerke liefen wieder gleichmäßig.

»Du möchtest ein Geheimnis wissen?« fragte ich. »*Manchmal, bei seltenen Gelegenheiten, kommt es vor, daß das, was alle sagen, wahr ist.* Was ist, wenn jeder Recht hat und die Meinung des Lebens über die Meinung der Erde wirklich ein Spiel ist? Dann ...?«

Verdutzt drehte er sich mir zu. »Was dann ...?«

»Nehmen wir mal an, wir sind hier, um zu trainieren, um etwas über Alternativen zu erfahren, die uns langfristig positive Konsequenzen versprechen. Ein harter Sport, Dickie, es ist schwer, das Spiel zu gewinnen. Aber wenn das Leben ein Spiel ist, dann sag mir doch bitte, was du vom Leben weißt.«

Er war sich darüber nicht schlüssig. »Es besitzt Regeln?«

»Ja,« sagte ich. »Was für Regeln?«

»Man muß sich plazieren ...«

»Das ist ganz wesentlich. Wir müssen uns plazieren, wir müssen bereit sein zu spielen, das Bewußtsein muß darauf eingestimmt sein.«

Er runzelte die Stirn. »Was meinst du damit?«

»Wenn wir unser Bewußtsein nicht richtig einstimmen, Kapitän, können wir nicht auf der Erde spielen. Eine allwissende Manifestation des vollkommenen Lebens muß die Allwissenheit ablehnen und darf nur fünf Sinne in Anspruch nehmen. Und dann müssen wir dazu bereit sein, sogar diese fünf Sinne zu beschränken und nur noch gewisse Schwingungen wahrzunehmen. Höre Schwingungen von 20 bis 20 000 Perioden je Sekunde und nenne das einen *Ton*; nimm das Spektrum zwischen Infrarot und Ultraviolett wahr und nenne das *Licht*; akzeptiere die lineare Zeit von der Vergangenheit bis zur Zukunft im ausschließlich dreidimensionalen Raum im Körper einer die Erdoberfläche besiedelnden, auf Kohlenstoff basierenden, aufrecht gehenden zweibeinigen Lebensform vom Typ eines Landsäugetieres, die an ein solares Energiesystem auf einem Planeten der Klasse M angepaßt ist, der einen einzelnen Stern der Klasse G umkreist. Nun können wir spielen.«

»Richard ...«

»Das sind die Regeln, Dickie, und du und ich richten uns jetzt nach ihnen!«

»Ich weiß nicht, was du vorhast«, sagte er zögernd, aber ...«

»Machen wir es verständlicher für dich«, erwiderte ich. »Gedankenexperiment: Was ist, wenn du dich nicht beschränkst? Was ist, wenn du außer dem Licht, das für jedermann sichtbar ist, Dinge im Bereich der Infrarot-, Ultraviolett- und Röntgenstrahlung erkennen kannst? Nimmst du dann Häuser und Parks und Menschen genauso wahr wie ich? Können du und ich uns in gleichem Maße an einer Landschaft erfreuen? Was ist, wenn deine Wahrnehmung so ist, daß dir Tischplatten so groß wie Gebirgszüge und Stubenfliegen so groß wie Vögel erscheinen?

Gleicht dein Alltag dem meinigen? Wie ist es, wenn du jeden Laut, jede Unterhaltung im Umkreis von drei Meilen hörst? Wie paßt du in der Schule auf? Wie ist es, wenn du einen Körper hast, der nicht für den eines Menschen gehalten wird? Was ist, wenn du dich an eine Zukunft vor der Zeit erinnerst, in der du geboren wurdest, und an eine Vergangenheit, die noch nicht stattgefunden hat? Glaubst du etwa, du seist eingeladen, mit uns zu spielen, wenn du unsere Regeln nicht befolgst? Wer wird deiner Meinung nach mit dir spielen?«

Er neigte den Kopf erst nach links und dann nach rechts. »Okay.« Er stimmte zu, er war zwar von den Regeln nicht annähernd so beeindruckt wie ich, aber er fand zunehmend an diesem Test Gefallen. »Und zu einem Spiel gehört irgendein Ort zum Spielen. Ein Tisch oder ein Feld oder ein Hof.«

»Ja! Und?«

»Dazu gehören Spieler. Oder Mannschaften.«

»Ja, ohne uns kein Spiel«, bekräftigte ich. »Was sehen die Regeln noch vor?«

»Einen Anfang. Eine Mitte. Einen Schluß.«

»Ja. Und?«

»Action«, sagte er.

»Ja. Und?«

»Das war's«, erwiderte er.

»Eine wichtige Regel hast du vergessen«, sagte ich. »Die Rolle. Bei jedem Spiel, das wir spielen, schlüpfen wir in eine Rolle, nehmen eine Identität an, mit der gespielt werden soll. Wir beschließen, wir sind Retter, Opfer, Führer-mit-allen-Antworten, Gefolgsmann-der-keine-Ahnung hat, klug, tapfer, ehrbar, schlau, dumm, hilflos, versuchen-einfach-uns-durchzubeißen, diabolisch, unbeschwert, bedauernswert, ernst, sorglos, Salz-der-Erde, Puppenspieler, komisch, Held ... wir wählen unsere Rolle je nach Laune und Bedarf, und wir können sie jederzeit beliebig wechseln.«

»Welche Rolle spielst du?« fragte er. »In dieser Minute.«

Ich lachte. »In dieser Minute spiele ich den Recht-netten-Kumpel - aus - Deiner - Zukunft - mit - einigen - hübschen-

Ideen-für-das-Kind-zum-Grübeln. Welche Rolle spielst du?«

»Ich gebe vor, der Junge-aus-Deiner-Vergangenheit-der-wissen-muß-wie-das-Universum-funktioniert zu sein.« Er sah mich ganz komisch an, als ob er keine Maske mehr trüge, als ob er wüßte, daß ich die Wahrheit, die in seinem Spiel lag, erkannte. Ich war jedoch so auf meine Rolle konzentriert, ihm Lehren zu vermitteln, daß ich das gar nicht bemerkte.

»Gut«, entgegnete ich. »Nun verschwinde aus dem Stück, aber halte mich über das Spiel auf dem laufenden.«

Er lächelte und zog die Brauen zusammen. »Was meinst du damit?«

Ich flog eine Kurve nach rechts und wies auf die Erde in drei Meilen Tiefe. »Was weißt du aus dieser Höhe über Spiele?«

Er schaute hinunter. »Oh! Es wird eine ganze Menge zur gleichen Zeit gespielt. Andere Zimmer, andere Höfe, andere Felder, andere Städte, andere Länder ...«

»... und andere Planeten, Galaxien und Universen«, ergänzte ich. »Ja! Und?«

»Andere Zeiten!« sagte er. »Spieler können ein Spiel nach dem anderen spielen.« Beim Betrachten der Erde aus der Vogelperspektive begriff er den Sinn des Ganzen. »Wir können in verschiedenen Mannschaften, aus Spaß am Spiel und für die Ewigkeit spielen, wir können auch gegen jemanden spielen, der leicht zu schlagen ist, oder gegen jemanden, gegen den man keine Chancen hat ...«

»Du spielst nur, wenn du weißt, daß du nicht verlieren kannst, nicht wahr?«

»NEIN! Je schwieriger das Spiel, desto mehr Spaß macht es!« Er dachte noch einmal darüber nach. »Solange ich gewinne.«

»Wenn kein Risiko bestünde, wenn du wüßtest, daß du nicht verlieren kannst, wenn du wüßtest, wie das Spiel enden wird, würde es dir dann immer noch Spaß machen?«

»Spaß hat man, wenn man am Anfang nicht weiß, wie das Spiel ausgehen wird.« Er wendete sich mir abrupt zu. »Bobby kannte das Ende.«

»War Bobbys Leben eine Tragödie, weil er so jung starb?«

Er blickte zum Kabinenfenster hinaus, wieder in die Tiefe. »Yeah. Ich werde nie wissen, wie er geworden wäre. Wie ich geworden wäre.«

»Tu so, als ob das Leben ein Spiel sei. Würde Bobby denken, daß sein Leben eine Tragödie war?«

»Mach mit mir ein Gedankenexperiment.«

Ich lächelte darüber. »Du und Bobby, ihr spielt Schach in einem wunderschönen Haus, in dem es viele verschiedene Zimmer gibt. Mitten im Spiel merkt dein Bruder, wie es enden wird, er sieht keine andere Lösung, er gibt das Spiel auf und geht weg, um das Haus zu erkunden. Denkt er, daß das, was geschehen ist, eine Tragödie ist?«

»Es macht keinen Spaß, wenn man das Ende kennt, und er möchte noch die anderen Zimmer sehen. Für ihn ist es keine Tragödie.«

»Ist es für dich eine Tragödie, wenn er fortgeht?«

»Ich weine nicht, wenn jemand den Raum verläßt«, erwiderte er.

»Jetzt zoome dich zurück zum Schachbrett. Aber statt das Spiel zu spielen, bist *du* das Spiel. Die Schachfiguren heißen Dickie und Bobby und Mom und Dad, und statt aus Holz bestehen sie aus Fleisch und Blut und du hast sie dein ganzes Leben lang gekannt. Statt der Spielfelder gibt es Häuser und Schulen und Straßen und Geschäfte. Nun verläuft das Spiel so, daß die Figur, die Bobby heißt, geschlagen wird. Sie verschwindet völlig vom Schachbrett. Ist das eine Tragödie?«

»Ja! Er ist nicht einfach in einem anderen Zimmer. Er ist

fort! Es gibt niemanden, der ihn ersetzen kann, und ich muß für den Rest meines Lebens ohne ihn zurechtkommen.«

»Je mehr wir uns dem Spiel nähern«, sagte ich, »und je mehr wir von ihm gefesselt sind, um so mehr empfinden wir Verlieren als eine Tragödie. Aber Verluste sind *nur für die Spieler* eine Tragödie, Dickie. Nur wenn wir vergessen, daß es sich um Schach handelt, wenn wir vergessen, wieso wir spielen, und wenn wir glauben, unser Schachbrett sei das einzige, das existiert.«

Er beobachtete mich aufmerksam.

»Je mehr wir vergessen, daß es ein Spiel ist und daß wir die Spieler sind, um so sinnloser wird es zu leben. Aber das Leben auf der Erde ist das gleiche wie Baseball und Fechten ... sobald das Spiel zu Ende ist, erinnern wir uns ... oh, ich spiele doch, weil ich diesen Sport mag!«

»Wenn ich das vergesse, brauche ich dann nur über dem Schachbrett zu schweben und zuzuschauen?« fragte er.

Ich nickte.

»Du hast es von den Flugzeugen gelernt«, sagte er.

»Ich habe es von der Höhe aus gelernt. Dadurch, daß ich hier oben throne und auf eine Menge Schachbretter in der ganzen Welt hinunterschaue.«

»Bist du nicht traurig, wenn jemand stirbt?«

»Nein, den Toten nützt es nichts«, sagte ich. »Und mir schon gar nicht. Wann immer ich getrauert habe, bin ich in Selbstmitleid versunken, und jedesmal habe ich es nicht heil überstanden, sondern war danach abgestumpft und dem Trunk ergeben. Ich konnte mich nicht zu der Überzeugung durchringen, daß der Tod in der Raumzeit ebensowenig real ist wie das Leben in der Raumzeit, und nach einer Weile versuchte ich nicht mehr zu trauern.«

Ich ging in 20000 Fuß Höhe zum Horizontalflug über und nahm das Gas zurück, um mit Reisegeschwindigkeit weiterzufliegen. Der Übergang von der Steigleistung zur Reisegeschwindigkeit dauerte eine ganze Weile, aber das war normal. Die Drosselklappen der Turbolader waren geschlossen, und weißes Feuer wurde direkt in die Turbinen geblasen. Außerhalb des Flugzeuges herrschte eine Temperatur von 30 Grad minus, doch die Auspuffrohre waren so heiß, daß sie Silber hätten zum Schmelzen bringen können. Dank eines solchen Kontrastes fliegen wir, dachte ich.

»Die meisten Leute sagen, Trauern sei wichtig, Dickie, Kummer sei gesünder als Karottensaft und Waldluft. Ich bin zu dumm, um das zu begreifen. Wir müssen nicht mehr trauern, wenn wir den Tod verstanden haben, genauso wie die Angst aufhört, wenn wir fliegen können. Warum soll man um jemanden trauern, der nicht gestorben ist?«

»Erwartet man es?« fragte er. »Man setzt voraus, daß getrauert wird, wenn Menschen verschwinden.«

»Wieso?« fragte ich.

»Weil man von dir erwartet, daß du zu denken aufhörst und von dem, was du siehst, ergriffen bist, und dann erwartet man, daß du dich ... *unglücklich* fühlst. Das sind die Regeln, Richard! Jeder verhält sich so!«

»Nicht jeder, Kapitän. Sogar Trauer muß einen Sinn haben, und warum sollten wir ohne den denn trauern? Wenn ich dir eines sagen kann, was das Leben betrifft, so dies: Vergiß nie, daß es ein Spiel ist.«

Etwa zu diesem Zeitpunkt begann das hintere Triebwerk wieder zu pumpen ...

»Verdammt!« sagte ich genervt.

»Es ist nur ein Spiel, Richard«, bemerkte er.

»Mir reicht's«, sagte ich und schluckte meinen Ärger hinunter. Ich trimmte die Nase des Flugzeugs nach unten, und wir begannen an Höhe zu verlieren.

»Sag mir etwas anderes, was ich wissen muß. Gib mir einige Maximen mit auf den Weg, die mir im Alltag nützen können.«

»Maximen«, erwiderte ich. Es ist mir stets eine Freude, wenn wenige Worte so viel ausdrücken! »*Wenn du einen Propeller anwirfst, wundere dich nicht, wenn der Motor zu laufen beginnt.*«

Er wandte sich mir zu, und seine Brauen waren hochgezogen.

»Die Maxime eines Fliegers«, sagte ich. »Das Gesetz der unbeabsichtigten Folgen. In zwanzig Jahren wirst du wissen, wie inhaltsschwer es ist.«

»*Ich selbst in wechselnden Rollen bin mein eigentlicher Lehrer.*«

»Stimmt das denn?« fragte er.

»Dickie, möchtest du dir einige erstklassige Maximen zu eigen machen?«

»Ja, bitte.«

»Ich muß mein Leben rasch noch einmal in Gedanken durchgehen, um dir das Beste anvertrauen zu können, was ich weiß. Du bist ungeheuer intelligent. Wenn du diese Maximen heute nicht verstehst, erwarte ich, daß du sie später, wenn deine Zeit gekommen ist, kapierst.«

»Jawohl, Meister«, erwiderte er bescheiden wie ein Zen-Schüler.

»*Suchst du Sicherheit über Glück zu verhökern, kaufen wir es zum Sonderpreis.*

Es gibt kein Geräusch, wenn ein Baum im Wald ungehört umstürzt, und Raumzeit ist ohne Bewußtsein nicht denkbar.

Schuldgefühl entsteht aus der Spannung, die wir empfinden, wenn wir unsere Vergangenheit, Gegenwart oder Zukunft einer anderen Person wegen ändern möchten.

Manche Entscheidungen durchleben wir nicht einmal, sondern tausendmal und behalten sie für den Rest unseres Lebens im Gedächtnis.«

Zum Glück sind wir uns nicht noch anderer Leben bewußt, dachte ich. Wir können schon mit diesem einen nicht zurechtkommen, wenn uns lauter Erinnerungen lähmen.

»Wir wissen nichts, solange die Intuition nicht zustimmt.«

Das hintere Triebwerk stabilisierte sich, als wir durch 16 000 Fuß sanken. Mit diesem Turbolader ist nur eine Kleinigkeit nicht in Ordnung, dachte ich.

»Merke dir frühzeitig: Wir werden nie erwachsen.

Was wir von irgend jemanden in irgendeinem Augenblick sehen, ist lediglich ein Schnappschuß von seinem Leben, im Reichtum oder in der Armut, in der Freude oder in der Verzweiflung. Schnappschüsse zeigen nicht die Millionen von Entscheidungen, die zu diesem Augenblick geführt haben.«

»Danke, Richard«, sagte Dickie. »Das sind schöne Maximen. Ich denke, ich habe genug.«

»Der geringste Änderungsvorschlag ist für den Status quo die Todesdrohung.

Ein zwingender Grund wird niemals blinde Emotionen überzeugen.

Das Leben verlangt von uns nicht, konsequent, grausam, geduldig, hilfreich, wütend, vernünftig, gedankenlos, lieb, vorschnell, aufgeschlossen, neurotisch, aufmerksam, streng, tolerant, reich, niedergedrückt, sanft, krank, rücksichtsvoll, komisch, dumm, gesund, habgierig, schön, faul, empfänglich, närrisch, diskret, mitleidig, tüchtig, hedonistisch, fleißig, manipulierbar, einsichtig, kapriziös, weise, selbstsüchtig, freundlich oder opferbereit zu sein. Das Leben verlangt jedoch von uns, mit den Konsequenzen unserer Entscheidungen zu leben.«

»Nun gut,« sagte er. »Ich schätze, es ist ziemlich anstrengend für dich, dein ganzes Leben noch einmal in Gedanken durchzugehen. Ich danke dir. Jetzt habe ich eine Menge Maximen!«

»Das Leben anderer gleicht Landschaften, die sich im

Fenster spiegeln ... Es ist genau so real wie unser alltägliches Leben, doch wird es nicht so deutlich gesehen.

Wenn etwas nie unsere Schuld ist, können wir auch die Verantwortung dafür nie übernehmen. Obwohl wir nie die Verantwortung dafür übernehmen können, werden wir stets Opfer sein.«

»Danke, Richard.«

»Unser wahres Land ist das Land unserer Werte«, fuhr ich fort, *»und unser Bewußtsein ist die Stimme seines Patriotismus.*

Wir haben keine Rechte, bevor wir sie nicht einfordern.

Wir müssen unsere Drachen ehren, ihren zerstörerischen Eifer anstacheln und damit rechnen, daß sie danach trachten werden, uns niederzumachen. Es ist ihre Pflicht, uns zu verhöhnen, es ist ihre Aufgabe, uns zu erniedrigen und, wenn sie können, uns mit Gewalt daran zu hindern, anders zu sein! Und wenn wir auf unsere Weise, unbeeindruckt von ihrem Feuer und ihrer Wut, unseren Weg fortsetzen, werden sie, wenn wir außer Sichtweite sind, in ihrer Biertischmanier sagen: ›Nun ja, wir können nicht allen die Hammelbeine lang ziehen ...‹

Wenn wir uns mit einer Situation abfinden, mit der wir uns nicht abfinden dürfen, geschieht das nicht deswegen, weil wir blöd sind. Wir tun das deswegen, weil wir die Lektion haben wollen, die uns nur diese Situation erteilen kann, und sie ist uns wichtiger als die Freiheit.

Glück ist der Lohn, den wir dafür bekommen, daß wir ganz das höchste Recht leben, das wir kennen.«

»DAS REICHT! DAS SIND MEHR ALS GENUG MAXIMEN; RICHARD! HÖR AUF! WENN DU NOCH EINE VON DIR GIBST, WERDE ICH VERRÜCKT!«

»Okay«, sagte ich. »Aber paß auf, worum du da bittest, Dickie, weil ...«

»AAAAAAAAAAAAIIIIIIIIIII!!!!«

33

Während ich unser Mittagessen vorbereitete, saß mir Leslie auf einem hohen Hocker am Küchentresen gegenüber und hörte sich amüsiert meine Abenteuer mit Dickie an.

»Er ist einfach mein kleiner imaginärer Kumpel«, sagte ich, »und ich erzähle ihm das, was ich weiß, aus Spaß daran, mir das alles wieder ins Gedächtnis zu rufen.« Ich schüttete ein Hackbrett voll kleingeschnittenem Allerlei aus dem Gemüsefach in unsere große Bratpfanne.

»Versteckst du dich nicht hinter dem Wörtchen ›imaginär‹?« fragte Leslie. »Benötigst du einen Sicherheitsabstand? Hast du Angst vor ihm?« Sie hatte eigentlich nach der Gartenarbeit ihre Sachen wechseln wollen: weiße Shorts, ein T-Shirt, ein breitrandiger Sonnenhut. Sie hatte den Hut abgenommen, aber nun war sie von Neugier gepackt, und ich vermutete, daß sie sich mit dem Umziehen noch Zeit lassen würde.

»Angst?« sagte ich. »Vielleicht.« Ich bezweifelte das, aber von Zeit zu Zeit macht es Spaß, unsere Gewißheiten auf die Probe zu stellen und anzunehmen, es seien Lügen.

Ich gab Ananas und Bulgurweizen zum Gemüse und rührte das Ganze fünf-, sechsmal rasch um.

»Er könnte sagen, er habe dich erfunden und sei nun zu dem Schluß gelangt, daß du nur eine imaginäre Zukunft bist; er könnte fortgehen und dich mit allem, was du loswerden willst, allein lassen.«

Ich sah sie groß an und vergaß, aus der Flasche, die ich

in der Hand hielt, Sojasauce in die Pfanne zu gießen. »Er würde das nicht tun. Nicht jetzt.«

Eines Tages wird es mir nichts mehr ausmachen, wenn er mich verläßt. Nur jetzt darf er nicht gehen, dachte ich.

Sie ließ ihre Frage nachwirken und fuhr dann fort. »Fällt ihm nicht auf, daß du kochst und nicht ich?« fragte sie. »Ist ihm das egal?«

»Ich koche für meine Frau, sage ich zu ihm, aber ich bin sehr männlich ... sogar meine Pasteten sind hart!« Das stimmte natürlich nicht. Bevor ich ganz auf Zucker verzichtete, habe ich Törtchen gemacht. Diese Krusten sind köstlich, wie eine gebackene Wolke, aber ich bin bescheidener als Gott. Diese edle Eigenschaft, auf die ich am stolzesten bin, besteht darin, daß ich mein Ego völlig verleugne.

Es ist wichtig, daß der Weizen richtig heiß wird; man sagt, die Hitze bewirke, daß sich das Nußaroma voll entfaltet. Zufällig fand ich eine halbe Tüte gehackter Walnüsse, ich schüttete sie in die Pfanne.

Leslie kennt meine seltsamen Prinzipien, aber sie ist tolerant, und manchmal hört sie sich diese ganz gerne an. »Was hast du ihm über die Ehe erzählt?«

»Er hat nicht danach gefragt. Denkst du, das interessiert ihn?«

»Er weiß, daß ihn die Ehe einmal erwartet. Wenn er so ist wie du, wird er dich bestimmt fragen«, sagte sie. »Was wirst du ihm antworten?«

»Ich werde sagen: Es ist die glücklichste, schwerste, wichtigste, längste Herausforderung deines Lebens.« Ich bot ihr einen Teelöffel voll zu kosten an. Es ist noch nicht fertig, dachte ich, aber es schadet nie, einer verwandten Seele gegenüber höflich zu sein. »Möchtest du mal probieren?«

»Zu hart«, sagte sie. »Es ist furchtbar trocken.«

»Hm.« Ich nahm die Pfanne vom Herd und stellte sie in den Ausguß, öffnete den Wasserhahn, um eine Tasse

Wasser abzufüllen, und stellte die Pfanne wieder zurück auf das Gas. Dann ließ ich das Gericht noch zehn Minuten weiterschmoren.

»Kann ich dir helfen?« fragte sie.

»Liebling, du hast gearbeitet. Rühr dich nicht vom Fleck.«

Sie ging zum Schrank und holte Teller und Gabeln heraus. »Was würdest du ihm sagen?«

»Ich würde ihm zuerst mein Geheimnis von der Ehe verraten und ihm dann die Fakten nennen.« Ich fand den Entsafter, steckte den Stecker in die Steckdose und holte ein Bund Karotten aus dem Kühlschrank.

Sie lächelte mir zu. »Du *bist* aber klug! Wie lautet das Geheimnis der Ehe?«

»Hör auf damit, Wookie, zieh mich bitte nicht damit auf, daß ich klug sei. Ich sagte ihm, ich würde ihm verraten, was ich weiß.« Ich stellte ein Glas unter die Tülle des Entsafters.

»Na schön, du bist nicht klug. Worin besteht das Geheimnis der Ehe?«

Ich betätigte den Schalter und preßte die erste Karotte in den Trichter. Der Saft ist paradiesisch, aber wenn unsere Maschine läuft, macht sie höllischen Krach.

»ES IST IN ORDNUNG, WENN DU MACHST, WAS DU FÜR RICHTIG HÄLTST«, übertönte ich das knirschende Geräusch der Schneidemesser. »ES IST IN ORDNUNG, WENN DEINE FRAU MACHT, WAS SIE FÜR RICHTIG HÄLT. UND ES IST IN ORDNUNG, WENN DU NICHT DAMIT EINVERSTANDEN BIST!«

»ICH BIN ANDERER MEINUNG!« sagte sie. »DEMNACH WÄRE ES IN ORDNUNG, WENN WIR UNS BETRÜGEN, BELÜGEN, IN JEDER ERDENKLICHEN WEISE, DIE WIR FÜR ›RICHTIG‹ HALTEN, UNS GEGENSEITIG HINTERS LICHT FÜHREN WÜRDEN! DU MUSST HINZUFÜGEN, DASS DEIN GEHEIMNIS DESHALB FUNKTIONIERT, WEIL WIR JAHRE GEGENSEITIGEN VERTRAUENS HINTER UNS HABEN, JAHRE, IN DENEN WIR DEN CHARAKTER DES PARTNERS, MIT DEM

WIR ES ZU TUN HABEN, KENNENGELERNT HABEN! ICH WEISS, ES IST IN ORDNUNG, WENN DU TUST, WAS DU FÜR RICHTIG HÄLTST, DENN DEINE AUFFASSUNG DARÜBER, WAS RICHTIG IST, STIMMT MIT MEINER WEITGEHEND ÜBEREIN!«

Der Entsafter macht nicht nur Krach, er ist auch blitzschnell. Das zweite Glas war voll, und ich schaltete das Gerät aus.

»Bist du mit mir einer Meinung?« fragte sie in die Stille hinein, die plötzlich eingetreten war.

»Nein.« Ich trank meinen Karottensaft schlückchenweise. »Es ist immer in Ordnung, daß wir tun, was wir für richtig halten. Ausnahmslos.«

Sie lachte über meine Antwort, und ich mußte selbst ein wenig lächeln.

»Wäre durch dieses Geheimnis deine erste Ehe gerettet worden?«

Ich schüttelte den Kopf. »Es war zu spät. Wenn man durch eine Ehe entmenschlicht wird, ist es an der Zeit, sie zu beenden. Sie und ich hatten so konträre Auffassungen, daß wir nicht mehr jene waren, die wir sein wollten. Wir hörten nicht nur einfach auf, uns zu lieben, wir konnten es tatsächlich nicht mehr ertragen, uns im selben Zimmer aufzuhalten. Dagegen hilft kein Mittel.«

»Ich erinnere mich an Zeiten, wo du und ich auch nicht im selben Raum sein konnten«, scherzte sie. Sie hatte den Deckel von der Bratpfanne gehoben und probierte erneut das Essen mit ihrem Löffel. »Glaubst du, wir hätten miteinander Schluß machen sollen?«

»Du bist hungrig, nicht wahr?« fragte ich.

Sie nickte, und ihre Augen waren weit geöffnet. »Scharf ...«

»Es ist in einer Minute fertig.« Schnell stellte ich die Flamme ab. »Du warst anders, Wookie. Selbst als ich damals furchtbar wütend auf dich war, konnte ich nicht vergessen, wie toll du gleichzeitig warst. Manchmal wollte ich ausziehen und war völlig verzweifelt, weil du nicht verstandest, wer ich war oder was ich dachte oder was ich empfand. Ich rief im Wagen beim Wegfahren: *Lieber Gott, wie kannst du von mir erwarten, daß ich mit Leslie Parrish weiter zusammenlebe? Es ist unmöglich! Es kann nicht sein!* Und sogar in jenem Moment wußte ich: Du warst so verdammt nett und immer noch so schön, daß es mich schmerzte. Die Scheidung war unvermeidlich, aber ich liebte dich trotzdem. Ist das nicht seltsam?«

Ich stellte die Pfanne auf den Tisch und servierte das ›Vejiwheat‹ für zwei.

»Oh, Richard, die Scheidung war nie unvermeidlich«, sagte sie. »Es war ein verzweifelter Gedanke.«

Schnee von gestern zu verteidigen, ist kein Zeichen von Klugheit, dachte ich. Unvermeidlich oder nicht – wir hatten uns jedenfalls nicht scheiden lassen.

Wenn wir uns von Ehefrau oder Ehemann trennen müssen, werden wir eine unglückliche Verbindung los, und wir finden zu uns selbst. Doch was für ein schönes Abenteuer beginnt – mit Stürmen und allem anderen –, wenn eine Ehe zwischen zwei Menschen zustande kommt, die bereits zu sich selbst gefunden haben!

»Sobald ich nicht mehr von dir erwartet habe, daß du mich immer verstehst – als ich lernte, daß es völlig in Ordnung ist, wenn du und ich ganz verschiedene Ideen haben und unterschiedliche Schlußfolgerungen ziehen; seit ich weiß, daß es in Ordnung ist, wenn jeder von uns tut, was er tun muß, hat sich für uns ein Weg aus der Sackgasse geöffnet. Ich fühlte mich nicht mehr durch deine Schlußfolgerungen und du dich nicht mehr durch meine konträren Auffassungen eingeengt.«

»Das stimmt«, sagte sie. »Und danke für das Essen. Es schmeckt vorzüglich.«

»Habe ich es nicht zu stark gewürzt? Du hast gesagt, es sei scharf.«

»Es ist jetzt besser.« Sie nippte am Karottensaft. »Und Dickie wird vielleicht doch nicht nach der Ehe fragen.«

»Er wird. Er wird fragen: Wozu sind wir deiner Meinung nach hier? Und ich werde ihm antworten, ich denke, wir sind hier, damit wir Liebe zum Ausdruck bringen, damit wir uns einer Million verschiedener Prüfungen unterziehen, um festzustellen, ob wir Liebe zeigen können, einer weiteren Million Prüfungen, wenn wir versagen, und einer weiteren Million, wenn wir bestehen. Und nirgendwo in der Welt werden mehr Prüfungen auferlegt, und zwar Minute um Minute und Tag für Tag, als in den Jahren innigen täglichen Zusammenlebens mit einer anderen Seele.«

»Das ist reizend«, sagte sie. »Ich habe nicht gewußt, daß du die Ehe für so wichtig hältst.«

»Nicht die Ehe, die Liebe ist so wichtig.«

»Ich freue mich, daß du das sagst. Ich denke, du bist wunderbar, aber manchmal bist du auch der Liebloseste von allen. Ich bin noch nie jemandem begegnet, Mann oder Frau, der so kalt und so wenig fürsorglich sein kann wie du. Dornen in Eis, wenn du dich bedroht fühltest.«

Ich zuckte die Achseln. »Ich bin also noch nicht am Ziel. Ich sage auch nicht, daß ich meine Prüfungen bestehen werde, aber ich werde mich ihnen stellen. Geduld. Ich werde schon noch zu einem Leben finden, dem Typ ›liebe Seele‹ gemäß, wie ihn bereits viele Leute verkörpern. Derzeit bin ich glücklich, so zu sein, wie ich bin. Mißtrauisch, wie von einem Panzer umgeben, defensiv ...«

»Oh, du bist nicht so schlecht!« sagte sie heiter. »Du warst schon lange nicht mehr mißtrauisch.«

»Ich bin auf Komplimente aus!« sagte ich. »Weiter so.«

»Erzähl Dickie, daß du in meinen Augen nicht der schlechteste Mann auf der Welt bist.«

»Wenn du böse auf mich bist, denkst du aber ganz anders.«

»Nein! Nicht im entferntesten«, erwiderte sie. »Was wirst du ihm noch über die Ehe erzählen?«

»Ich werde ihm den Unterschied zwischen Ehe und Zeremonie erklären. Ich werde ihm sagen, daß eine richtige Ehe nicht darin besteht, daß zwei Menschen in Frack und Brautkleid über eine Brücke hasten, sondern daß sie in ihrem Leben eines entdecken: Sie haben diese Brücke zusammen gebaut, mit eigenen Händen.«

»Sie ließ ihre Gabel sinken. »Richie, das hast du wunderbar formuliert!«

»Ich sollte mit dir statt mit Dickie reden«, sagte ich.

»Rede mit uns beiden«, erwiderte sie. »Wenn dich das froh macht, so hat das immerhin zur Folge, daß ich mit einem glücklichen Mann zusammenlebe.«

»Das werde ich ihm auch sagen. Mann und Frau haben nicht die Macht, einander glücklich oder unglücklich zu machen. Jeder kann nur sich selbst glücklich machen.«

»In vieler Hinsicht stimmt das, aber wenn du sagst, nichts von dem, was wir tun, habe Auswirkungen auf den anderen, so bin ich ganz anderer Meinung.«

»Die Auswirkungen«, sagte ich, »sind unsere gegenseitigen Prüfungen. Du kannst beschließen, glücklich zu sein, ganz gleich, was ich tue. Und es kann sein, daß ich mich freue, wenn du glücklich bist. Aber *ich* bin es, der mich glücklich macht, nicht du.«

Sie schüttelte den Kopf und lächelte mich nachsichtig an. »Das ist aber eine merkwürdige Betrachtungsweise.«

Sie dachte, es handle sich um eine Nebensache, um irgendeine Spitzfindigkeit von mir, als wollte ich den Beweis ihrer Liebe abblocken. Ich fühlte mich wie ein Rhinozeros, das sich auf dünnes Eis begibt, aber ich mußte das klarstellen.

»Wenn du dich nicht wohlfühlst,« sagte ich, »aber du mich glücklich machen willst, indem du etwas für mich kochst oder indem du mit mir ausgehst, erwartest du dann, daß das funktioniert und daß ich glücklich bin, obwohl ich weiß, daß du dich miserabel fühlst?«

»Ich würde es mir nicht anmerken lassen, daß ich mich miserabel fühle, und ich erwarte tatsächlich, daß du dann glücklich bist.«

»Aber dann wärst du ja eine Märtyrerin. Du würdest mich nur dadurch glücklich machen, daß du dich aufopferst, daß du mich anlügst, daß du mir zuliebe so tust, als ob du glücklich wärst. Wenn das funktionieren würde, wäre ich nicht glücklich, weil du glücklich bist, sondern weil ich glauben würde, du seist es. Nicht du oder das, was du für mich tust, machen mich glücklich, sondern *mein Glauben*. Und das, was ich glaube, liegt in meiner Verantwortung, nicht in deiner.«

»Das hört sich so nüchtern an«, sagte sie. »Wenn das der Fall ist, warum soll ich mir überhaupt Mühe geben, dir Freude zu bereiten?«

»Wenn du das nicht tun willst, solltest du es nicht versuchen! Erinnerst du dich, als wir diese Unmenge von Arbeit hatten und du täglich achtzehn Stunden im Büro gearbeitet hast?«

»Unsere Arbeit. Aber habe ich sie überhaupt geleistet?« fragte sie zuckersüß. »Ja, ich erinnere mich.«

»Und erinnerst du dich auch, wie dankbar ich dir war?«

»Natürlich. Du bist mit einem finsteren Gesicht dagesessen, mißmutig und gereizt, als ob du derjenige wärst, der sich da zu Tode schuftet!«

»Erinnerst du dich, wie lange das so weiterging?«

»Jahre.«

»Und waren die Beziehungen zwischen uns deswegen so liebevoll, weil du meine Arbeit mit erledigt hast?«

»Ich kann mich entsinnen, daß ich dich gegen Ende dieser Periode nicht mehr ausstehen konnte! Während ich von früh bis spät arbeitete, hast du fröhlich verkündet, du würdest fliegen gehen, du hättest zuviel Büroarbeit geleistet. Du hattest Glück, daß ich dich nicht umgebracht habe!«

Je mehr Zeit wir an eine Arbeit verschwenden, die wir hassen, desto weniger Freude haben wir in unserer Ehe, dachte ich.

»Aber schließlich machte etwas Klick«, sagte ich. »Du riefst: Zum Teufel mit diesem gottverdammten selbstsüchtigen Richard Bach, ich führe mein früheres Leben weiter. Ich sorge mich nicht mehr um ihn, ich werde nur noch an mich denken, ich werde wieder *Spaß* am Leben haben.«

»Ich hatte ihn auch!« sagte sie und sah mich schelmisch an.

»Was geschah?«

Sie lachte. »Je glücklicher ich wurde, um so mehr gefiel ich dir!«

»Da schau her! Soll ich dir was sagen? Du hast gerade erklärt, du habest beschlossen, selbst glücklich zu sein.«

»Ja, das stimmt.«

»Und ich wurde glücklicher, weil du glücklicher warst und nicht versucht hast, Mich Glücklich Zu Machen.«

»Gewiß.«

»Ich trommelte mit dem Finger auf den Tisch. »Ich schließe meine Beweisführung ab.«

»Ich nehme an, du hast versucht, mich glücklich zu machen, indem du mir sagtest, ich solle nicht so lange im Büro schuften«, warf sie ein.

»Ja, natürlich. Das war in jener Zeit, als ich versuchte, deine Probleme für dich zu lösen.«

»Mir damals zu sagen, ich solle aufhören zu arbeiten, war dumm« sagte sie. »Ich kann heute zu arbeiten aufhören und zugleich Vergnügen empfinden, da wir inzwischen an einem anderen Punkt in unserem Leben angelangt sind. Womit wir uns heute die Brötchen verdienen, ist eine Arbeit, die wir uns ausgesucht haben, und kein

Job, bei dem es um die nackte Existenz geht. Wir können also arbeiten, oder es sein lassen, ganz wie wir wollen. Aber damals mußten wir uns wirklich abstrampeln – um dich aus dem Gewirr der juristischen und finanziellen Probleme zu befreien, mit denen du, als ich dich kennenlernte, zu kämpfen hattest. Und ohne meine Arbeit würdest du heute nicht in so angenehmen Verhältnissen leben. Bestensfalls hättest du dieses Land verlassen müssen, und ich möchte nicht daran denken, was dir im schlimmsten Fall widerfahren wäre. Aber da soviel auf dem Spiel stand, entschloß ich mich dazu, wie verrückt zu arbeiten. Wenn du mich damals hättest glücklich machen wollen, hättest du dich ins Zeug legen und mir bei der Arbeit helfen können!«

»Aber ich wollte das gar nicht. Für mich war diese Arbeit nicht wichtig! Es hätte mir nichts ausgemacht, wenn sie niemals erledigt worden wäre. Die wenigen Male, wo ich versucht habe, dir zu helfen, war ich unglücklich und gereizt, und das machte alles nur noch schlimmer.«

»Aus diesem Grund«, so sagte sie, »beschloß ich, noch mehr zu arbeiten, weil dieser schwierige feindselige Troll, mit dem ich da zusammenlebte und der zu ›helfen‹ versuchte, alles noch mehr durcheinander brachte, weil er so empfindlich war.«

»Du hättest auch andere Möglichkeiten gehabt. Und obwohl ich versuchte, dich glücklich zu machen, klappte es nicht, weil ich selbst nicht glücklich war.«

»Du hast recht, ich hätte andere Möglichkeiten gehabt. Ich hätte ruhig zusehen können, wie dich deine Probleme eingeholt und plattgemacht hätten. Dann hättest du deine Lektion gelernt. Ich kannte sie ja schon. Und ich zog daraus folgende Lehre: Solltest du mal wieder alles ruinieren, werde ich dir künftig keine Lektionen mehr ersparen. In Wirklichkeit hast du nicht versucht, mich glücklich zu machen, sondern du hast versucht, dich selbst glücklich zu machen, genauso wie heute.«

Du lieber Himmel, dachte ich, braut sich beim Mittagessen etwa ein Sturm zusammen?

Sie fuhr jedoch fort: »Der Unterschied zwischen heute und damals besteht darin, daß sich mein Leben geändert hat und daß wir beide unter unseren heutigen ruhigen und angenehmen Verhältnissen eine Chance haben, glücklich zu sein. Du denkst wahrscheinlich, das sei darauf zurückzuführen, daß ich mich plötzlich dazu entschlossen habe, weniger zu arbeiten und mehr zu spielen. Du ziehst es meines Erachtens vor zu glauben, ich hätte um der Arbeit willen gearbeitet und sei jetzt zur Besinnung gekommen. Ich glaube, du hast in all den Jahren in einer Phantasiewelt gelebt, weil du nicht mit den enormen Problemen fertigwerden konntest, die du verursacht hattest. Aber wo auch immer die Wahrheit liegen mag, das Leben macht mir viel zu großen Spaß, als daß ich jetzt über diese Dinge weiterdiskutieren möchte.«

Ich überlegte mir meine Antwort eine Weile ganz in Ruhe. Wir hatten damals zwar zusammengelebt, doch waren unsere Auffassungen derart auseinandergegangen, daß wir uns heute an verschiedene Vergangenheiten erinnern.

»Ist dies etwas für Dickie«, fragte sie und blickte mich mit ihren meerblauen Augen an, »oder behalten wir es für uns? Wirst du ihm von unseren Auseinandersetzungen erzählen?«

»Vielleicht nicht. Vielleicht sollte ich ihm erzählen, daß eine vollkommene Ehe keine Auseinandersetzungen kennt. Vollkommenheit ist dann gegeben, wenn zwei Menschen einander ansehen und sagen: ›Wir haben das alles vor der Ehe gekannt. Keine Streitigkeiten, keine Prüfungen, keiner von uns beiden hat sich in den fünfzig Jahren geändert. Keiner hat etwas gelernt.‹«

Sie lächelte darüber. »Entsetzlich dummes Zeug«,

sagte sie. »Vermeide Probleme, und du wirst auch nie derjenige sein, der sie überwunden hat.«

»Er muß es wissen. Wenn ich ihm von Eheerfahrungen erzähle, ist das für mich eine Gedächtnisstütze; Dickie muß sich eine Meinung darüber bilden, sich einige Lehren merken und den Rest vergessen. Ich werde ihm das Beste von dem erzählen, was ich herausgefunden habe: Gehe niemals davon aus, daß deine Frau Gedanken lesen kann, daß sie versteht, wer du bist, oder daß sie weiß, was du denkst und wie dir zumute ist. Wenn du das annimmst, dann bereitest du dir selbst viel Kummer. Sie könnte dich verstehen, sie könnte von Zeit zu Zeit wissen, was du denkst, doch erwarte nicht von ihr, daß sie dich ein bißchen besser versteht als du sie. Beschließe, glücklich zu sein, indem du das tust, was du tun möchtest. Wenn es sie ärgert, daß du glücklich bist, oder wenn du es haßt, daß sie fröhlich ist, dann handelt es sich nicht um eine Ehe, sondern um ein Experiment, das von Anfang an zum Scheitern verurteilt war.«

»Das hört sich so an, als ob die Ehe genau so viel Spaß macht wie der Sprung von einem steilen Felsen. Ist es das, was er deiner Meinung nach denken soll?«

»Die Ehe ist mit nichts vergleichbar, was du je erleben wirst, werde ich zu ihm sagen. Verwandte Seelen sind durch einen wunderbaren, magnetisierenden, unglaublichen Zufall zusammengeführt worden, haben sich durch einen rätselhaften Zauber gefunden, aber dennoch haben sie noch eine ganze Menge Probleme miteinander zu lösen. Faszinierende Probleme, das stimmt, aber auch gepfefferte Prüfungen, die Jahre dauern. Aber wenn der Zauber verschwindet, wirst du die Kraft verlieren, harte Zeiten zu überstehen und lieben zu lernen – du wirst an der Liebe scheitern. Wenn das geschieht, sind die anderen Prüfungen ohne Bedeutung.«

»Was wirst du ihm über Kinder erzählen?«

»Ich bin nicht kompetent genug, ihm darüber irgend etwas zu erzählen«, erwiderte ich.

»Was meinst du damit, daß du nicht kompetent seist? Du hast Kinder, und bestimmt hast du etwas von ihnen gelernt! Was wirst du ihm erzählen?«

Mein Schwachpunkt, dachte ich. Ich bin, was dieses Thema betrifft, etwa so nützlich wie ein Amboß in einem Kinderzimmer.

»Ich werde ihm erzählen, daß nicht nur Erwachsene eine innere Richtschnur brauchen«, sagte ich. »Wir erleben das, was wir unabhängig vom Alter in uns aufnehmen. Das einzige Vorbild, das wir den Kindern liefern, ist unser eigenes Beispiel dieses hochentwickelten menschlichen Wesens, von dem wir wissen, wie es zu sein hat. Kinder können etwas begreifen oder auch nicht. Sie können den Boden verfluchen, auf dem wir gehen und stehen. Aber Kinder sind nicht unser Eigentum und auch nicht dazu da, unter unserer Fuchtel zu stehen, genausowenig wie wir das Eigentum unserer Eltern waren.

»Kommst du dir nicht vor wie ein Eisberg, wenn du so redest«, fragte Leslie, »oder klingt das nur so kühl wie 40 Grad minus?«

»Stimmt es etwa nicht, was ich sage?«

»Was du gesagt hast, mag eine gewisse Berechtigung haben«, seufzte sie. »Sicherlich besitzen wir unsere eigenen Kinder nicht, aber ich vermisse irgend etwas. Könnte es vielleicht ein wenig Zärtlichkeit sein?«

»Nun ja, *natürlich* werde ich es ihm mit Gefühl beibringen!«

Sie schüttelte den Kopf und fuhr fort: »Die Ehe ist von mehr als nur einem einzigen Geheimnis umgeben.«

»Von welchem noch?« Ich kenne nur eins. Sollte sie etwa noch ein anderes kennen?

»Wenn du uns betrachtest«, sagte sie, »oder wenn du jemand anderen lange betrachtest, so erkennst du, daß wir nur ein- oder zweimal in unserem Leben richtig lieben. Hüte diese Liebe. Das ist mein Geheimnis von der Ehe.«

34

Als das Mittagessen beendet und der Abwasch erledigt war, warf ich meinen Gleitschirm in den Wagen und fuhr Richtung Berg. Unterwegs war ich in Gedanken versunken; ich hoffte, meinen kleinen Freund wiederzusehen.

Er saß auf der gleichen Bergkuppe, aber nun wuchsen junge Bäume an den Abhängen, und eine Wiese erstreckte sich bis zu einem grünen Horizont.

Er wendete sich mir sofort zu. »Erzähle mir bitte von der Ehe.«

»Sehr gern. Aber warum?«

»Ich habe nie geglaubt, daß das auf mich zukommen würde, aber nun weiß ich, daß es der Fall sein wird. Ich bin unvorbereitet.«

Ich unterdrückte ein Lächeln. »Ganz recht, du bist unvorbereitet.«

Er runzelte die Stirn. »Was muß ich wissen?« fragte er ungeduldig.

»Ein Wort, merke dir ein Wort, und du weißt alles. Präge dir ein: *anders*. Du bist anders als alle anderen in der Welt, und du wirst anders sein als die Frau, die du heiratest.«

»Ich wette, du erzählst mir jetzt etwas Einfaches, weil du gedacht hast, die Ehe sei auch ganz einfach. Dabei ist das Gegenteil der Fall.«

»Das Einfache springt nicht ins Auge, Kapitän. ›*Wir sind anders*‹ – das ist eine Offenbarung, eine Erkenntnis, zu der viele Verheiratete nie kommen und zu der auch eine

Menge netter Leute selbst dann nicht gelangen, wenn sich nach Jahren der Staub der Scheidung gelegt hat.«

»Anders, aber auch gleich?«

»Keineswegs«, antwortete ich. »Die Ehe ist kein Bereich, in dem Gleichheit herrscht. Leslie ist zum Beispiel auf dem Gebiet der Musik besser als ich. Ich werde nie aufholen, was sie im Alter von zwölf Jahren gewußt, geschweige denn, was sie bis zum heutigen Tag gelernt hat. Ich könnte bis zum Ende meines Lebens üben und würde nie ein Instrument so gut beherrschen oder so einfühlsam spielen wie sie. Dagegen wird sie Flugzeuge wahrscheinlich niemals so gut fliegen wie ich. Sie begann damit erst zwanzig Jahre, nachdem ich mit dem Fliegen angefangen hatte, und sie kann mich nicht einholen.«

»Ist alles andere auch ungleich?«

»Alles. Ich habe nicht alles so gut im Griff wie sie, und sie hat nicht soviel Geduld wie ich. Sie kämpft um Dinge, die für sie wichtig sind, ich bin der kühle Beobachter. Ich bin egoistisch, was für mich bedeutet, *nach Möglichkeit in meinem eigenen langfristigen Interesse* zu handeln. Sie dagegen haßt Egoismus, denn das bedeutet für sie, daß man *ein Verlangen trotz der Folgen sofort befriedigt.* Manchmal erwartet sie von mir, daß ich meiner Auffassung von Recht in ihrem Interesse zuwiderhandle, und ist dann überrascht, wenn ich es nicht tue.«

»Ihr seid also anders«, sagte er. »Gilt das nicht für jeden Ehemann und jede Ehefrau?«

»Und fast jede Ehefrau und fast jeder Ehemann vergessen es. Wenn ich es vergesse und von Leslie erwarte, eigennützig zu sein, wenn sie es vergißt und von mir erwartet, alles so im Griff zu haben wie sie, so nehmen wir an, daß der andere in bezug auf die Fertigkeiten, die wir erworben haben, genauso gut ist wie wir. Die Ehe ist kein Wettkampf, um die Stärken des anderen zu übertreffen, sie ist eine Kooperation, die unserer Verschiedenheiten bedarf.«

»Aber manchmal macht es euch auch wahnsinnig, anders zu sein, da wette ich.«

»Nein. Es macht uns nur wahnsinnig, wenn wir *vergessen*, daß wir verschieden sind. Immer wenn ich glaubte, daß Leslie und ich eins wären, nur in zwei verschiedenen Körpern, daß sie wüßte, was ich in jeder Sekunde denke, und daß meine Wertvorstellungen und Prioritäten mit ihren genau übereinstimmten, dann kam es mir vor, als ob ich in einem Faß einen Wasserfall hinabfahren wollte. Eine Minute später hätte ich mich dann gefragt, weshalb ich plötzlich unten auf dem Fluß treibe und was diese kaputten Faßreifen und Dauben um mich herum zu bedeuten haben, während ich triefend wie ein nasser Schwamm aus dem Wasser klettere. Ich fühlte mich für alles schuldig, bis mir einfiel, daß wir verschieden sind.«

Seine Augen wurden schmal. »Schuldig? Wieso schuldig?«

»Erinnere dich an unsere Maximen«, sagte ich. »Schuldgefühl entsteht aus der Spannung, die wir empfinden, wenn wir unsere Vergangenheit, Gegenwart oder Zukunft einer anderen Person wegen ändern möchten. Das Schuldgefühl hat für die Ehe etwa die gleiche Bedeutung wie der Eisberg für die *Titanic*. Erwischt es dich im Dunkeln, gehst du unter.«

Seine Stimme hatte plötzlich einen sehnsüchtigen Klang. »Ich hatte die leise Hoffnung, die Frau, die ich heirate, würde ein wenig wie ich sein.«

»Nein! Hoffe das nicht, Dickie! In zweierlei Hinsicht gleichen wir uns, Leslie und ich. Wir sind uns darüber einig, daß unser Ehegemahl einige verkehrte Wertvorstellungen hat und einige Prioritäten gedankenlos setzt. Wir sind uns auch darüber einig, daß wir mehr ineinander verliebt sind als zu dem Zeitpunkt, als wir uns kennengelernt haben. In jeder anderen Hinsicht sind wir recht verschieden.«

Er war nicht überzeugt. »Ich bin mir nicht sicher, ob eine Fahrt über den Wasserfall bewirken würde, daß ich jemanden mehr liebe.«

»Es war nicht Leslie, die mich ins Faß gesperrt hat, Kapitän, ich war es selbst! Ich habe geglaubt, daß ich sie kennen würde. Wenn ich jetzt zurückblicke, denke ich: Wie konnte ich nur so einfältig sein? Sie hat sich bei mir zwar in manchem verschätzt, aber wie schön ist es, einen so langen Weg mit der Person, die du liebst, gemeinsam zurückzulegen! Jahraus, jahrein mit ihr zusammen ... sogar die Stürme sind ein Spaß, wenn sie vorüber sind. In der Nacht lege ich manchmal den Arm um sie und habe das Gefühl, daß wir uns gerade erst kennengelernt haben, daß wir gerade anfangen, ›hallo‹ zu sagen!«

»Das ist schwer zu kapieren«, sagte Dickie.

»Man kann es nicht kapieren, Dickie. Ich glaube nicht, daß das möglich ist. Man muß es selbst erleben. Ich wünsche dir Geduld und Geschick.«

Ich verließ ihn, damit er in Ruhe darüber nachdenken konnte. Erst später fiel mir ein, daß ich vergessen hatte, ihm das Geheimnis der Ehe zu verraten.

35

Jede Struktur ist Bewußtsein. Flugzeuge werden zu Lebewesen, wenn wir glauben, daß sie welche sind. Wenn ich Daisy wasche, poliere und jedem Quietschen nachgehe, bevor es zu einem lauten Kreischen wird, kommt vielleicht der Tag, an dem sie sich revanchiert – wo sie sich, bevor es ihr technisch überhaupt möglich ist, auf Befehl in die Luft erhebt oder rechtzeitig landet, bevor die verkürzte Landebahn im Nichts endet. Im Laufe von vierzig Flugjahren ist das nur einmal geschehen, und ich bin mir nicht sicher, ob ich diese Freundlichkeit je wieder benötigen werde.

Mir kam es deshalb überhaupt nicht ungewöhnlich vor, an jenem Morgen auf dem Betonboden unseres Hangars zu liegen und drei Stunden lang die Abgasspuren und den Ölfilm von Daisys Bauch wegzuwischen.

Jede Nacht ändern wir unser Bewußtsein, wenn wir in den Schlaf sinken, dachte ich, als ich meinen Lappen kurz in Benzin tauchte. Und am Tag ist es genauso, wann immer wir das eine tun und über das andere nachdenken. Schlafen und Erwachen, Traum und Tagtraum hundertmal am Tag – wer zählt diese Zustandsänderungen?

Das einzige, was ich erblickte, waren Jeans von den Knien an abwärts, aber die Füße steckten in altmodischen Tennisschuhen, und ich wußte, daß er es war.

»Bist du für alles persönlich verantwortlich?« fragte Dickie. »Für alles in deinem Leben? Hast du die ganze Last zu tragen?«

»Für alles«, gab ich zur Antwort und war froh darüber, daß er mich gefunden hatte. »Es gibt keine Massen, es gibt nur uns alte Durchschnittstypen, die wir unser altes Leben so mittelmäßig gestalten, wie wir wollen. Es ist nicht schwer, Dickie. Es macht Spaß, Verantwortung zu tragen, und jeder von uns hat alle Hände voll damit zu tun, dem anderen aus der Patsche zu helfen.«

Er setzte sich mit gekreuzten Beinen auf den Boden und sah mir bei der Arbeit zu. »Zum Beispiel?«

»Der Lebensmittelhändler, der es uns leicht macht, etwas zum Essen zu finden, oder der Filmemacher, der uns Geschichten erzählt, oder der Zimmermann, der ein Dach über unseren Köpfen zusammennagelt, oder der Flugzeugbauer, der die schöne Daisy auf den Markt bringt.«

»Und wenn es Daisy nicht gäbe, würdest du sie dir selbst bauen?«

»Müßte ich mir mein eigenes Flugzeug selbst bauen, würde es wahrscheinlich kleiner sein als Daisy. Es wäre dann ein ultraleichter Hanggleiter.«

Ich stippte meinen Lappen in die Kanne mit dem Poliermittel. Ein kleines bißchen genügt, um die schlimmsten Spuren der Abgase zu beseitigen.

»Wärst du auch dafür verantwortlich, etwas zum Essen zu finden, selbst wenn es keine Geschäfte gäbe?«

»Wer sonst würde es für mich tun?«

»Würdest du die Kühe selbst töten?«

Beim Polieren merkte ich, daß das Fiberglas einen Sprung aufwies, der bei einer Strebe in der Nähe der Antenne des Entfernungsmeßgeräts begann. Nichts Gefährliches, aber ich notierte mir, daß die Stelle repariert werden mußte.

»Leslie und ich essen keine Kühe mehr, Dickie. Wir würden deshalb auch keine töten. Und wenn wir den Entschluß fassen, den einzelnen Schritten irgendeines Verfahrens nicht zuzustimmen, werden wir auch dem Resultat unsere Zustimmung versagen.«

Er dachte darüber nach. »Trägst du kein Leder?«

»Ich werde keine andere Lederjacke, wahrscheinlich auch nie einen zweiten Ledergürtel besitzen, aber wenn es keine andere Möglichkeit gibt, werde ich mir wahrscheinlich doch wieder Lederschuhe kaufen. Dann kann es passieren, daß ich mit meiner Schuhschachtel zur Kasse gehe und es nicht fertigbringe, zu bezahlen und die Schuhe mitzunehmen. Prinzipien ändern – das ist ein langwieriger Prozeß, und wir wissen nicht, ob sie sich geändert haben, bis etwas, was richtig war, nicht mehr in Ordnung zu sein scheint.«

Er nickte, da er diese Antwort erwartet hatte. »Alles ist individuell.«

»Ja.«

»Bist du für deine eigene Bildung verantwortlich?« fragte er.

»Ja. Ich bemühe mich, die Bildung zu erhalten, die ich haben möchte.«

»Für deine Unterhaltung?«

»Weiter«, sagte ich.

»Für deine Luft, dein Wasser, deinen Job ...«

»... meine Reisen, mein Verhalten, meine Kommunikation, meine Gesundheit, meine Sicherheit, meine Ziele, meine Philosophie und meinen Glauben, meinen Erfolg und meinen Mißerfolg, meine Ehe, mein Glück, mein Leben und meinen Tod. Mir gegenüber bin ich verantwortlich für das, was ich denke, für jedes Wort, das ich sage, für jede Bewegung, die ich mache. Ob mir etwas gefällt oder nicht, es gilt, denn vor langer Zeit habe ich mich dafür entschieden.« Wohin zielte er mit seinen Fragen? Testete er mich?

Ich rieb die polierte Farbschicht mit Wachs ein – behutsamer bei den Wirbelerzeugern, die einem Zaun von Messern glichen, energischer in der Nähe der Antennen und die übrige Fläche mit weit ausholenden Bewegungen. Ob ihn die bloße Neugier trieb oder ob er mich auf die Probe stellte – ich würde ihm keine Antwort schuldig bleiben.

»Also machst du alles in der Welt der Erscheinungen für dich selbst?« fragte er. »Hast du persönlich deine ganze Zivilisation erschaffen?«

»Ja, danke«, sagte ich. »Möchtest du wissen, wie?«

Er lachte. »Du würdest platzen, wenn ich jetzt nein sagte.«

»Es würde mir nichts ausmachen«, log ich. »Schön, ich würde platzen.«

»Erzähl mir bitte, wie du deine persönliche Zivilisation errichtet hast.«

»Du und ich, wir haben es vorgezogen, in diesem Glauben an Ort und Zeit geboren zu werden, Dickie. Und als wir dann am Tor des Bewußtseins standen, haben wir überlegt, ob wir uns engagieren oder uns von jedem Vorschlag, jeder Idee, jedem Fortschritt und jeder Vernichtung in unserer Zeit fernhalten sollten. Lesen ja, von zu Hause weglaufen nein, Stofftiere ja, den Eltern vertrauen ja, an die Kriegspropaganda glauben ja, Flugzeugmodelle ja, Mannschaftssport nein, Pünktlichkeit ja, Eiscreme ja, Karotten nein, Hausaufgaben ja, rauchen nein, trinken nein, Egoismus ja, Drogen nein, Schule schwänzen nein, Höflichkeit ja, Überheblichkeit ja, jagen nein, Revolver ja, Banden nein, Mädchen ja, Lerneifer nein, College nein, Militär ja, Politik nein, Ehrenämter nein, heiraten ja, Kinder ja, Militär nein, Scheidung ja, wieder heiraten nein, wieder heiraten ja, Karotten ja ... Wir malen ein vollkommenes, einmaliges digitales Porträt von dem, der wir sein wollen. Jedes Ja und jedes Nein sind dabei ein winziges Tüpfelchen auf unserem Bild. Je entschlossener wir sind, um so klarer wird es.

Nur mit meiner Erlaubnis darf irgend etwas die Welt meines Bewußtseins betreten. Diese Welt ist die einzige, die für mich auf Erden existiert. Was mir nicht gefällt, kann ich, wenn ich will, ändern. Kein Jammern und Klagen über andere, denn nur ich selbst kann mich auch enttäuschen. Ich bin der einzige, der hier zu entscheiden hat, nicht die anderen.«

»Was machst du, wenn dich andere enttäuschen?«

»Ich bringe sie um,« erwiderte ich, »und gehe meiner Wege.«

Er lachte nervös. »Du scherzt, nicht wahr?«

»Wir können weder Leben vernichten noch erschaffen«, sagte ich. »Das Leben existiert, erinnere dich.«

Ich war mit der Unterseite fertig, kroch unter dem Flugzeug hervor und holte eine Leiter, um das Höhenleitwerk neun Fuß über dem Betonboden zu erreichen.

»Hast du in der Welt der Erscheinungen jemals irgendwen getötet?« fragte er wie nebenbei.

»Ja. Ich habe Fliegen getötet, ich habe Mücken getötet, ich habe Ameisen und, leider muß ich das zugeben, auch Spinnen getötet. Ich habe Fische getötet, als ich nicht viel älter war als du. Dabei war jedes dieser Tiere ein unzerstörbarer Ausdruck von Leben, und das wird mich solange bedrücken und grämen, bis ich mir klargemacht habe, wie es in Wirklichkeit ist.«

Er wählte seine Worte mit Bedacht. »Hast du in der Welt der Erscheinungen auch einen Menschen getötet?«

»Nein, Dickie.« Dank des glänzenden Timings, dachte ich insgeheim. Wäre ich ein paar Jahre früher zur Air Force gegangen, hätte ich Menschen in Korea getötet. Und wäre es ein paar Jahre später gewesen, hätte ich sie in Vietnam getötet, ich wäre damals gar nicht auf die Idee gekommen, einen Befehl zu verweigern.

»Bist du je getötet worden?«

»Nie. Bevor die Zeit geboren wurde, gab es mich schon, und wenn die Zeit aufgehört hat zu existieren, wird es mich immer noch geben.«

Wütend knurrte er: »Hat in der Welt der Erscheinungen dein Selbstvertrauen als beschränktes Wesen ...«

»Ach, *diese* Welt!« rief ich aus. »In der bin ich millionen- und milliardenfach getötet worden!«

Dickie kletterte die Leiter zum Höhenleitwerk hinauf, spazierte wenige Meter vom Seitenruder entfernt dort herum und setzte sich mit übereinandergeschlagenen Beinen hin. Er sah mich neugierig an. Kein anderes Kind hätte dort oben sitzen dürfen. Seine Turnschuhe könnten ja die Lackschicht beschädigen, oder das Leitwerk könnte zu stark belastet werden, oder er könnte aus fünf Fuß Höhe auf den Betonboden herabstürzen. Aber Dikkie durfte sitzen, wo er wollte. Das sind die Freuden der Deinkarnierten, dachte ich. Es ist ein Wunder, daß wir sie nicht öfter einladen.

»Das ist die Reinkarnation«, sagte er. »Glaubst du daran?«

Ich besprühte die Oberseite des Ruders mit flüssigem Wachs und rieb sie sauber.

»Nein. Betrifft die Reinkarnation nicht zahlreiche Leben auf unserem Planeten, und zwar eines nach dem anderen? Sie wäre sonst etwas beschränkt.«

»Was gefällt dir besser?«

»Ich glaube an eine unendliche Zahl verschiedener Varianten des Glaubens an Lebenserfahrungen, einige davon in Gestalt von Körpern, andere nicht; einige auf Planeten, andere nicht; alle gleichzeitig, da es so etwas wie Zeit nicht gibt, und keine real, da es nur ein einziges Leben gibt.«

Er runzelte die Stirn. »Warum sind die Erfahrungen-des-unendlichen-Lebens wahr und nicht die Reinkarnation?«

Ich entsinne mich, daß das vor langer Zeit meine Lieblingsfrage gewesen ist: Warum so und nicht so? Sie machte viele Erwachsene wahnsinnig, aber ich wollte Bescheid wissen.

»Die Erfahrungen-des-unendlichen-Lebens sind genausowenig wahr oder unwahr wie die Reinkarnation«, sagte ich. »Erst wenn wir erkennen: *Das Leben existiert* und nicht einfach an die Reinkarnation oder an die Erfahrungen-des-unendlichen-Lebens oder an Himmel und Hölle oder an Es-wird-schon-schiefgehen glauben, *erleben* wir diese Systeme ... in jeder Minute, in der wir ihnen Macht geben, sind sie wahr für uns.«

»Dann verstehe ich eins nicht. Warum sagst du nicht einfach: *Das Leben existiert* und hörst auf zu spielen?«

»Ich *liebe* Spiele! Wenn jemand bezweifelt, daß dieses Leben zum Spaß da ist, dann setze sie oder ihn einfach mal detailliert über ihre persönliche Zukunft ins Bild ... über jedes Ereignis und über jedes Ende, lange bevor sie eintreten. Wann werden sie dich wohl anflehen, damit aufzuhören? Es ist kein Spaß zu wissen, was als nächstes passiert. Ich liebe Schach, auch wenn ich weiß, daß es ein Spiel ist. Ich liebe die Raumzeit, auch wenn sie nicht real ist.«

»Hilfe!« rief er. »Wenn weder das eine noch das andere real ist, wieso soll man dann die Erfahrungen-des-unendlichen-Lebens anstatt des Alle-werden-zu-Engeln oder der Reinkarnation wählen?«

»Warum Schach und nicht Dame?« konterte ich. »Man kann mehr Kombinationen spielen! Wenn zum Beispiel alle meine Varianten von Glauben-an-Leben zur gleichen Zeit existieren, muß es für sie irgendeine Möglichkeit geben, sich in Gestalt einer Person zu treffen. Dann muß es irgendwie möglich sein, Richard zu finden, der China in dem Jetzt gewählt hat, das ich siebentausend Jahre zuvor nenne, oder jenen Mann, der 1954 Schiffsbauer wurde und nicht Pilot, oder jene Person, die lieber ein Proximid sein wollte und sich für ein Leben in den Raumflotten von Centauri 4 entschied, in einem Jetzt, das in einer Milliarde Jahren stattfindet. Wenn die ganze

Zeit Jetzt ist, dann müßte es eine Möglichkeit geben, daß wir alle miteinander sprechen. Was wissen sie, was ich nicht weiß?«

Er sah mich neugierig an und lächelte verstohlen. »Hast du bis jetzt irgendeinen Erfolg erzielt?«

»Ein Aufflackern da und dort«, erwiderte ich.

»Hm.« Wieder erschien jenes seltsame Lächeln auf seinem Gesicht, als ob er hier der Lehrer wäre und nicht ich. Ich hätte ihn fragen können, was er so spaßig fand. Aber ich ging darüber hinweg und dachte einfach, daß ich ihn mit meinen Reden wohl nicht überzeugt hatte. Sollte er sich doch selbst eine Meinung bilden.

»Und ein Beweis ist nicht erforderlich«, sagte ich und kletterte herab, um die Leiter näher an die Vorderkante der linken Höhenflosse zu rücken. »Das Leben läßt uns die Möglichkeit, an Beschränkungen zu glauben. Ich gehe mit dir jede Wette ein, daß, bevor dies alles Gestalt annimmt, wir von einem einschränkenden Glauben erwachen und zum nächsten übergehen und danach zum übernächsten und dabei genauso aus der Raumzeit herauswachsen, wir wir irgendwann aufhören, mit Bauklötzchen zu spielen, und uns anderen Spielsachen zuwenden.«

»Spielsachen? Für die unendliche Zukunft?« fragte er. »Ich dachte, ich sei dir voraus. Ich dachte, du würdest mir sagen, das nächste Leben sei bedingungslose Liebe.«

»Nein. Die bedingungslose Liebe gleicht als Kraft in der Raumzeit etwa der beim Schachspiel oder beim Fußball oder beim Eishockey. Regeln bestimmen Spiele, und eine bedingungslose Liebe erkennt keine Regeln an.«

»Nenne mir bitte eine Regel«, sagte er.

»Laß uns mal sehen ...« Als ich mit der linken Seite des Höhenleitwerks fertig war, stellte ich die Leiter an die rechte, kletterte hinauf und sprühte Wachs auf die Vorderkante. »Selbsterhaltung ist eine Regel. In dem Moment, wo es uns nicht mehr interessiert, ob wir leben oder sterben, und wir unsere Werte aus der Raumzeit hinausbefördern, können wir plötzlich bedingungslos lieben.«

»Wirklich?«

»Versuch es«, sagte ich, während ich die Vorderkante wachste und polierte.

»Wie?«

Das Höhenleitwerk funkelte. Seine beiden Seiten wirkten im Hangar wie zwei identische Skulpturen aus Elfenbein. Ich widmete mich nun dem Seitenleitwerk.

»Nehmen wir an, du seist eine fortschrittliche Seele, ein friedlicher, pazifistischer Führer, der geschworen hat, sein versklavtes Volk von einem Tyrannen zu befreien. Du drohst dem Tyrannen, solange zu riesigen Protestdemonstrationen in der Hauptstadt aufzurufen, bis er sich zurückzieht.«

»Werde ich ihm das denn sagen? Ich mag dann zwar fortschrittlich sein, aber ich handle damit bestimmt nicht allzu klug, oder?« fragte Dickie.

Ich lächelte. Mein Vater pflegte zu sagen: *nicht allzu klug*.

»Du bist gewarnt«, sagte ich. »Die Häscher des Tyrannen sind schon unterwegs, sie kommen, um dich zu töten. Hast du Angst?«

»Ja!« antwortete Dickie. »Wohin flüchte ich?«

»Nirgendwohin. Du bist eine fortschrittliche Seele, erinnere dich. Daher mußt du von dieser Minute an die Selbsterhaltung sein lassen, alle Regeln vergessen und aufhören, dir um Leben oder Sterben Gedanken zu machen. Dies ist eine Welt der Erscheinungen, und du hast eine andere Heimat, die du viel besser kennst und viel inniger liebst als die Erde, ein Zuhause, zu dem du gern zurückkehren wirst.«

Ich polierte um Dickie herum, während er mit geschlossenen Augen hoch oben auf dem Leitwerk saß.

»Schön,« sagte er, »ich habe aufgehört, mir Gedanken zu machen, ich wünsche mir nichts, ich brauche nichts von der Erde. Ich bin bereit, nach Hause zurückzukehren.«

»Die Attentäter stehen vor deiner Tür. Hast du Angst?«

»Nein«, sagte er. »Sie sind nicht meine Mörder, sie sind meine Freunde. Wir sind handelnde Personen in einem Stück. Wir wählen unsere Rolle und spielen sie.«

»Sie ziehen ihre Schwerter. Hast du Angst vor ihnen?«

»Ich liebe sie«, erwiderte er.

»Na! Nun weißt du, was bedingungslose Liebe ist. Du mußt kein Heiliger sein, jeder kann lieben; pfeife auf die Raumzeit, und es spielt keine Rolle, ob sie dich töten oder nicht.«

Dickie öffnete die Augen und rutschte zum Ende des Leitwerks, damit ich die Stelle polieren konnte, auf der er eben noch gesessen hatte.

»Interessant. Funktioniert es auch anders herum? Empfinde ich weniger bedingungslose Liebe, wenn ich mir mehr Gedanken um meinen Selbsterhaltungstrieb mache?«

»Möchtest du das herausfinden?«

»Ja.« Er schloß seine Augen und wartete.

»Nimm an, du bist ein friedfertiger, ruhiger Farmer«, sagte ich. »Du liebst drei Dinge: deine Familie, dein Land und deine Narzissenfelder. Du und deine Frau, ihr zieht eure Kinder groß und züchtet eure Blumen in jenem Tal, das einst von deinen Eltern urbar gemacht und gepflügt worden ist. Du wurdest auf diesem Stück Land geboren, und hier hast du vor zu sterben.«

»Hu!« rief er. »Etwas wird passieren.«

»Ja. Viehtreiber, Dickie. Sie wollen deine Farm haben, damit für das Vieh der Weg zum Kopfbahnhof kürzer ist, und du hast sie ihnen nicht verkauft, als sie dich darum gebeten haben. Sie haben dir Zoff angedroht, und du bist nicht geflüchtet. Nun haben sie dir eine Frist gesetzt: Heute mittag nehmen sie deine Farm gewaltsam in Besitz. Verlasse dein Land und deine Blumen, oder du wirst auch umkommen.«

»O mein Gott«, sagte er mit geschlossenen Augen und träumte weiter.

»Hast du Angst?«

»Ja.«

»Es ist beinahe Mittag, Dickie. Sie kommen jetzt auf ihren Pferden angaloppiert ... ein Dutzend bewaffneter Männer in einer Staubwolke. Sie feuern ihre Revolver ab und jagen eine Herde von Langhorns auf deine grünen Felder zu. Liebst du diese Männer bedingungslos?«

»NEIN!« antwortete er.

»Du siehst also ...«

»Ich habe meine Nachbarn an verschiedenen Stellen postiert. Jeder von uns hat ein Repetiergewehr; ich habe Dynamit entlang der Zäune vergraben. Sobald ihr verfluchten Rowdys einen Fuß auf meine Felder setzt, werdet ihr euer blaues Wunder erleben! Ihr wollt uns zertrampeln, es wird das letzte Mal sein, daß ihr das versucht!«

»Es funkt bei dir«, sagte ich und lächelte über seine rasche Reaktion. »Du siehst, wie sehr sich dies von der unkonventionellen ...«

»Unterbrich mich bitte jetzt nicht«, sagte er. »Ich will sie in die Luft sprengen!«

Ich lachte. »Dickie, das ist ein Gedankenexperiment, kein Massaker!«

»Er öffnete die Augen. »*Wumm* ...« schrie er. »Niemand nimmt mir mein Land weg!«

Ich feixte über seine finstere Miene, hob ihn auf den Flugzeugrumpf und schob die Leiter weiter, damit ich anfangen konnte, Daisys rechten Tragflügel zu polieren.

»Wenn die Liebe also bedingungslos sein soll, besteht

die einzige Möglichkeit für sie darin, sich nicht um unsere Spiele zu scheren«, sagte er schließlich.

»Nicht um Spiele und änderungsbedingte Ziele«, sagte ich. »Nicht um Selbsterhaltung, Gerechtigkeit, Rettung, Moralprinzipien, Vervollkommnung, Erziehung oder Fortschritt. Sie liebt den, der wir sind, nicht den, der wir zu sein vorgeben. Daher ist Sterben ein solcher Schock, denke ich. Gerade dann ist der Gegensatz zwischen der Rolle und dem Realen am krassesten. Überlebende, die dem Tod nahe waren und zurückkehren, sagen, die Liebe sei wie ein Schmiedehammer.«

»Für Viehtreiber ebenso wie für Blumenzüchter?«

»Der Getötete und die Killer, der Lammfromme und die Ungeheuer. Die gleiche, absolute, totale, bedingungslose Liebe.«

Dickie legte sich auf den Flugzeugrumpf, schmiegte sein Gesicht an das kühle Metall und sah mir bei der Arbeit zu. »Alle diese Dinge, von denen du mir erzählst ... woher weißt du die denn?«

»Ich dachte, du wüßtest das«, erwiderte ich. »Solange ich mich erinnern kann, hat es mich interessiert: »*Wie funktioniert das Universum?* Wann hat es angefangen?«

Ich rechnete damit, daß er meinem Gedächtnis nachhelfen würde, doch selbst wenn er wirklich wußte, woher meine Neugier rührte – er verriet mir nichts.

»Woher weißt du, daß du mit deinen Antworten recht hast?« fragte er.

»Ich weiß es nicht. Aber jede Frage erzeugt in mir eine Spannung, ich bekomme einen kleinen elektrischen Schlag, und es knistert so lange in mir, bis eine Antwort gefunden ist. Dann zuckt ein blauer Blitz auf, und die Spannung ist weg. Eine innere Stimme sagt nicht: richtig oder falsch. Sie sagt einfach: ›Die Frage ist beantwortet‹.«

Verdammt, dachte ich im stillen, da ist ein Delle in der Vorderkante ...

»Nenne mir ein Beispiel«, sagte er.

Ich klopfte leicht auf die Tragfläche und erinnerte mich:

»Als ich auf dem Lande herumvagabundierte und von den Weiden des Mittleren Westens aus mit meinem alten Fleet-Doppeldecker kurze Ausflüge unternahm, fühlte ich mich eine Zeitlang schuldig. Durfte ich dieses Leben führen, durfte ich frei durch die Lüfte fliegen und davon auch noch leben, während andere von neun bis fünf arbeiteten, um sich ihren Lebensunterhalt zu verdienen? Nicht jeder kann ein Vagabund sein, dachte ich.«

»War das deine Frage?«

»Das war es, was mich wochenlang in Spannung hielt: Nicht jeder kann ein Vagabund sein. Weshalb lebe ich nicht wie alle anderen unter Streß? Geziemt es sich für mich, so privilegiert zu sein?«

Er fand das gar nicht so spaßig: ölverschmiert und verlottert unter der Tragfläche eines Flugzeugs zu schlafen, für ein paar Dollar in der Luft herumzufliegen und sich dabei Gedanken zu machen, warum man der glücklichste Kerl der Welt war.

»Wie lautete deine Antwort?« fragte er, feierlich wie eine Schleiereule.

»Ich dachte darüber manche Nacht nach, ganz allein, während ich mein Pfannenbrot über dem Feuer buk. Das Vagabundieren ist ein großartiger, romantischer Beruf, dachte ich, aber das sind die Juristerei oder die Schauspielerei auch. Wenn alle Schauspieler wären, würden wir die Gelben Seiten aufschlagen und dort nur eine Kategorie finden: S für Schauspieler. Es gäbe keine Fluglehrer, keine Spielzeughersteller, keine Rechtsanwälte, keine Polizei oder Ärzte oder Läden oder Baufirmen, keine Studios und keine Filmproduzenten. Einfach nur Schauspieler. Und schließlich begriff ich. Nicht jeder kann ein Vagabund sein. Ebenso kann nicht jeder ein Rechtsanwalt oder ein Schauspieler oder ein Maler sein. Nicht jeder kann *irgendeine beliebige* Sache machen!«

»So war deine Antwort?«

»Dies kam mir plötzlich in den Sinn, Dickie, es war wie ein großer Schwall, den ein Wal erzeugt, wenn er plötzlich aus dem tiefen Wasser auftaucht: Nicht jeder kann irgendeine beliebige Sache machen, aber *irgendeiner* kann es!«

»Oh«, sagte er nur.

»Von da an habe ich aufgehört zu denken, es geziemte sich nicht, der zu sein, der ich sein wollte.« Leise klopfte ich auf den Tragflügel, aber Dickie lauschte immer noch, während er den Gedanken in seinem Kopf wälzte.

»Kann ich, wenn ich möchte, irgendeiner sein?« fragte er. »Ein anderer als Richard?«

»Ein ganz anderer als Richard«, antwortete ich. »Von Zeit zu Zeit mache ich Druck dahinter, aber mein Job ist besetzt. Alle Jobs sind besetzt, Kapitän, außer deinem.«

36

Ein Wispern im Dunkeln.

»Du wirst ihn nicht lehren, egoistisch zu sein, nicht wahr?« Drei Uhr zwanzig morgens zeigten die Leuchtzifferblätter der Uhr an. Wieso weiß Leslie, daß ich wach bin? Wie weiß ein Reh, daß ein Blatt im Wald lautlos zu Boden fällt? Sie hört es daran, daß ich anders atme.

»Ich lehre ihn gar nichts«, flüsterte ich. »Ich sage ihm, was meiner Meinung nach wahr ist, und er hat selbst zu entscheiden, ob er meinen Worten Glauben schenken möchte.«

»Warum flüsterst du?« fragte sie.

»Ich möchte dich nicht aufwecken.«

»Das hast du bereits getan«, flüsterte sie zurück. »Du hast vor einer Minute wie beim Erwachen geatmet. Du denkst an Dickie.«

»Leslie», fragte ich, um sie auf die Probe zu stellen. »Was mache ich jetzt?«

»Sie lauschte in die Dunkelheit hinein. »Du zwinkerst mit den Augen.«

»NIEMAND KANN SAGEN, OB SEIN NACHBAR IM DUNKELN MIT DEN AUGEN ZWINKERT!«

Stille. Dann ein Flüstern. »Soll ich mich bei dir dafür entschuldigen, daß ich ein gutes Gehör habe?«

Ich seufzte.

Ein leises Flüstern: »Na schön, ich tu's nicht.«

»Was mache ich jetzt?« fragte ich.

»Ich weiß nicht.«

»Ich lächle.«

Sie wendete mir ihr Gesicht zu, und ich umarmte sie im Dunkeln. »Welche Gedanken haben dich wachgemacht?«

»Du wirst mich auslachen.«

»Nein, ehrlich, das werde ich nicht tun.«

»Ich habe über das Gute und das Böse nachgedacht.«

»Oh, Richie! Um drei Uhr nachts wachst du auf und machst dir darüber Gedanken?«

»Machst du dich lustig über mich?«

Sie dämpfte ihre Stimme. »Es ist nur eine Frage.«

»Ja.«

»Was hast du denn genau gedacht?« fragte sie.

»Daß ich zum ersten Mal begreife ... daß es so etwas nicht gibt.«

»So etwas wie gut und böse?«

»Ja.«

»Was gibt es dann?«

»Es gibt glücklich und unglücklich«, erwiderte ich.

»Ist Glücklichsein gut und Unglücklichsein schlecht?«

»Das ist vom einzelnen abhängig. Es spielt sich nur in seinem Kopf ab.«

»Also, was ist dann Glück und was Unglück?«

»Was meinst du denn?« fragte ich sie.

»Glücklichsein bedeutet Frohsinn! Intensive Freude! Unglücklichsein bedeutet Depression, Hoffnungslosigkeit, Verzweiflung.«

Ich hätte es wissen müssen. Ich hatte angenommen, ihre Worte würden die meinen sein: Glück ist Wohlbehagen, Unglück ist das Gegenteil. Meine Frau war jedoch immer der intensivere Teil von uns beiden. Ich sagte ihr meine Definition.

»Ist das nicht ein wenig fad – Wohlbehagen?«

»Ich benötige eine Definition, bei der das Gefälle zwischen Glücklichsein und Unglücklichsein nicht allzu gravierend ist. Wie nennst du das, was dazwischen liegt?«

»Ich nenne es Okay.«

»Ich empfinde kein Okay«, sagte ich. »Ich empfinde Wohlbehagen.«

»Na schön. Was nun?«

»Hilf mir. Ich suche nach einer Situation, in der Gott nicht als ›Er macht mich glücklich‹ und das Schlechte nicht als ›Es macht mich unglücklich‹ definiert wird.«

»Liebe ist gut«, sagte sie.

»Liebe macht glücklich«, antwortete ich.

»Terrorismus ist schlecht.«

»Du kannst es noch besser formulieren, Liebling. Terrorismus macht mich unglücklich.«

»Es ist gut, wenn wir uns lieben«, sagte sie und schmiegte sich im Dunkeln mit ihrem warmen Körper an mich.

»Es macht uns glücklich«, sagte ich und bemühte mich verzweifelt, einen klaren Kopf zu behalten.

Sie rückte von mir ab. »Oh, Richie, worauf willst du hinaus?«

»Wie ich es auch drehe und wende, es sieht so aus, als ob die Moral von uns abhängt!«

»Natürlich hängt sie von uns ab«, sagte sie. »Bist du deswegen wachgeworden?«

»Siehst du das nicht, Wookie? Gut und böse sind nicht das, was uns unsere Eltern erzählt haben, auch nicht das, was uns die Kirche sagt oder unser Land oder wer auch immer! Was gut und böse ist, das entscheiden wir selbst, und zwar automatisch, indem wir auswählen, was wir machen wollen!«

»Du lieber Himmel!, sagte sie. »Schreibe bitte nie ein Wort darüber.«

»Ich denke doch nur. Und ich habe ein seltsames Gefühl, weil ich keinen Weg sehe, wie ich das Ganze umgehen kann!«

»Bitte ...«

»Wie wär's damit?« fragte ich. »Aus der Schöpfungsgeschichte: *Und Gott sah, daß es gut war.*«

»Willst du damit sagen, daß Gott glücklich war?«

»Natürlich!«

»Du glaubst an keinen Gott, der die Welt sieht«, sagte sie, »oder Emotionen im Bauch oder Arithmetik im Kopf hat. Wie kann dann dein Gott glücklich sein?«

»Der Verfasser der Schöpfungsgeschichte, dieser Esel, hat sich nicht mit mir abgestimmt, als er seinen Bleistift zückte. In seiner Geschichte ist Gott voller Gefühle – er ist froh und traurig, wütend und ränkevoll und rachsüchtig. Gut und Böse waren nicht absolut, sie waren Maßstäbe für das Glücksempfinden. Er schrieb eine Story, und er dachte sich folgendes dabei: *Wenn ich glaube, Gott würde darüber glücklich sein, will ich sie ›gut‹ nennen.*« Ich ärgerte mich über die Uhrzeit. »Ich brauche Beispiele, wo Leute die Begriffe ›gut‹ und ›böse‹ verwenden, aber es ist dunkel, und ich kann nirgendwo nachschlagen.«

»Gut.«

»Das macht dich glücklich?« fragte ich.

»Selbstverständlich. Sonst stehst du auf, knipst das Licht an, kramst Bücher hervor, schaltest den Computer an, schwätzt, und wir sind die ganze Nacht auf.«

»Du bist also glücklich, weil es dunkel ist und du wahrscheinlich nicht von mir dadurch gestört wirst, daß ich die ganze Nacht weiter über Gut und Böse rede. Selbstverständlich sagst du ›gut‹.«

»Ich bitte dich bloß, das nicht zu schreiben«, sagte sie. »Jeder Extremist ... nein, jeder *vernünftige* Mensch in diesem Land wird bis spät abends aufbleiben und deine Bücher durch den Reißwolf jagen!«

»Leslie, mich treibt nur die Neugier. Wenn wir entdekken, daß Moral persönlich geprägt ist, so bedeutet das nicht, daß sie plötzlich das Gegenteil von dem ist, was sie war; wir verwandeln uns nicht in einen mordlustigen Verrückten, nur weil wir erkennen, daß wir einer sein könnten, wenn wir wollten. Wir sind rücksichtsvoll, freundlich, höflich und lieb zueinander, wir riskieren unser Leben, um jemanden, der in Seenot geraten ist, zu retten. Und zwar deshalb, weil wir gern so sein möchten, und nicht, weil wir glauben, Gott würde wütend auf uns sein oder Dad würde es mißbilligen, wenn wir nicht so wären. *Wir sind* für unseren Charakter verantwortlich, nicht Dad oder Gott ...«

Sie war ungerührt. »Bitte, nicht. Erkennst du nicht, daß du das Ganze der Vernunft unterordnest, wenn du schreibst, gut sei, was uns glücklich macht? ›Richard Bach sagt, gut ist, was mich glücklich macht. Ich stehle gern Modelleisenbahnen, also ist das Stehlen von Modelleisenbahnen gut, und wie kann mich jemand dafür bestrafen wollen, wo ich doch nur Gutes tue, indem ich mit einer Lokomotive in meiner Brotbüchse nach Hause trotte? Wie dem auch sei, es war Richard Bachs Idee.‹ Hinterher wirst du zusammen mit dem ewig glücklichen Dieb von Modelleisenbahnen auf der Anklagebank sitzen ...«

»Dann werde ich in den Zeugenstand treten müssen«, sagte ich. »Der Weise, Euer Ehren, muß die Folgen bedenken, bevor er zur Tat schreitet. Vielleicht mag es unser Herz erfreuen und auf den ersten Blick gut sein, eine Diesellok, die jemand anderem gehört, zu klauen, aber das könnte unerfreuliche Konsequenzen haben, und deshalb wäre es besser, den Streich noch einmal zu überdenken.«

Sie seufzte und verkniff es sich, ungeduldige Fragen zu stellen.

»Ich bitte Euer Ehren um Nachsicht«, sagte ich. »Jede Tat hat ihre wahrscheinlichen, ihre möglichen und ihre unerwarteten Konsequenzen. Das Gute – wenn alle diese Konsequenzen im Interesse des langfristigen Wohlbehagens der besonnenen Person liegen – wird sowohl aus jeder Konsequenz, die sich danach ergibt, als auch aus der ursprünglichen Tat resultieren. ›Ich werde wahrscheinlich nicht dabei ertappt‹ ist nicht das gleiche wie ›Ich werde für den Rest meines Lebens durch das, was ich gleich tun werde, Wohlbehagen empfinden.‹

Euer Ehren, ich behaupte: Da unser Gefangener darüber unglücklich ist, daß er vor Gericht stehen muß, *hat er tatsächlich nicht in seinem eigenen Interesse gehandelt,* als er die Lokomotive in seine Brotbüchse steckte, und er ist der Torheit überführt, da sich sein Diebstahl als eine schlechte Idee erwiesen hat!«

»Originell«, sagte Leslie. »Aber hast du bedacht, daß das, was mit gut gemeint ist, auf einer allgemeinen Übereinkunft beruht, wonach gut ist, was die meisten Menschen jahrhundertelang als positiv und lebensbejahend angesehen haben? Und hast du bedacht, daß es nicht in deinem Interesse liegen kann, sprich schlecht ist, wenn du den Rest deines Lebens mit solchen Argumenten vor Gericht verbringst? Und sollten wir es nicht dabei bewenden lassen und uns wieder aufs Ohr legen?«

»Wenn die meisten glauben, daß es gut sei, Spinnen zu töten, sind wir dann schlecht, wenn wir sie freilassen?« fragte ich. »Erwartet man von uns, daß wir uns nach dem richten, was andere Leute denken?«

»Du weißt, was ich meine.«

»Lies im Lexikon nach«, sagte ich. »Jedes Wort, das einen Wert ausdrückt, ist austauschbar. *Gut* ist *richtig* ist *moralisch* ist *einwandfrei* ist *gerecht* ist *gut.* Aber prüfe die Beispiele, und sie sind überhaupt nicht austauschbar: Jeder sagt: *Mach mich glücklich!* Ich hole jetzt das Lexikon!«

»Bitte, nicht.«

»Wie hast du dich während des Vietnamkriegs verhalten, Wookie? Der Präsident hielt ihn für einen guten Krieg, und das taten auch die meisten Leute. Ich war gleichfalls dieser Meinung, bis ich dir begegnete. Der Gedanke, daß wir ein unschuldiges Land gegen einen bösen Aggressor verteidigten, machte die meisten von uns glücklich. Aber nicht dich! Was du darüber erfuhrst, *machte dich nicht glücklich* – du begannst, die Bewegung gegen den Vietnamkrieg, die Konzerte und die Märsche ... mit zu organisieren.«

»Richie?»

»Ja?»

»Du magst mit deiner Meinung über gut und böse recht haben. Aber laß uns morgen darüber sprechen.«

»Jedesmal, wenn wir *großartig!* sagen, wollen wir damit ausdrücken, daß sich unser Wohlbefinden erhöht hat. Jedesmal, wenn wir *verdammt!* sagen oder *O nein!*, meinen wir, daß es weniger geworden ist. Stündlich prüfen wir, was gut und was schlecht, was richtig und was falsch ist. Wir können uns selbst minutenlang zuhören und unsere eigene Moral näher betrachten!«

»Schlafen ist gut«, sagte sie. »Schlafen würde mich glücklich machen.«

»Wenn ich hier liege, ohne einen Piep zu sagen, und in Gedanken jedes Beispiel durchgehe, das mir einfällt, so *macht es mich glücklich,* wenn ich mir das Gute und Richtige und Wunderbare und Großartige und Schöne und Umwerfende vergegenwärtige, und *unglücklich,* wenn ich an das Böse und Schlechte und Verruchte und Gemeine denke. Stört dich das beim Schlafen?«

Sie rollte sich an meiner Seite zusammen und vergrub ihr Gesicht in ihr Kissen. »Nein. Solange du nicht zwinkerst.«

Im Dunkeln lächelte ich still vor mich hin.

37

Ich versank ganz in Gedanken an Gutes und Böses, doch bald war ich eingeschlafen ...

*

»Ich kann nicht glauben, was du denkst! Gut ist, was uns glücklich macht?«

»Du kannst es glauben oder auch nicht, Dickie«, sagte ich. »Denken ist kein Verbrechen.«

»Und selbst wenn es das wäre, würdest du es wahrscheinlich trotzdem tun.«

Die Bergkuppe war noch nie so grün gewesen wie jetzt, und der ganze Abhang war mit unzähligen winzigen Blumen bedeckt. Es waren meist gelbe und blaue, deren Namen Leslie auf Anhieb hätte sagen können.

»Wieso weißt du, was ich denke?« fragte ich. »Habe ich dir den Schlüssel zu meiner Psyche gegeben? Beobachtest du alles, was ich mache?«

Statt eines Steines reichte er mir wortlos ein kleines Segelflugzeug aus Balsaholz. Seine Tragfläche hatte eine Spannweite von zwölf Zoll. Zum Ausgleich war ein kleiner Klumpen Lehm an der Flugzeugnase befestigt.

»Ich beobachte gar nichts«, sagte er. »Ich sehe dein Leben nur, wenn du es mir gestattest. Aber neuerdings weiß ich, welche Erfahrungen du sammelst. Das war vorher nicht so.«

War meine Privatsphäre verletzt, weil er inzwischen soviel Raum in meinem Denken beanspruchte? Empfand ich es als unangenehm, daß er in Erfahrung zu bringen versuchte, was ich wußte?

Ich lächelte: »Nun ja, du wirst erwachsen.«

Er blickte mich erstaunt an. »Das stimmt nicht. Hast du das schon vergessen? Ich bin neun Jahre alt, Richard, und ich werde nie älter sein.«

»Warum willst du alles wissen, was ich weiß, wenn du nicht vorhast, ein Leben mit allen meinen Vorzügen und ohne meine Fehler zu führen?«

»Ich habe nicht gesagt, daß ich dein Leben auch leben möchte. Ich habe gesagt, ich möchte wissen, wie es wäre, wenn ich es täte. Für den Mann, zu dem ich werde und der sich in seinen Handlungen nach dem richten wird, was ich jetzt von dir erfahre, werde ich genauso neun Jahre alt sein, wie ich es für dich bin. Sage mir bitte, was wahr ist ... Ich weiß nicht, was ich von gut und böse halten soll, und ich muß es wissen!«

»Was ist denn nicht klar?« fragte ich. »Gut ist, was dich ...«

»Es ... simplifiziert die Sache!« sagte er und verwendete das Fremdwort mit Behagen. »*Ich* könnte sie so erklären!«

»Hör schon auf damit, Kapitän. Erstens bist du nicht dumm, zweitens ist meist das Einfache wahr, drittens bin ich, der Kerl, dessen Erfahrungen dich so interessieren, über fünfzig Lebensjahre von dir entfernt. Wird denn die Sache simplifiziert, wenn du das Wort ›gut!‹ vernimmst und, bevor du ihm zustimmst, überlegst, wer das gesagt hat und warum?«

Ich balancierte das Segelflugzeug aus und warf es in die Luft. Es wollte nicht fliegen und stürzte aus vier Fuß Höhe steil ab. Offensichtlich war die Nase des Flugzeuges ein wenig zu schwer.

»Es muß noch mehr hinter dem Guten stecken, als daß es mich nur glücklich macht«, sagte er.

»Sicherlich steckt mehr dahinter. Momentane Genugtuung muß nicht langwährende Glückseligkeit bedeuten. Wir müssen nachdenken, um den Unterschied zu erkennen. In jeder Sie-verkauften-dem-Teufel-ihre-Seele-Story ist der Deal mit dem Satan der gleiche: Die langwährende Glückseligkeit wird gegen ein kurzfristiges Vergnügen eingetauscht, und die Moral der Geschichte ist immer: *Es ist kein allzu gutes Geschäft!*

Dann gibt es den Konsens von gut und böse, die von vielen Menschen akzeptierten Werte mit den abgerundeten Kanten. Verschiedene Kulturen können unterschiedliche Auffassungen über das haben, was gut und was nicht gut ist, aber jede für sich genommen ist sich im allgemeinen darüber einig, was sie unter gut und böse versteht.«

»Muß das denn so verschwommen sein? Warum kann es nicht klarer sein? Ich habe eindeutige Definitionen.«

»Mord ist ...«

»Schlecht«, sagte er, ohne zu zögern.

»Nächstenliebe ist ... «

»Gut.«

Ich kratzte etwas Lehm von der Nase des kleinen Segelflugzeuges. »Ein Wehrdienstverweigerer in Kriegszeiten zu sein ist ... ?«

»Hm.«

»Ist es gut oder schlecht, den Wehrdienst zu verweigern?« wiederholte ich meine Frage.

»Warum gibt es diesen Krieg? Verteidigen wir uns selbst, oder greifen wir irgendein wehrloses kleines Land an?«

»Sieh mal einer an!« sagte ich. »Sobald man eine Situation hat, in der gut oder schlecht von den Umständen abhängt, nimmt das ganze Konzept subjektiven Charakter an, und es wird nie wieder die klare Alternative geben, die sie in unseren Augen einmal war. Wie bei jedem anderen

Werturteil müssen wir sagen, dies ist gut *für mich,* und das ist *schlecht für mich.*«

Ich stieß das kleine Segelflugzeug erneut vorsichtig ab. Es stieg steil in die Höhe und fiel danach sanft ins Gras.

»Eine Ausnahme verändert noch nicht die Regel!«

»Das stimmt«, antwortete ich und hob das Segelflugzeug wieder auf. Ich ärgerte mich über das Schwerpunktproblem und fügte dem kleinen Klumpen auf der Nase des Modellflugzeuges wieder etwas Lehm hinzu. »Aber eine Ausnahme zeigt, daß es auch eine Million andere geben kann.«

»Beweise mir das.«

»Ist es verwerflich, wenn wir uns selbst verteidigen? Ist es falsch, wenn wir unsere Feinde im Krieg töten? Ist es unmoralisch, wenn ein Arzt den wohlüberlegten Wunsch seiner Patientin erfüllt, die unheilbar krank ist und unerträgliche Schmerzen hat?«

»Nach deiner Maxime ist es doch unmöglich zu töten«, sagte er. »*Das Leben existiert,* und wir können es weder erschaffen noch vernichten.«

»*Das Leben existiert,* Dickie. Es kennt keine Regeln. Aber du und ich, wir reden über Spiele, das Heute, die Raumzeit, Vermutungen über Erscheinungen, das institutionalisierte Gute und das zivilisierte Böse, über die Gesellschaft, wo das real ist, was real zu sein scheint, und das große Prinzip nicht beachtet wird.«

»Es gibt kein richtig und kein falsch?«

»Das absolut Richtige und das absolut Falsche gibt es nicht. Nur die Existenz des Lebens ist absolut.«

»Also kann ich tun und lassen, was ich will, und es wird keine Folgen haben? Es steht mir frei, hinzugehen, wohin ich will, zu betrügen, zu stehlen und zu morden, und es zieht keine Folgen nach sich, wenn mir meine eigene Moral sagt, daß das alles in Ordnung ist?«

»Natürlich steht es dir frei, das zu tun«, erwiderte ich.

»Aber da lauern Folgen, die du vielleicht nicht in Ordnung finden wirst.«

»Zum Beispiel?«

»Deiner Tat wegen belastest du dein Gewissen für den Rest deines Lebens mit Schuldgefühlen. Oder du sitzt sieben bis zwölf Jahre im Zuchthaus. Oder du stirbst überraschenderweise selbst: Du hattest angenommen, dein Opfer wäre wehrlos, und dabei war es bewaffnet. In der Welt der Erscheinungen hat jede Entscheidung, die du triffst, unendlich viele Auswirkungen, und es gibt unendlich viele Dinge, die abzuwägen sind.«

»Gilt das für ausnahmslos jede Entscheidung?«

»Ja.«

Er preßte seine Daumenkuppe mit den Fingern zusammen. «Gilt das für jede winzige Kleinigkeit?«

»Probier es aus«, sagte ich. »Welche Entscheidung bleibt ohne Folgen?«

»Ich stieß das kleine Flugzeug zum dritten Mal ab. Es setzte wieder zu einem Sturzflug an, fing sich über den Spitzen der Grashalme und schwebte dreißig Fuß weit geradeaus, bis es sanft wie ein Nachtfalter landete. Nicht schlecht für drei Flugversuche.

»Hat es Folgen, wenn man ein Schriftsteller ist?«

»Ja«, antwortete ich. »Jeden Tag kann ich bis mittags schlafen.«

»Na, na!«

Ich ging, um das Segelflugzeug aus dem Gras zu fischen. »Dickie, verstehst du nicht? Es gibt immer irgendwelche ... Auswirkungen, gute und schlechte ...«

» ... Es macht uns glücklich oder unglücklich ...«, rief er, stellvertretend für uns beide.

»... irgend etwas zu machen, wozu wir uns entschlossen haben, oder irgend jemand zu sein, der wir sein wollen«, beendete ich seinen Satz.

»Hat die Schriftstellerei schlimme Folgen?« fragte er.

Als ich wieder zu ihm zurückging, wußte ich seinen Blick nicht zu deuten und konnte mir nicht erklären, warum er das wissen wollte.

»Ich habe vor Jahren ein Buch über die Ernährung verfaßt und darin geschrieben, daß es für manche von uns gut wäre, zehn Pfund Gewicht zu verlieren.«

»Und das sind die schlimmen Folgen der Schriftstellerei?«

»Nein. Was mich in diesem Zusammenhang unglücklich gemacht hat, war, daß einer meiner Leser meine Auffassung teilte, sich auf mich als Kapazität berief und sich, um sein Gewicht zu vermindern, den Kopf abtrennte.«

Er bekam Augen so groß wie Suppenteller. »WAS SAGST DU DA?«

»Er hatte nicht verstanden, was ich meinte, Dickie, aber er verlor zehn Pfund Gewicht.«

»Du nimmst mich auf den Arm!«

»Ein wenig«, entgegnete ich. »Ich habe vor Jahren ein Buch über jemanden geschrieben, der keine Angst vor dem Sterben hatte. Ein junger Mann las das Buch, kam zu dem Schluß, daß er sich auch nicht vor dem Sterben fürchtete, und beging Selbstmord.«

»Du nimmst mich immer noch auf den Arm.«

»Nein. Die Geschichte ist wahr.« Ich saß im Gras und hielt das Flugzeug in der Hand.

»Warum hat er das gemacht?«

»Er war verliebt, die Eltern seiner Freundin lehnten ihn ab und sagten, sie würden ihre Tochter fortschicken, damit sich die beiden niemals wiedersehen. Das Paar beschloß, zusammen Selbstmord zu begehen, und fuhr mit hoher Geschwindigkeit gegen eine Mauer. Das Mädchen überlebte den Aufprall, er nicht.«

»Weshalb sind die beiden nicht einfach zusammen durchgebrannt?«

»Eine gute Frage.«

»Wenn ich über etwas nicht hinwegkäme, Richard, würde ich mich sicherlich nicht umbringen. Aber ich würde einige ziemlich drastische Sachen machen.«

»Zum Beispiel?« Was hatte ich schon als drastisch angesehen, als ich neun Jahre alt war?

»Ich würde mein Pfadfindermesser und Streichhölzer einpacken, etwas zu essen mitnehmen und mit dem Mädchen in die Berge radeln.«

Mir fiel meine letzte verzweifelte Flucht ein, die ich vor langer Zeit in die bergige Wildnis, die von meiner Heimatstadt aus undeutlich am Horizont zu sehen war, unternommen hatte. Ich wartete auf weitere Beispiele.

»Wenn ich autofahren könnte, würde ich mit ihr nach Montana fahren. Oder wir würden auf einem Frachter nach Neuseeland schippern.«

Natürlich war Flucht sein erster Gedanke. Wenn heute bei mir etwas Drastisches angebracht wäre, würde ich mich auch dazu entschließen zu fliehen.

»Ich würde mit ihren Eltern reden,« fuhr er fort, »ihnen versprechen, ihnen bis an ihr Lebensende den Rasen zu mähen, ihnen meine hervorragenden Zeugnisse zeigen und fünfzig Freunde mobilisieren, die ihnen erzählen, daß ich ein wirklich netter Bursche bin.«

Ich nickte.

»Du lieber Gott, sie ist doch nicht das *Eigentum* ihrer Eltern, oder?«

»Niemals,« sagte ich, »nicht für eine Sekunde, das ist meine Auffassung, aber sie waren wahrscheinlich anderer Meinung.«

»Soll sie doch fortziehen«, sagte er. »Ich würde ihr, wo auch immer sie wäre, Briefe schreiben, bis ich alt genug wäre, das Mädchen zu kriegen.«

»Das könnte klappen.«

»Ich würde arbeiten und ihr Geld schicken, damit sie mich anruft, wann immer sie will. Wir würden am

Telefon Pläne schmieden und wieder zueinander finden.«

Ich wartete.

»Geduld. Früher oder später würden wir auf eigenen Füßen stehen, ohne die Eltern zurechtkommen, und niemand könnte uns daran hindern, zusammenzusein.«

Binnen fünf Minuten hatte der Junge fünf Pläne als Alternative zum Selbstmord ersonnen, einen Plan pro Minute, um den Eltern des Mädchens wirksam Widerstand zu leisten. Hätte mein junger Leser, so dachte ich, binnen eines Tages nicht das gleiche tun können?

Hätte das arme Kind an einem durchgescheuerten Strick über einem See voller Alligatoren gebaumelt, hätte selbst ich zugegeben, daß die Zahl der Alternativen zusammengeschrumpft war, aber selbst dann ist der Tod noch nicht unvermeidlich. Ich bin des öfteren in Florida mit Alligatoren zusammen im Wasser gewesen; sie sind überhaupt keine Menschenfresser. Selbst wenn sie es wären, ist es wie jedes andere kurze Bad in einem See – falls sie nicht gerade hungrig sind oder man sie beim Meditieren stört, während man an ihnen vorbeitreibt.

Mit Schwung warf ich das kleine Flugzeug in die Luft. Es stieg hoch, flog dann in gleicher Höhe weiter, segelte über den Berg hinweg und war nicht mehr zu sehen.

Sterben ist ein Statement, das nur einmal im Leben abgegeben werden kann, dachte ich und wünschte, daß mein leichtfertiger Leser hier bei Dickie und mir wäre. Begeht man im Alter von sechzehn Jahren Selbstmord, erweist man sich als nicht tauglich, das Spiel zu gewinnen, dessentwegen wir hierher gekommen sind.

Um Mißverständnissen vorzubeugen, sagte ich in Gedanken zu ihm: Wenn du dich, um deinen Selbstmord zu rechtfertigen, auf mein Buch berufen willst, benötigst du, bevor du es tust, meine schriftliche Zustimmung, und zwar in Form eines Einschreibens. Mißachtest du das, werde ich mich zu Tode ärgern, weil irgendein Leser meines Buches vergessen hat, daß die Raumzeit unser Sport ist und sich vor einer Welt der Spiegel so tief verbeugt hat.

Ich schwieg eine Weile. Während ich über seine Entscheidung nachdachte.

»Wie würdest du das finden, Dickie? Du bringst dich um, indem du dein Auto zuschanden fährst, du verläßt den völlig zerquetschten Körper, der hinter dem Lenkrad zusammengesunken ist, und dann besinnst du dich: O *nein! Wir hätten nach Auckland abhauen können! War ich ein Esel, oder was?*«

»Zu spät«, sagte er. »Deiner Meinung nach muß ich mich wieder hinten anstellen, ich muß wieder als Baby geboren werden, das noch viel hilfloser ist als der Teenager, ich müßte noch einmal von vorn anfangen und zählen lernen, in den Kindergarten gehen und das machen, was die Erwachsenen sagen, weil ich klein bin und sie groß sind ...«

Wir müssen uns nicht wieder hinten anstellen, dachte ich. Wir müssen überhaupt nichts tun. Wir *möchten* es erneut tun, wir möchten versuchen, die Sache wieder ins rechte Lot zu bringen und eine unüberlegte Tat zu korrigieren.

Zum ersten Mal, seit wir uns begegnet waren, bedauerte der Junge, der ich gewesen, den Mann, der ich bin. »Welche Folgen hat es für dich gehabt, daß du ein Buch geschrieben hast, das irgend jemand nicht verstand?«

»Ich verspürte eine starke innere Spannung, Dickie, und verspüre sie immer noch. Ich möchte mit ihm sprechen, ich möchte, daß er mir seine Alternative sagt.«

»Das ist nicht möglich. Er ist tot.«

Wer weiß, dachte ich. Vielleicht wird er in der Lage sein, das nächste Buch zu lesen, sobald es fertig ist.

38

Dickie ließ mich eine Weile allein. Er ging weg, ohne mir Aufwiedersehen zu sagen.

Wann immer wir etwas Schreckliches erleben oder keinen Ausweg mehr sehen, ist es nett, wenn wir jemand sagen hören: »Es ist in Ordnung«, selbst wenn es unsere eigene Stimme ist, die wir vernehmen.

Es ist in Ordnung ist eine kosmische Wahrheit, dachte ich und spürte, wie die Spannung von mir wich. Mein Selbstmörder, dem ich nicht begegnet bin, hat wie wir alle zu lernen, was gelernt werden muß. Wenn es hier nichts zu lernen gäbe, brauchten wir uns nicht die Mühe zu machen, hierher zu kommen.

Ich blickte zum Gebirge hin, das in der Ferne aufragte. Die Luft war klar wie ein Diamant. Fliegt man, so existiert keine Entfernung. Wir können auf der Erde überall hinfliegen: zu einem fernen Dorf, zu schneebedeckten Bergen, zu einer Koralleninsel, zum Gipfel einer Wolke. An stürmischen Tagen können wir, wenn wir wollen, aufsteigen und die Sonne besuchen. Vertrau unseren Instrumenten, flieg trotz Nebel, Regen oder Wind immer höher, und bald werden wir die Wolkendecke durchbrechen.

Es war Zeit, aufzuwachen und in einen anderen Traum hinüberzuwechseln, dachte ich.

Als ich gerade diesen Wechsel vollziehen wollte, erblickte ich Dickie, der mühsam den Hang heraufkletterte, mit dem kleinen Segelflugzeug in der Hand.

»Es ist wirklich geflogen, Richard! Ich habe es weit unten am Fuß des Berges gefunden! Du kannst wirklich Flugzeuge fliegen lassen! Wie machst du das?«

»Übungssache«, erwiderte ich und tat bescheiden, um nicht zugeben zu müssen, daß ich Glück gehabt hatte.

»Ist der Name ein Geheimnis?« fragte er und wußte, daß ich keine Ahnung hatte, nach welchem Namen er sich erkundigte.

»Welcher Name?«

»Der Name deiner Religion.«

»Sie hat keinen Namen, Dickie, sie wird nie einen haben, und es ist keine Religion. Keine organisierte Religion jedenfalls. In der organisierten Religion befindet sich Gott in einem Spinnennetz, er ist die große Spinne im Mittelpunkt von tausend Doktrinen, Ritualen und vorgeschriebenen Anschauungen. Menschen sterben in diesem Netz. Bitte keine Organisation!«

Er lächelte mich an. »Du hast eine namenlose, ungeordnete Religion? Du hast etwas, woran du glaubst. Du hast ... was?«

»Ich bin auf der Suche nach dem, was für mich wahr ist, und diese Suche ist noch nicht beendet. Was ich besitze, ist ... eine experimentelle persönliche Philosophie, und sie wird nie einen Namen haben. Du weißt, warum.« Es war mir klar, daß er es nicht wußte, aber er verdiente es, höflich behandelt zu werden und raten zu dürfen, dachte ich.

»Weil der Name ein Etikett ist,« sagte er, »und sobald ein Etikett da ist, verschwinden die Ideen, und was herauskommt, ist die Anbetung des Etiketts und die Bekämpfung des Etiketts, und anstatt nach Ideen zu leben, fangen die Menschen an, für Etiketten zu sterben, und schließlich denkt man: Was die Welt am wenigsten braucht, ist eine neue Religion.«

Ich starrte ihn an. »Gut geraten.«

»Hat sie ein Symbol, deine namenlose experimentelle persönliche Philosophie?«

»Natürlich nicht. Ein Symbol ist genau so schlecht wie ...«

»Ich verstehe«, sagte er. »Aber würde es denn nicht einen Unterschied machen, wenn du einfach nur zum Spaß ein Symbol hättest, das deine Denkweise ausdrückt und dich daran erinnert, daß sie keinen Namen hat und nie einen haben wird? Und sicher ist es auch. Etwas, was nicht in Worte gekleidet werden kann, wird wahrscheinlich nicht zu einem Etikett werden.«

»Eine originelle Idee«, sagte ich. »Was jedoch zählt, ist, wie ich mein Wissen jeden Tag und jede Minute nutze, um mich inmitten des Spiels zu erinnern.«

Er ließ nicht locker und fragte weiter: »Welches Symbol würdest du wählen, wenn dir eins vorschwebte? Wahrscheinlich keinen Stern, keinen Halbmond und auch kein Kreuz.«

Ich lachte. »Nein, Dickie, kein Kreuz. Ein Kreuz ohne Querbalken. Ich mag keine Balken.«

»Ein Kreuz ohne Querbalken ist die Zahl Eins«, sagte er.

»Du hast es erraten«, sagte ich. »Die Eins in der binären Arithmetik bedeutet ›Kein Nichts‹, sie bedeutet ›Ist‹ anstatt ›Ist nicht‹. Die Eins ist die Lebenszahl, egal, wie viele Träume es gibt.«

»Ein Kreuz ohne Querbalken ist ein großes I.«

»Es erinnert mich daran, daß dieser namenlose Pfad meine persönliche Art ist, zu denken. Ich empfehle sie niemandem, wenn ich nicht darum gebeten werde.«

»Ein Kreuz ohne Querbalken ist ein kleines l.«

»Es erinnert mich daran, daß es diese Prüfung gibt, die Frage, die mich am Ende jedes Traums erwartet: *Wie hast du dieses Mal deine Liebe zum Ausdruck gebracht?*«

»Das ist es«, sagte er. »Das perfekte Symbol.«

»Keine Symbole, keine Chance«, erwiderte ich. »Nicht in deinem Leben.«

»Natürlich nicht in meinem Leben«, sagte er. »Es gibt nur ein Leben.«

Mit dem Segelflugzeug in der Hand saß er einige wenige Zentimeter von meinem Knie entfernt im Gras. »Ich muß mich sehr bald entscheiden, Richard«, sagte er.

»Wozu entscheiden?«

Er sah mich erstaunt an, als ob ich es hätte wissen müssen, und akzeptierte dann, ... daß es für mich keinen Grund gab, es zu wissen.

»Ob ich fortgehe«, sagte er. »Ich schätze, ich brauche einen Rat.«

Seine Stimme erinnerte mich vage an die meines Bruders, und darüber erschrak ich ein wenig.

Dickie ist eine genauso reale und genauso irreale Seite des Lebens wie irgendein anderer Richard Bach, dachte ich, er kann ebensowenig sterben wie ich. Außerdem habe ich ihn gern, inzwischen vertrauen wir einander, wir sind jetzt Freunde, und es bleibt noch sehr viel zu sagen. Was bedeutete seine Bemerkung?«

»Ich weiß nicht, ob es bei allen so ist«, sagte er. »Aber für dich und für mich ist es an der Zeit zu entscheiden, ob ich für dich hierbleibe oder ob ich wieder verschwinde. Ich und der Rest deiner Kindheit.«

»Habe ich so wenig gelernt, daß du alles so rasch aufzunehmen vermochtest und nun verschwinden willst?«

»Hat es keine Folgen, daß du mich fünfzig Jahre lang eingesperrt hast?« fragte er.

Als ob er mir einen Stein an den Kopf geworfen hätte, zwinkerte ich vor Schreck, bis ich bemerkte, daß seine Worte nicht böse gemeint waren. Er stellte mir einfach eine Frage und erwog die möglichen Antworten.

»Du hast recht«, sagte er. »Ich habe gar nichts gelernt. Aber ich habe dir ziemlich gut zugehört und weiß, was du für richtig hältst.« Er gab mir das kleine Segelflugzeug. »Ich danke dir, Richard.«

Dickie ist nicht mein Bruder, dachte ich. Wie kann ich die gleichen Gefühle empfinden wie damals, als Bobby starb? »Du hast niemals erwähnt, daß du eine Entscheidung treffen oder mich verlassen willst«, sagte ich. »Du bist ein imaginäres Kind, ein imaginäres Ich, du existierst nicht real. Du kannst mich nicht verlassen!«

»Du bist ein imaginärer Erwachsener«, entgegnete er. »Du erzählst mir, du seist eine meiner Zukunftsvarianten. Ich vertraue dir, ich glaube dir, ich denke, daß du wahrscheinlich recht hast. Aber wenn du mir jetzt plötzlich sagst, daß jeder ohne Körper, du selbst in diesem Augenblick mit eingeschlossen, nicht real ist, dann habe ich nicht ein einziges deiner Worte verstanden. Du möchtest von vorn anfangen und mich lehren, daß das real ist, was ich mit meinen Augen sehe? Ich bezweifle sehr, daß das stimmt, Richard, und ich bin kein Erwachsener.«

Wenn wir irgend jemanden sympathisch finden und uns in dessen Gefühle hineinversetzen, empfinden wir Liebe – sei es für eine Puppe, ein Haustier oder ein Kind, dem wir in Gedanken begegnet sind. Ist das erst einmal geschehen, was kann dann die Liebe erschüttern?

Ich entschuldigte mich bei ihm: »Es tut mir leid. Es war dumm, was ich gesagt habe. Wenn die Zeit gekommen ist, wo du gehen mußt, mußt du es tun. Ich benehme mich wie ein Kind.«

Er blickte mich aufmerksam an, um sich zu vergewissern, daß ich nicht scherzte.

»Da ich jetzt weiß, was du weißt, kann ich ein Leben beginnen, das sich so von deinem unterscheidet, daß du mich nicht erkennen wirst, wenn wir uns wieder begegnen. Das wird ein Spaß sein.«

»Ja«, entgegnete ich. Dann folgte eine lange Pause. »Ich denke, es ist Zeit für dich aufzubrechen.«

»Für dich auch«, sagte er. »Den größten Teil deines Lebens hast du versucht, deine Kindheit loszuwerden, es war eine Last. Ich habe dich daran gehindert. Ich wollte nicht sterben in meiner Behausung, und ich wollte dich nicht gehen lassen. Aber du hast die Tür geöffnet. Ein bißchen spät, aber du hast sie geöffnet. Ich danke dir für den Regen in meiner Wüste.«

»Geh nicht«, sagte ich. »Wir sind Freunde.«

»Richard, du bist fast sechzig! Möchtest du nicht weiterlernen? Möchtest du nicht das überflüssige Gepäck loswerden? Deine Kindheit ist eine Last, ich weiß, wie du dich ihrer entledigen kannst!«

»Wie alt bin ich?« fragte ich.

»Du bist fast sechzig. Ich bin neun, und du bist mir fünfzig Jahre voraus. Du bist fast sechzig.« Bedeutete sein Lächeln, daß er sich jetzt unabhängig fühlte?

»Ich glaube nicht an die neun Jahre, das weißt du. Ich glaube nicht an die sechzig Jahre. Wir sind keine Geschöpfe, die von der Zeit abhängig sind ...«

Er blickte mich nachsichtig an, als ob ich ein Kind wäre.

»Dickie«, sagte ich. Völkerball, Schach, Florett-, Degen- oder Säbelfechten, Leichtathletik, Poolbillard oder Schießstand. Wähle neunzehn Jahre. Oder achtundzwanzig? Vierzig. Ich weihe dich in jedes beliebige Alter ein, das du willst, und ich schwöre dir ... Ich werde dir zeigen, was eine Harke ist. *Was soll denn ›fast sechzig‹ eigentlich bedeuten?«*

Er beobachtete mich einen kurzen Augenblick lang und lächelte wieder. Der Junge war mehr ein Freund als ein Kind. Dann geschah etwas hinter seinen Augen. Es war, als ob eine Uhr geschlagen hätte und seine Zeit abgelaufen wäre. Er dankte mir mit einem Kopfnicken und revidierte seine Entscheidung.

»Sechzig Jahre,« sagte er, »sind eine zu lange Zeit, um

die Kindheit, an die du dich kaum erinnerst, weiter mit dir herumzuschleppen. Gestatte mir diesen Liebesdienst. Laß mich diese Last von dir nehmen. Und wir gehen beide unserer Wege.«

39

Leslie ließ ihr Buch sinken: ›Sanfte Methoden, um Gartenschädlinge zu vertreiben‹. »Was geht dir durch den Kopf? Worüber machst du dir Sorgen?«

Ich lag neben ihr im Bett und starrte zur Decke. »Nichts. Ich denke gerade über etwas nach.«

»Oh, in Ordnung«, sagte sie und setzte ihre Lektüre fort.

Ich hatte beschlossen, Dickies Entscheidung erst zu erwähnen, wenn ich damit fertiggeworden war und ich eine weitere Stunde, oder auch zehn, damit verbracht hatte, die seltsame Freundschaft Revue passieren zu lassen. Ich grübelte darüber nach, warum sie mir soviel bedeutet hatte und was noch alles hätte geschehen können, wenn er nicht fortgegangen wäre.

So wie er es vorausgesagt hatte, fühlte ich mich ohne die alte Kindheit, die mich ständig begleitet hatte, leichter. Die Zweifel, die jahrzehntelang an mir genagt hatten, waren verschwunden. Mich quälte nicht mehr der Gedanke, etwas Wichtiges verdrängt zu haben. Mit Dickies Hilfe hatte ich jene Zeit hinter mir gelassen.

»Ein rasches Studium«, bemerkte Leslie, die immer noch ihr Buch las.

»Wer?«

»Dickie«, sagte sie. »Er hat alles, was er wollte, von dir gelernt. Ist er nun fort?«

»Wieso nimmst du das an?«

»Ich habe einfach geraten«, erwiderte sie. »Ich müßte

doch aus Stein sein, wenn ich deine Wellen des Kummers-über-das-Unausgefülltsein nicht wahrnehmen würde.«

Es wird schön sein, wenn ich eines Tages ein völlig durchdachtes und geregeltes Abenteuer haben werde und dann den Zeitpunkt selbst bestimme, wenn ich meiner Frau den Anfang, die Mitte und den Schluß erzähle. Das wird, dachte ich, erst dann geschehen, wenn die Hölle vereist.

»Nun ja.«

»Ist er gekommen, um etwas zu geben oder etwas zu nehmen?« Ihre Frage klang so, als hätte sie die Antwort schon parat.

»Er wollte etwas lernen«, sagte ich, »und es machte mir Spaß, ihm etwas beizubringen. Nun weiß er über alles Bescheid, und es liegt an ihm, was er mit seinem Wissen anfangen wird. Ich kann ihm nur meine eigene Zukunftsvariante anbieten.«

»Mehr hast du ihm nicht bedeutet?« Das hörte sich wie eine Feststellung an. »Vermißt du ihn?«

»Ich glaube nicht«, erwiderte ich. »Ich werde ihn in Erinnerung behalten. Ich werde an ihn denken.«

Sie lächelte über meine Art. »War es für dich eine schwere Zeit, ihn zu lehren, jedes menschliche Gefühl durch Vernunft zu ersetzen, oder hat er dies ebenfalls rasch gelernt?«

»Oh, Wookie, sei nicht albern! Ich bin nun mal ein Vernunftmensch, ich werde mein Wesen nicht so bald ändern, du wärst verloren, wenn ich das täte. Wir beide gleichen uns auf unserer kleinen Wippe wunderbar aus, und es wäre dir überhaupt nicht recht, wenn ich mein ganzes Gewicht auf deine Seite verlagern würde.«

»Vernunft hin, Vernunft her«, sagte sie. »Ich habe beschlossen, dich zu behalten.«

»Vielen Dank, Liebling.« Ich rückte näher an sie heran, schaltete meine Nachttischlampe aus, schob meinen Arm unter ihr Kissen und schloß meine Augen, um zu schlafen. »Es wäre so kalt ohne dich.«

»Du hast gelernt, nicht wahr?« sagte sie.

»Nein, Liebling«, murmelte ich. »Dieses eine Mal in meinem Leben bin ich der Lehrer gewesen, nicht der Schüler.«

»Hm.«

Sie wandte ihre Aufmerksamkeit wieder ihrem Buch zu und las, bis ich eingeschlafen war.

»Das nächste Mal, wenn du Dickie siehst, sag ihm bitte, daß ich ihn auch liebe.«

40

In jener Nacht, um drei Uhr morgens, wurde ich plötzlich wach. Mit weitgeöffneten Augen starrte ich ins Dunkel, es war eine um Monate verzögerte Reaktion. Dickie erinnert sich an die Kindheit, die ich vergessen habe! Er kann sich an sie *von der ersten Minute an* erinnern!

Wir hatten uns an zwei verschiedenen Enden eines Lebens befunden und einen Mittelpunkt erreicht, den jeder von uns allein nicht hätte finden können. In den Stunden, die wir miteinander verbracht haben, brauchte ich ihn nur zu fragen! Er hat trotzdem noch ein Abenteuer für sich behalten, den Schlüssel zu allem, woran ich mittlerweile glaube, die Szene, die ich brauche, um mich als Erwachsener an eine bestimmte Zeit zu erinnern.

Er konnte nicht fort sein!

Ich kniff die Augen zusammen, zwang mich, mich zu entspannen, und rief mir sein klares, strahlendes Gesicht ins Gedächtnis zurück.

Einen Augenblick später stand ich an einem Berghang, wo der Wald in Wiese überging, eine spiralförmige Galaxie aus lauter winzig kleinen silbrigen Blumen, die um mich herum leuchteten. Auf der einen Seite lag weit unter mir ein dunkler Ozean, zu dem sich ein glitzernder Fluß hinschlängelte. Auf der anderen Seite erstreckte sich, soweit mein Auge reichte, eine weite Ebene, in der Ferne von urtümlichen Bergen und Tälern begrenzt. Das Land war still und menschenleer, ein zweites Eden.

Vom Berggipfel aus, den ich kannte, sah es anders aus, doch kam es mir unglaublich vertraut vor. Wo hatte ich diesen Ort schon einmal gesehen? Er mußte in der Nähe sein.

Ich fand ihn, wie er auf einem Felsen thronte, derselbe Junge, unverändert. Er ließ gerade ein Segelflugzeug fliegen. Es sah so aus, als ob er es in den Himmel schweben ließ, mit einem winzigen Piloten an Bord. Über dem Grün nahm es Schräglage ein, fand den Aufwind am Rande des Abhangs, beschrieb eine enge Kurve, als es in die aufsteigende Luft hineinflog, und stieg in die Höhe.

Was ich sah, war erstaunlich. Wie brachte er das fertig? Ich brauchte nicht lange zu warten.

»Du erinnerst dich an meine Kindheit!« sagte ich, ohne ihn mit Hallo zu begrüßen. »An die ganze! Erinnerst du dich nicht?«

»Natürlich tu ich das«, erwiderte er. »Nur weil du sie verdrängt hast, bedeutet das nicht, daß sie für immer verloren ist.«

»Du erinnerst dich daran, wie du geboren wurdest!«

Die ganze Zeit hat er die Antwort gewußt, dachte ich. Dickie weiß, wie sich unsere heitere Seele verändert, wenn wir, die wir unbekümmert gelebt haben, uns in einen Säugling verwandeln, der um all das nie gebeten hat und im Dunkeln schreit. Es war das Bindeglied, das ich nie gefunden hatte und das ich mir nicht vorstellen konnte.

»Ich brauche diese Erinnerung«, sagte ich.

Er tat erstaunt. »Ich dachte, du würdest nie danach fragen.«

Er kramte in seiner Hemdtasche herum und holte ein kleines Gebilde aus kristallklarem, fast farblosem Bernstein hervor, das nicht größer als ein Zitronenbonbon war.

»Es ist für die Ewigkeit gemacht«, sagte er. »Es kann

durch nichts geöffnet werden, nur durch deinen Wunsch, zu erfahren, was du wissen möchtest.« Er hielt es mir entgegen. »Vorsicht, es wird zerbrechen, wenn du es berührst. Bist du sicher, daß du es möchtest?«

Ich nahm es aus seiner Hand. Es war leichter als eine Eierschale, das kleine Gebilde. Warum nicht? Ich sehnte mich nach diesem sanften, friedvollen Schweben meines ersten Tages auf der Erde, dessen Geheimnis in ein Rosenblatt gehüllt war.

Kaum hatte ich mit der Fingerkuppe die zarte Oberfläche dieses Gebildes berührt, zerbrach es in meiner Hand, in der Stunde vor meinem Geburtstag.

41

Damals, so erinnerte ich mich, war es eine großartige Idee. Ein Abenteuer! Ein Märchen! Wieder mit den alten Freunden vereint, stürze ich mich in die letzte Schlacht gegen den von mir sorgsam ausgewählten Kreis der Feinde. Diesmal werden sie wie zahme Kätzchen sein! Das Schlimmste, was mir passieren kann, ist, daß ich ein oder zwei Kratzer abbekomme, wenn ich einen Augenblick lang vergessen sollte, wer ich bin, und mich über ihre Scheinexistenz wundere.

Es ist sehr unwahrscheinlich, daß ich einen Kratzer davontragen werde. Nie wieder die alten Katastrophen, bei denen ich jenes Wissen verlor, ein Leben lang gegen Phantome kämpfte, mich in Selbstvorwürfen zerfleischte und mich fragte, weshalb ich überhaupt geboren wurde.

Nie wieder. Ich habe gelernt, stark zu sein, kein Feind ist mir gewachsen. Das Leben in der Raumzeit ... ist es nicht Wahnsinn? In diesem Spiel bin ich so gut drauf, so gegen alle Waffen gefeit und allen Wissensanforderungen gewachsen, daß ich lachend durch diesen Ring von Drachen hindurchsegeln werde, die mich vorher so viele Male in Bedrängnis gebracht haben. Da ich ausgeruht bin und wiederhergestellt und realistisch, und nicht mit meinem alten Glauben an Fiktionen an die Dinge herangehe – was kann mich heute überhaupt noch aus der Ruhe bringen?

Unerschrocken ist nicht das richtige Wort ... es wird SPASS machen!

Ein letztes Leben, ein letztes Match, um zu beweisen, daß ein Sieg nie schwer erkämpft zu werden braucht und daß ich ein für allemal gelernt habe: Jeder wirkliche Sieg wird mit leichter Eleganz errungen.

Denke daran, wer du bist, Cowboy, glaube nie, was du um dich herum siehst, und du wirst ein STÜCK VOM GROSSEN KUCHEN abbekommen!

So gewappnet, und ohne die Drachen zu fürchten, überschritt ich die Grenzlinie, und alles um mich herum wurde schwarz.

*

Was für ein seltsames Gefühl ist es, geboren zu werden!

Noch Stunden zuvor hatte ich mich sicher gefühlt, war glücklich herumgeschwommen, im Körper war es warm, die Systeme funktionierten gut, und nun ist der Kopf eine Steuerzentrale bei einem Reaktorunfall. Höchste Alarmstufe! Einhundert Warnleuchten blinken rot und unheildrohend: Atme jetzt oder stirb; iß jetzt oder stirb; Stürze sind tödlich; Feuer tötet; Wasser tötet; Feinde im Dunkeln; der Hund sieht zahm aus und frißt Babys.

Niemals habe ich so viele schrille Warnsignale vernommen, und nun bin ich VERLETZLICH, sprich *machtlos*, und ich kann nicht einmal das Wort »Hilfe!« schluchzend hervorbringen.

Eine Person ist mir nahe. Mom, ich hasse es, egoistisch zu sein, aber ich möchte, daß du einfach so lange bei mir bleibst, bis ich in der Lage bin, Gefahren zu begegnen, bis ich bewaffnet und gepanzert und etwa dreißig bin. Übrigens bitte ich dich darum, mir zu sagen, was ich hier überhaupt mache. Ich habe das anscheinend vergessen ... Habe ich mir dieses Leben ausgesucht, oder würdest du mir bitte sagen, aus welchem verrückten Grund ich hier bin?

Sie hatte Antworten parat, aber meine Fragen klangen

wie Schreie, und das Eiapopeia beruhigt mich wenig, wenn ich weiß, daß die Windabkühlung draußen null Grad Celsius beträgt und ich schon bei zwanzig Grad Celsius plus vor Kälte zu zittern beginne. Das einzige, was ich tun kann, ist, die Augen zu schließen, mich abzuschotten und zu schlafen.

Und im Schlaf drifte ich zurück zu den sanften smaragdgrünen-bernsteinfarbenen Berghängen, springe, aber falle nicht, sondern schwebe, leuchte auf wie der kleine Fallschirm eines Löwenzahn-Samenkorns. Schlafend kehre ich wieder nach Hause zurück, verstehe wieder alles in der Sprache ohne Worte, alle sind Lehrer und Schüler zugleich – alles hat wieder Sinn und Zweck.

IHR WÜRDET ES NICHT GLAUBEN! erzählte ich ihnen. Das nächste Mal werde ich sagen, daß mir alles wie ein Spaß vorkommt, ein anderes Leben in der Raumzeit ... werdet ihr mich mit einem Netz fangen? Habt ihr nicht bemerkt, daß ich VERRÜCKT gewesen bin? Sie kommen dir sofort mit allen ihren Begrenzungen, kaum daß du auf der Erde gelandet bist ... Raumgrenzen, Zeitgrenzen: Ich bin von allen abgesondert und anders als alle anderen, gefangen in der Gallertmasse einer WINZIG kleinen Kreatur, ein formloses Körperchen, das kopfüber in einer Zwangsjacke steckt und von jedem anderen bekannten Objekt in seiner Entwicklung gehindert wird, ich kann keine Gedankenverbindung herstellen, kann nicht nach Hause zurückkehren, kann nicht einmal fliegen, und die Schwerkraft ist riesig, ich bin schwerer als Elefanten in Teer, zarter als eine Florfliege, ringsum sind nur Eis und Stahl, außer Mom und einer Bettdecke ... Grenzen wie Dolche an meiner Kehle, Regeln, die ich nicht erraten kann, der Vorhang ist hochgezogen für ein Stück, für das ich meine eigene Rolle schreiben muß, in Worten, die ich nicht weiß, mit einem Kopf, der sich meistens vergebens bemüht, einen Mund zu bewegen, der nicht einmal sagen kann: Laßt mich hier raus.

Die Raumzeit ist in der Theorie verrückt genug ..., doch praktisch ist sie Wahnsinn im Quadrat, eine Minute für Erwachsene sind Tage für mich, kling-kling-kling: In jeder Sekunde zerbersten Welten, und niemand nimmt Notiz davon, sie werden am Schleifstein der hunderttausend Möglichkeiten zu einer einzigen zurechtgeschliffen, alles wird durch eine Zukunft, die reine Vermutung ist, in eine unwandelbare Vergangenheit gebettet.

Ist das nicht ein Spiel? Es sei irreal, wurde ich gewarnt, aber es ist irreal bis zum Exzeß, eine unmögliche Herausforderung: Verwandle diesen Drei-Schlagfehler-zu-meinem-Nachteil-Säugling in irgend jemanden, der bestenfalls beginnt, darüber nachzudenken, wer ich bin, und bewirke schlimmstenfalls, daß jenes Zweiglein-in-den-Stromschnellen, welches es nie schafft, trockenes Land zu erreichen, hoffnungslos über die Wasserfälle gespült wird und dabei murmelt, was eigentlich los sei und wer sich bei diesem ganzen Getöse noch an irgend etwas *erinnern* könne?

Ich war so verrückt, mich dafür zu entscheiden, aber ich hätte ebenso darauf verzichten können; das Schlimmste, was mir passieren kann, ist, daß der Hund mich auffrißt und ich diesem Falltür-Universum entkomme und wieder zu Hause bin.

Als ich erwachte, war alles wie ausgelöscht.

*

Ich war ein Beobachter, der gerade ein Gespensterdasein hinter sich hatte – diejenigen, die ich beobachtet habe, hatten mich auch beobachten können. Ein süßer kleiner Kerl, sagten sie zu meiner Mutter, aus tiefster Seele dankbar, daß sie mein Alter für immer hinter sich hatten. Er ist so glücklich! Seht euch diese weit geöffneten Augen an ..., unschuldig, glücklich, sicher.

Irrtum. Irrtum. Irrtum.

In jenen ersten Stunden führte ich die erbittertsten Kämpfe meines Lebens und verlor sie, ein Dominostein nach dem anderen fiel um.

»Ich existiere«, sagte ich zur Welt. »Ich bin ein nie geborener, nie sterbender individueller Ausdruck des unendlichen Lebens und habe die Raumzeit als meinen Schulhof und als meinen Spielplatz ausgesucht. Ich bin zum Vergnügen hergekommen, um wieder mit alten Freunden zusammenzusein und wieder die großen, lieben Feinde herauszufordern ...«

Meine Feinde, sie waren von der Sorte, die einem mit eisenbeschlagenen Stiefeln ins Gesicht treten. Sie gebrauchten keine Worte, sie benötigten keine.

Schmerzen! Willkommen in der Raumzeit, im Land, wo man keine andere Wahl hat. Was du siehst, ist das, was da ist, Freundchen. Du hast gerade noch einen Schleier vor den Augen, aber je besser du siehst, um so schlimmer wird es. Hier herrscht Kälte, hier herrscht Hunger, hier herrscht Durst, hier ist dein Körper, das ist alles, was von dir da ist. Kein brausendes unendliches Leben. Das einzige, was zwischen dir und dem pötzlichen Tod steht, das sind zwei Sterbliche, die du kaum kennst und die sich überhaupt nicht so sicher sind, daß sie deine Eltern sein möchten.

»Ich erinnere mich daran, wie das Leben gewesen ist, bevor ich hierher kam! Ich brauchte nicht zu atmen oder zu essen, ich brauchte keinen Körper, um zu leben, und ich lebte! Ich wählte meine Eltern, und sie wählten mich! Ich wählte diese Zeit! Ich erinnere mich ...«

»Du erinnerst dich an Träume! An flimmernde Lichter in deinem leeren kindlichen Gehirn. Zeig uns dieses Leben, führe es uns vor Augen. Bist du dazu imstande? Streng dich an! Vergessen? Wo ist es! So rasch?

Probier das mal aus, Kind ... halte drei Minuten lang den Atem an, gehe fünf Tage lang durch Eis, schlafe zehn

Tage lang im Schnee, verlasse deine Mutter einen Tag lang. Probier das aus, dann komm her und erzähl uns etwas über das unendliche Leben!

Der verschwommene neugeborene Verstand wirbelt herum und verliert einen Kampf um den anderen. Keine Zeit zum Denken, die physikalische Welt hat Zeit. Die Welt kämpft auf ihrem eigenen Boden, nur das, was sie mit eigenen Augen sieht und mit eigenen Fingern berührt, ist wahr. Allein der physikalische Beweis gilt, und sonst nichts, alles andere hat kein Gewicht.

Ich bin aus dem Gleichgewicht geraten, ich stehe mit dem Rücken zur Wand. Kleine Kinder wissen nicht, an welchem Ende ein Schwert gehalten werden muß. Ich bin unterlegen, und der Dümmste jener verruchten Armee kann mich in Stücke hauen ... ein Kinderspiel: Haut den kleinen Rebellen in Stücke, bevor er sehen lernt.

Diese Welt ist hart und unerbittlich, sie tut gar zu weh. Ich blute, und die Haut hängt in Fetzen, und Mom weiß nicht einmal, daß ich um mein Leben kämpfe.

»Es ist alles in Ordnung, mein Kleiner, weine nicht. Alles ist in Ordnung ...«

Mom! Ich schrie wortlos. Hilf mir!

Nicht jedes Zwiegespräch besteht aus Worten, und manchmal sagen Mütter mehr, als sie wissen, wenn Kinder weinen.

Sie streichelte meinen Kopf. »Mein Kleiner. Die Drachen sind in der Überzahl, und sie lügen. Du *kannst* wählen. Es gibt zwei Möglichkeiten. Erstens: Zwinge sie, Farbe zu bekennen, höre nicht auf ihre Vorschriften, mein Baby. Schließe die Augen, laß der Phantasie freien Lauf, erinnere dich, wer du bist, über den Raum, über die Zeit hinweg, du wurdest niemals geboren und stirbst niemals ... «

Ich entspannte mich, ich war erleichtert.

»... und die physikalische Welt wird beim Sieg die

Faust erheben – Siehe da! Tot! Alle werden schwören, daß dein kleiner Körper nicht mehr atmet und dein Puls nicht mehr zu fühlen ist, eine Schriftrolle wird unterschrieben, in der dein Sieg Tod genannt wird.«

Sie hob mich hoch. »Die andere Möglichkeit ist Siegen durch Verlieren. Ehe deine äußeren Schutzmauern fallen – da sie fallen müssen, wenn du am Leben bleiben willst –, schaffe dir einen inneren Bereich, in dem deine Wahrheit geschützt ist. Schütze dein unendliches Leben dadurch, daß du dir eine geeignete Spielstätte auswählst; sorge dafür, daß die Welt, die du kennst, für dich akzeptabel ist und deinen Erwartungen entspricht; deine Mission besteht darin, in den dramatischsten Augenblicken, die von deiner Entscheidung abhängen werden, in deiner spielerischen Art Liebe zu spenden. Die Drachen sind deine *Freunde*!«

Ich hörte meiner Mutter zu und merkte mir, was sie sagte. Ihre Rettungsleine verband mich sowohl mit dem Sonnenlicht, aus dem ich kam, als auch mit diesem Ort des sich verdunkelnden Glases und der Angriffe vor Anbruch des Tages.

Sie sah mir in die Augen, die immer größer wurden, als ich sie erstaunt anblickte. »Hast du die Wahrheit erfaßt?« fragte sie. »Gieße nun einen kristallenen Schild, stärker als Raum und Zeit, um den Mittelpunkt deines Seins, einen Schild, der durch nichts zerbrochen werden kann ...«

Aber Mutter ... Ich zwinkerte, lauschte ... vergeblich. Selbst du bist Raum und Zeit. Du bist hier und nicht dort. Du bist jetzt bei mir, und eines Tages wirst du sterben ...

»Das stimmt«, murmelte sie. »Höre auf deine Drachen. Ich bin ebenso wie du in der Raumzeit gefangen. Ich werde sterben, und deine Brüder und dein Vater werden dich auch für immer verlassen. Und du wirst allein sein. Mach dir keine Sorgen. Strecke deine Waffen. Laß deine

Mauern einstürzen, die Steine zu Sand werden. Laß die Welt durch dich hindurch und über dich hinweg fließen, lerne ihre Lügen, schwimme in ihnen, leiste keinen Widerstand. Und insgeheim erinnere dich an das, was du sicher weggeschlossen hast, und eines Tages, in zwanzig Jahren, mein Kleiner, oder in sechzig Jahren, besinne dich auf deine Wahrheit und lache ...«

Ich vertraute ihr, und wenige Tage nach meiner Geburt kapitulierte ich vor den Drachen und sah zu, wie Flutwellen so hoch wie ein blauer Berg meine Mauern umtosten: keine andere Wahl, keine Fragen, das Leben ist miserabel, kurz, unfair, es ist kein Sinn erkennbar, wir sind keine jungen Adler, die sich kühn in die Lüfte erheben, sondern Lemminge, die sich blindlings über die Klippen stürzen. Willkommen auf der blöden Erde.

»Hey, wow!« rief ich. »Es ist toll, hier zu sein!«

*

Das klingt schon besser. Meine Drachen schnauften, als sie es sich ganz in meiner Nähe bequem machten. Das Leben ist viel leichter, wenn du dich nicht widersetzt. Du sollst nicht zurückdenken, du mußt unendlich viel lernen ...

Du willst uns nicht sehen – öffne deine Augen, jetzt.

Dein Körper ist so entspannt – spanne ihn an, jetzt.

Deine Gedanken schweifen in die Ferne – konzentriere dich, jetzt.

Du fühlst dich innerlich so sicher – laß deine Seele los, jetzt.

Sie redeten pausenlos auf mich ein.

Du träumst einen tiefen, gesunden Tagtraum. Jedes unserer Worte läßt dich tiefer und immer tiefer in den lauten, ruhelosen Tagtraum versinken. Wundere dich nicht, frage nicht.

Du denkst an etwas. Sprich es aus, und während du das tust, sinkst du immer tiefer ...

»Ich danke euch«, sagte ich. »Ich habe soviel zu lernen!«

Gut. *Ja.* Sterbliche lernen gern, und unser Geschenk für dich ist, daß du immer gerne lernen wirst. Präge dir das bitte ein: Der Schein ist die Realität. Was du siehst, ist real. Was du berührst, ist real. Was du hörst und schmeckst und riechst, ist real. Was du denkst, ist nicht real, was du dir erhoffst, existiert nicht. Test Nummer Eins: Was ist die Realität?

»Der Schein ist die Realität«, antwortete ich.

Gut. Ein ausgezeichneter Schüler. Schlaf tief. Es ist so viel zu lernen:

Die Realität verändert sich mit der Zeit.

Atome bilden das Leben, beherrschen das Leben, beenden das Leben.

Schicksal ist Zufall.

Manche Menschen haben Glück, andere haben kein Glück.

Leben bedeutet zu siegen, zu erwerben, jemand zu werden; sterben bedeutet zu verlieren, zu verschwinden, niemand zu werden.

Test Nummer Zwei. Er ist etwas schwerer: Was verändert die Realität?

»Die Zeit«, antwortete ich. »Und der Raum.«

Zeit ist die richtige Antwort. Warum hast du Raum gesagt?

»Weil die Realität an verschiedenen Orten verschieden ist.«

Gut! »Zeit« ist die richtige Antwort. Aber »Raum« ist auch richtig. Du verstehst schon! Du denkst kreativ. Weißt du, was Kreativität ist?

»Ja. Nichts existiert, solange es nicht physikalisch, in Raum und Zeit, geschaffen ist. Bevor es geschaffen wird, ist es irreal. Wenn es vernichtet ist, ist es irreal. Alles wird geschaffen, alles wird vernichtet. Es ist alles eine Frage der Zeit.«

Was befindet sich jenseits des Raumes?

»Nichts.«

Was existiert nach der Zeit?

»Nichts.«

Deine Mutter wird dir das Gehen beibringen. Warum wirst du immer durch Tore gehen und niemals durch Wände?

»Wände sind Begrenzungen. Niemand geht durch Wände hindurch, weil Wände fest sind, und ich kann nicht durch Festkörper hindurchgehen, ohne zerstört zu werden. Mom und Dad gehen nicht durch Wände hindurch, und sie sind groß und stark. Niemand ist stärker als die Grenzen von Raum und Zeit, ich am allerwenigsten.«

Gut. Alles hat seine Grenzen. Rohstoffe sind begrenzt. Nahrung, Luft, Wasser, Wohnungen, Ideen sind in begrenztem Umfang vorhanden. Je mehr du verbrauchst, um so weniger ist für andere da. Andere sind älter, stärker und klüger als du, sie waren zuerst da, sie haben einen höheren Rang. Daher merke dir:

Kinder sind oft nicht zu sehen, und wenn sie doch gesehen werden, sind sie nicht zu hören. Kinder dürfen Erwachsene niemals stören.

Kinder denken nicht, und falls sie es trotzdem tun, kommt nichts Gescheites dabei heraus. Ein Kind ist nicht dazu in der Lage, sich etwas Neues, Anderes oder Wichtiges vorzustellen.

Störe nicht. Bedenke stets: Was werden die Leute sagen? Ärgere niemanden, denn du bist zarter als ein Spinngewebe, selbst Schwächlinge könnten dich in deinen ersten Lebensjahren mit bloßer Hand ins Jenseits befördern.

Stärke ist Macht.

Ein Wutausbruch ist die einzige Warnung, die du erhältst.

Angst bietet keinen Schutz.

Test: Welches ist die einzige Welt, die je existiert hat oder die je existieren wird?

»Die Welt, die ich mit meinen eigenen Augen sehe.«

Woher kommst du?

»Ich komme von nirgendwoher, ich gehe nirgendwohin. Es geschieht alles grundlos.«

Gut! Herkunft ist Glückssache. Der Körper ist eine Maschine; sie besteht aus Kohlenstoff, Wasserstoff, Sauerstoff und benötigt organischen Brennstoff. Der Körper beherrscht das Denken, das Denken ist eine ungeordnete elektrische Aktivität des Gehirns.

Es entsteht eine einzige physikalische Realität, sie bedarf nicht deiner Zustimmung und besteht unabhängig von deinem Denken und deinem Leben. Dein Denken hat null Auswirkungen auf die Realität der physikalischen Welt. So etwas wie eine nichtphysikalische Realität gibt es nicht.

Lehnst du diese Gedanken ab, wirst du sterben. Frage?

»Bringt mir noch mehr bei.«

Die Welt hat zu viele Probleme gehabt, bevor du hierher kamst, und sie kann keine weiteren gebrauchen. Niemand interessiert sich dafür, wer du bist oder was du denkst. Jeder wichtige Gedanke ist bereits gedacht, jedes wichtige Buch ist geschrieben, jedes hübsche Bild ist gemalt, jede Entdeckung ist gemacht, jedes Lied ist gesungen, jeder Film ist produziert, und jede Unterhaltung ist beendet. Jedes wichtige Leben ist bereits gelebt. Du zählst nicht, und du wirst nie zählen.

Test: Wer macht sich über dich Gedanken?

»Ich!«

Falsch. Noch einmal: Wer macht sich über dich Gedanken?

»Niemand, und es ist egoistisch, wenn ich mir über mich Gedanken mache. Es leben Milliarden auf diesem

Planeten, ich bin ohne Einladung hierher gekommen, die anderen werden mich hier dulden, wenn ich mich ruhig verhalte und gehorsam bin und nicht zuviel esse. Vor allem ruhig muß ich mich verhalten.«

Richtig: Jeder existiert getrennt von allen anderen. Das ganze Wissen wird in Worten und Zahlen weitergegeben. Du weißt nichts, bevor dich nicht jemand unterrichtet. Jeder ist älter und klüger als du. Jeder, der größer ist, ist auch mächtiger.

Es gibt die Wertskalen schlecht, schlechter, am schlechtesten und gut, besser, am besten. Außerdem gibt es das Richtige und das Falsche, das Gute und das Böse. Das Richtige und das Gute verdienen es zu leben, das Böse und das Falsche verdienen es zu sterben.

Du lebst nicht für dich, du lebst, um andere zufriedenzustellen und anderen zu helfen.

Es gibt viele Nationen und Sprachen auf der Welt. Du bist in die beste Nation hineingeboren, ihre Sprache ist die beste, ihr politisches System ist das beste, ihre Armee ist die beste. Du befolgst die Befehle, die dir dein Land, egal von welcher Verwaltungsebene aus, erteilt, du kämpfst und stirbst für deine Nation, damit sie die Nummer Eins bleibt.

Gute Kerls siegen, schlechte Kerls verlieren.

»Aber jeder stirbt, also verlieren letzten Endes doch sogar gute Menschen?«

Wenn gute Menschen sterben, kommen sie in den Himmel und sind glücklich.

»Aber den Himmel kann man nicht sehen, und nichts ist real, was man nicht sieht. Das habt ihr selbst gesagt!«

Der Himmel ist eine Lüge, um zu verheimlichen, daß Sterben Verlieren bedeutet. Glaube an die Lüge.

Gerecht ist es, wenn ein schlechter Mensch stirbt, tragisch ist es, wenn ein guter Mensch stirbt, der Tod ist das Ende des Lebens.

Nicht auf alles gibt es eine Antwort. Das Universum ist unergründlich. Wichtiges macht keinen Sinn.

»Wie kann das alles wahr sein?«

Es ist alles wahr. Es ist die Realität.

»Natürlich.«

*

Ich war noch keine zehn Stunden auf dem Planeten, da war ich schon entwaffnet, der Schlüssel, für den ich hunderttausend Lebensspannen bezahlt hatte, war unter einer tiefen, bleiernen Sicherheit begraben, und jedermann akzeptierte: Das Leben ist das Zufällige, das sich ereignet, bevor wir fallen und sterben.

Im stillen dachte ich: Was die Welt gewiß nicht braucht, ist einen weiteren Narren. Warum bin ich so verzweifelt darüber, daß ich wieder nur der Dummbart bin? Was habe ich davon, endlos mit dem Sehen-ist-Glauben hypnotisiert zu werden und die Ansicht aufzugeben, daß alles, was ich weiß, wahr sei? Ich werde wie jedes andere Kind auf diesem Planeten groß, indem ich alles, was die Welt einem suggeriert, unbesehen verschlinge, und bald wird es zu spät sein, mich zu erinnern. Erinnere ich mich jetzt? Warum bin ich überhaupt hierher gekommen?

Der Kampf ist vorüber. Das Baby schläft.

42

Was du gewußt hast, ehe du geboren wurdest, ist nicht verloren.« Seine Stimme war so sanft wie eine Brise auf dem Berggipfel. »Du verheimlichst dein Wissen, solange du nicht geprüft bist, solange es noch Zeit ist, sich zu erinnern. Wenn du willst, wirst du deine Erinnerungen sicherlich auf irgendeine verrückte, schöne Weise zurückrufen.«

Ich saß in seiner Nähe am Rande eines Felsens, hatte die Knie bis ans Kinn gezogen und versuchte, herauszufinden, ob er sich verändert hatte.

Ich beobachtete Dickies Augen, und nachdem ich fast eine Minute lang kein Wort gesagt hatte, wunderte ich mich, wieso ich soviel gewußt hatte, als ich er gewesen bin. Sicherlich war ich ein kluges Kind gewesen, aber ich hatte auch eine Menge zu lernen und war nicht *so* klug.

Und schließlich dämmerte es mir.

Dickie beobachtete mich ebenfalls, erwiderte meinen Blick, ohne zu zwinkern, konnte Gedanken lesen, und ein unmerkliches Lächeln zeigte sich auf seinem Gesicht.

»Laß mich raten«, sagte ich zu ihm. »Du hast es die ganze Zeit gewußt, nicht wahr? Du wolltest, daß ich mich an alles erinnere, was ich gewußt habe, und zwar nicht um deinetwillen, sondern um meinetwillen. Alle diese Monate, jede Minute mit dir, sind ein Test gewesen.

Weder bejahte er es, noch stritt er es ab.

»Pye?«

Nach einer Weile nickte er, fast ohne den Kopf zu bewegen.

»Donald Shimoda?«

Er nickte noch einmal, kaum wahrnehmbar.

»Die Möwe Jonathan.«

Er lächelte weiter, nickte wieder und starrte mich unverwandt an, ohne ein Wort zu sagen.

Plötzlich durchzuckte mich ein schrecklicher Gedanke, ich konnte mir jedoch die Frage nicht verkneifen: »Dikkie, du bist doch nicht etwa auch Shepherd, der für mich das Buch verfaßt hat, das ich nur noch zu signieren brauchte ... *Eine gute Lebensführung ist soviel wert wie Ersparnisse auf der Bank?*«

Das Lächeln breitete sich auf seinem Gesicht aus.

Ich raufte mir die Haare und wußte nicht, ob ich lachen oder weinen sollte. »Kind, um Gottes willen! Stimmt das? Du hast mich hinters Licht geführt!«

Er ergötzte sich an meiner Verwirrung, sein wahres Gesicht war hinter der Maske des Kindes verborgen, das ich einmal gewesen war. »Wie kann das Leben jemanden hinters Licht führen, der weiß, wie man die Dinge anpakken muß?« sagte er. »Wie kann das Leben jemandem nur durchschnittliche Konditionen gewähren, der die Prüfungen bestanden hat? Worauf es ankommt, ist, dich zu *erinnern!*«

Ich hätte es wissen müssen, dachte ich. Wann werde ich lernen, das zu erwarten, womit ich nicht im entferntesten gerechnet habe?

»Wenn du herausfinden wolltest, was ich wußte, warum ist es dir denn nie in den Sinn gekommen, mich einfach zu fragen?«

Er lächelte spöttisch. »Und so zu tun, als ob du ein Unschuldslamm seist, dir zuzuhören, wie du dein Wissen zensierst, damit wir dich nicht verkennen und nicht mit neunzig Meilen pro Stunde gegen die Mauer rasen? Wir wollen deine Warnungen nicht hören, Richard, wir wollen deine Wahrheit erfahren! Wir wollen nicht ...«

»WARUM? Ich bin keine Möwe, die schneller ist als ein Gedanke, ich bin nicht der Retter der Welt, ich bin keine Lichtform einer mehrdimensionalen anderen Zukunft, und ich weiß nicht auf alle Fragen, die je gestellt wurden, eine Antwort! Warum machst du dir Gedanken über mich?«

»Was ist dir rätselhaft, Richard? Du bist kein Schiffbrüchiger auf einem abgelegenen Planeten. Du denkst, du hattest Pech, weil du deinen anderen Leben begegnet bist und von ihnen gelernt hast? Von *uns*! Du bist *wir!*«

Er hielt inne, um nach Worten zu suchen, die ich verstehen konnte. »Hast du uns als deine Lehrer ausgesucht? Auch wir haben dich ausgesucht. Du machst dir darüber Gedanken, was du lernst. Wir machen uns auch Gedanken. Denkst du etwa, wir existieren nur deshalb in deinem Leben, weil du uns liebst? Kannst du nicht verstehen, daß *wir dich auch lieben*?«

Ich preßte meine Hände gegen den Felsen und schwieg. Warum sollte es so schwer zu begreifen sein, daß diejenigen, die wir lieben, unsere Liebe erwidern?

»Du bist nie fortgegangen, nicht wahr?« fragte ich schließlich. »Du hast dein Gesicht verändert, manchmal hast du dich unsichtbar gemacht, aber du bist die ganze Zeit hiergewesen. Auch in den schlimmsten Zeiten, bei der Scheidung, beim Bankrott, bei Mißerfolg und Tod?«

»Besonders in den schlimmsten Zeiten.«

Wie konnte ich bloß so schwer von Begriff sein? Während der schwersten Tage meines Lebens war er immer der ruhige Beobachter, der mir Zuversicht einflößte: *Es gibt einen Grund dafür, daß du so gewählt hast. Habe Geduld, Richard, steh es durch, so gut du kannst, und nach einer gewissen Zeit wirst du herausfinden, warum du dich so und nicht anders entschieden hast*. Wer sonst, wenn nicht unsere inneren Lehrer, wagt es, so etwas zu sagen; sie lassen sich von dem, was zu sein scheint, nicht aus der Ruhe bringen.

Dickie, der mich monatelang getestet hatte, wußte schließlich keine Frage mehr. Mein Examen endete damit, daß wir schwiegen. Nur noch eines wollte ich zum Schluß wissen:

»Dickie,« fragte ich, »du bist der Kapitän meines geheimen Raumschiffs, das darauf wartet, mich nach Hause zu bringen, nicht wahr?«

Ein feines Lächeln umspielte seinen Mund: »Irrtum«, flüsterte er. »Du bist der Kapitän.«

– Ende –

Epilog

Die Mannschaft, die wir für unser inneres Schiff anheuern, besteht aus unseren Navigatoren und Kanonieren, den Steuerleuten und Beratern, und sie werden das ganze Leben lang unsere Freunde bleiben. Wir treffen sie in dem Augenblick, wo wir dazu bereit sind oder es nötig haben oder von unserer Neugier getrieben sind, Verbindung mit ihnen aufzunehmen – in dem Augenblick, wo wir es wagen, uns ihre Existenz vorzustellen und sie um Hilfe zu bitten.

Ich glaube nicht, daß ich die Möwe Jonathan oder Donald Shimoda oder Pye oder Shepherd zum letzten Mal gesehen habe, obwohl ich keine Ahnung habe, was sie alles beim nächsten Examen in einer halben Minute oder in tausend Jahren von heute an gerechnet testen werden, und ich verzichte darauf, sie danach zu fragen.

Was ich mit Sicherheit weiß: Dickie bin ich nicht zum letzten Mal begegnet. In diesem Moment sieht er mir heimlich über die Schulter und beobachtet, was auf dem Bildschirm meines Laptops über seine Vergangenheit und Zukunft zu lesen steht.

Der kleine Kerl, der alles wissen wollte, was ich gelernt hatte, hat ein Zuhause gefunden. Er, den ich weggeschlossen hatte, lebt nun an einem Ort tief in meiner Seele und überschüttet mich mit Fragen:

Was glaubst du, Richard, wer du bist?

Wer wirst du das nächste Mal sein?

Nach welchen Kriterien wählst du die Sterne aus, die du ansteuerst, und welche läßt du unberücksichtigt?

Was machst du hier, Kapitän? Was würdest du lieber tun und warum tust du es nicht jetzt?

Wie machst du dich über die Liebe kundig?

All die Jahre hoffen wir, jemanden zu finden, der uns versteht, jemanden, der uns so akzeptiert, wie wir sind, jemanden, der die Kraft eines Zauberers besitzt, um Steine zu Sonnenlicht zu schmelzen, der uns Glück statt Plagen bringt, der nachts unseren Drachen die Stirn bieten kann und in der Lage ist, uns in die Seele zu verwandeln, die wir gerne sein möchten. Gestern erst stellten wir fest, daß der magische Jemand das Gesicht ist, das wir im Spiegel erblicken: Wir sind es und unsere selbstgefertigten Masken.

All diese Jahre, und endlich sind wir uns begegnet.

Stell dir das bloß mal vor.

Bitte beachten Sie
die folgenden Seiten

Richard Bach

Die Möwe Jonathan
Ullstein Taschenbuch 20897

Brücke über die Zeit
Ullstein Taschenbuch 22278

Glück des Fliegens
Ullstein Taschenbuch 20711

Illusionen
Die Abenteuer eines Messias wider Willen
Ullstein Taschenbuch 22117

Meine Welt ist der Himmel
Ullstein Taschenbuch 23305

Der unsichtbare Ring
Ullstein Taschenbuch 23161

Vagabunden der Lüfte
Ullstein Taschenbuch 23363

Richard Bach

Möwenschwingen

Auf der Suche nach dem verlorenen Vater

Mit einem Nachwort von Richard Bach

Ullstein Taschenbuch 24123

Ullstein

Fesselnd und eindringlich berichtet Jonathan Bach, jüngster Sohn von Richard Bach und benannt nach seines Vaters berühmtestem Werk, der *Möwe Jonathan*, über seine schwierige Kindheit und Jugend, nachdem Richard Bach Frau und sechs Kinder verlassen hatte.
Erst als Jonathan auf dem College ist, kommt es zu einer Annäherung und schließlich auch Aussöhnung mit dem Vater.
Jonathan lernt, die Vergangenheit zu akzeptieren und sich die Philosophie seines Vaters zu eigen zu machen: »Es steht uns frei, zu gehen, wohin wir wollen, zu werden, was wir sind.«